Sur l'auteur

Benoît Séverac est auteur de romans et de nouvelles en littérature noire et policière adulte et jeunesse. Originaire des Pyrénées, il vit désormais à Toulouse, qui sert souvent de cadre à ses fictions. Il a exercé de nombreux métiers avant de se tourner vers l'écriture. Son œuvre a déjà été récompensée par une vingtaine de prix littéraires.

Du même auteur
aux Éditions 10/18

LES CHEVELUES, n° 5501
LE TABLEAU DU PEINTRE JUIF, n° 5889

BENOÎT SÉVERAC

LE TABLEAU DU PEINTRE JUIF

10/18

LA MANUFACTURE DE LIVRES

ISBN 978-2-264-08228-2
Dépôt légal : septembre 2023

Ce roman est dédié à mes grands-parents,
Annette Pelet née Hollard (1906-1968)
et Albert Pelet (1906-1989)

PROLOGUE

À l'heure qu'il est, je pourrais être installé sur la terrasse d'Annie et Kader, en train de siroter un apéritif et de regarder le soleil s'avachir sur la chênaie. Mon seul souci serait la présence de moustiques. Bien qu'aucun de nous ne croie en leur efficacité, nous allumerions des serpentins répulsifs, et nous continuerions à boire en ponctuant notre conversation de tapes sur nos avant-bras et nos chevilles.

Au lieu de quoi, je suis dans cette salle d'interrogatoire, entre cellule de prison et abri antiatomique, et je crève de chaud autant que de peur. La France, la Dordogne, les vacances… Tout cela me paraît si loin, si inaccessible.

Pour l'instant, il y a plus grave que mes congés gâchés et l'inconfort d'une garde à vue, plus grave même que la perte de mon tableau… Il s'agit d'éviter la prison. La prison en Israël, qui plus est.

Sortir d'ici. En finir avec cette détention qui ne dit pas son nom. Foutre le camp.

Cela fait des heures qu'ils me retiennent ; je suis épuisé ; j'ai soif ; j'ai faim. Et il ne se passe rien. On ne m'informe de rien.

Un policier est venu chuchoter quelques mots

à l'oreille de son collègue qui me surveillait, puis ils sont sortis sans une explication. À présent, ils me font mariner. Je ne sais pas depuis combien de temps je poireaute. Je suis sûr qu'ils le font exprès, que cela fait partie d'une stratégie. J'ai beau le savoir, j'ai beau me le répéter, ça fonctionne : je ne sais pas ce que je vais devenir. J'imagine le pire.

C'est moche, ici. Pas sale, mais pas accueillant non plus. Où que mon regard se pose, c'est peinture écaillée, mobilier fatigué, revêtement piétiné. Je pense à tous les types qui m'ont précédé ici.

Je ne comprends pas ce qu'on attend de moi. Que peut-on me reprocher ? Comment puis-je être tenu pour responsable d'événements qui se sont déroulés il y a soixante-quinze ans ? Je n'étais pas né.

Pourtant, ils m'ont escorté *manu militari* hors du restaurant. Je n'ai même pas pu finir mon repas. Ils m'ont demandé de prendre mes affaires et m'ont poussé dans une voiture de police. Après, ils m'ont jeté là.

Depuis, je n'ai cessé de demander les raisons de mon arrestation. « Que se passe-t-il ? Qu'ai-je fait ? » Ils ont observé un mutisme total. Jusqu'à ce qu'un officier se présente accompagné d'un interprète et me signifie la saisie de mon tableau. Art volé. Spoliateur de Juifs. La Shoah, les camps, les dénonciations… Je viens de basculer du mauvais côté de l'Histoire. Tout au moins, mon grand-père. Mais c'est comme si c'était moi. Ma famille, mon nom… salis ; nous sommes officiellement des salauds.

Je pense à Irène, bien sûr. Elle était opposée à ce projet. Elle avait raison.

J'ai tout perdu : l'honneur de mes grands-parents et le tableau.

Pour Irène, cette aquarelle représentait notre billet

gagnant, l'issue de secours qui devait nous permettre d'échapper à notre vie de ratés. C'est sûr, elle va me traiter de tout quand elle apprendra ce qu'il m'arrive. Elle va m'en vouloir et, peut-être pire encore, elle va rire de moi. En tout cas, si elle n'a pas déjà décidé de me quitter, ce dernier rebondissement achèvera de la convaincre de le faire. Comment lui en vouloir ? Je ferais pareil à sa place.

J'observe mon reflet dans le classique miroir derrière lequel on m'observe aussi, assurément : un quinquagénaire ; une chemise auréolée de sueur au niveau des aisselles ; une gueule sur laquelle se lit l'inquiétude, la fatigue aussi à présent.

Je détourne les yeux. Il m'est difficile de supporter cette image, mais il m'est tout aussi difficile de croire que mes grands-parents aient pu faire quoi que ce soit de moralement répréhensible. Tant de choses se sont passées depuis la Deuxième Guerre mondiale ! Des archives ont brûlé, des registres se sont égarés, de fausses informations ont circulé… Les Israéliens se trompent ! S'ils avaient connu mes grands-parents, ils sauraient ! Ils ont confondu ce tableau avec un autre, très ressemblant. Il n'est pas rare pour un peintre de procéder à des séries correspondant à une période dans sa carrière. Cette aquarelle n'a peut-être jamais été inventoriée. Elle a pu être peinte pendant le séjour d'Eli Trudel et son épouse chez mes grands-parents.

Mais comment contredire le comité *ad hoc* en charge de l'attribution du statut de Juste parmi les Nations pour le centre Yad Vashem ? Comment s'opposer à l'avis rendu par un panel d'experts de l'université de Tel-Aviv ? Comment faire valoir ses droits en étant menotté et mis à l'isolement dans un commissariat de Jérusalem sans idée du sort qu'on vous réserve ?

Et l’ambassade de France, qu’est-ce qu’ils foutent ? Qu’est-ce qu’ils attendent pour intercéder en ma faveur ?

Je me raisonne : je n’ai rien fait de condamnable par la loi, ils vont me libérer d’un moment à l’autre. Ils tiennent simplement à marquer le coup en me donnant une leçon. Je dois rester fort.

Le voile noir se lève timidement et je me redresse sur ma chaise.

Il n’empêche, je me sens toujours minuscule au centre de cette pièce mal aérée et mal éclairée.

Qu’est-ce que mes filles penseraient de moi si elles me voyaient en ce moment ?

Quant à Irène… Irène ne me pardonnera jamais.

12 décembre 1943

— Dépêche-toi, dit-elle en passant dans son dos.

Le regard du peintre surprit la silhouette de son épouse dans le miroir. Elle était aussi belle qu'un Renoir. Malgré tout son talent, il n'avait jamais réussi à saisir sa grâce. Même là, dans ce petit coin de paradis, où la lumière était si intense, si contrastée, il avait échoué à lui rendre plein hommage.

Il se demanda comment elle parvenait à conserver son calme. Elle s'activait, préparant sa valise et celle de son mari sans paraître affectée par les événements.

Il essayait de se convaincre que tout cela n'était pas vain, mais il y avait quelque chose de disproportionné entre la gravité de la situation – leur départ précipité, la fuite incertaine et risquée qui allait en résulter – et la familiarité, la légèreté, l'insouciance presque, de l'acte qu'il s'apprêtait à commettre.

Il contempla le métal du coupe-chou effleurant la peau, posé sur la base des poils. Son épouse ne l'avait jamais connu autrement qu'avec cette barre noire, maintenant grisonnante, sous le nez. Lui-même n'avait plus vu sa lippe nue depuis ses vingt ans.

Dans les circonstances dramatiques de la vie, on se raccroche à de petits gestes dont on s'imagine qu'ils apportent un sens à nos tribulations, qu'ils repousseront nos affres, ou tout au moins les suspendront quelque temps en les rendant plus supportables.

Leur refuge en Provence n'était guère luxueux, beaucoup moins que leur appartement parisien avant guerre, mais il possédait un grenier doté d'une enfilade de verrières qui formait un puits dans lequel se déversait la clarté unique du Luberon. Matisse lui-même, l'ami et le maître, avait constaté la brillance de son atelier lors d'une brève visite l'été précédent. Il l'avait jalousé en le taquinant.

Toute la soirée, les deux hommes avaient *blagué* comme on dit dans le Midi lorsqu'une conversation s'éternise entre vieilles connaissances sans qu'elle débouche sur quoi que ce soit. Ils avaient refait le monde, et Dieu sait qu'il allait mal en 1943.

Plus tard, déprimés, ils étaient revenus à l'unique sujet qui les préoccupait véritablement : la peinture ! Comment rendre la chaleur du Midi ? Comment réinventer la Sainte-Victoire de Cézanne ? Comment nourrir l'imagination sans déformer la réalité ?

La réponse était ailleurs que dans les formes. Dans le choix des couleurs peut-être, l'épaisseur du trait. Matisse avait sa petite idée ; il venait d'achever le portrait d'une jeune femme en robe jaune sur fond rouge, avec des motifs en zigzag qui rappelaient les rayons du soleil.

Il avait une nouvelle fois proposé son aide financière et son entregent afin que le couple puisse gagner l'Espagne, ensuite l'Amérique. Eli avait décliné. Que les nazis fassent la guerre, qu'ils détruisent, qu'ils pillent et tuent, lui continuerait à brosser ses toiles !

Il ne le regrettait pas aujourd'hui… Sauf peut-être pour Jeanne. Car même si elle n'était pas juive, il la mettait en danger.

Il leur faudrait se cacher pendant des semaines, peut-être des mois, mais Eli connaissait déjà l'exil. Il avait fui les pogroms en Autriche, puis quitté Paris… À présent, à cinquante-quatre ans, il partait pour l'Espagne, toujours accompagné de son épouse.

Leur voisin, Gilbert Fauré, qui travaillait à la préfecture d'Aix-en-Provence, les avait prévenus de l'imminence de leur arrestation. Les mailles du filet se resserraient en zone sud.

Odette et Gilbert Fauré avaient depuis longtemps compris qui était Eli, mais son judaïsme ne semblait pas leur poser problème. Ils avaient toujours été cordiaux, voire chaleureux ; plus d'une fois, ils avaient déposé des légumes du potager sur le pas de leur porte. Il était fréquent qu'ils prennent l'apéritif tous les quatre sur la terrasse des uns ou des autres. En quelques mois seulement, ils étaient devenus amis. Pas intimes, mais le genre de relation sur laquelle on peut compter.

Une grande lassitude avait envahi Eli à l'idée de quitter leur maison, leur terrasse ensoleillée, son atelier. Et ses toiles. Qu'allait-il faire de ses toiles ? Il ne pouvait pas les laisser là. Vu le peu d'économies qu'ils avaient réussi à mettre de côté, ils en auraient besoin pour financer leur traversée de l'Atlantique.

Dès qu'il en aurait fini avec sa moustache, ils chargeraient leurs valises sur leurs bicyclettes et partiraient en direction de la Drôme où les attendait un groupe de résistants protestants qui les prendrait en charge. Ils devraient dormir dans une grange cette nuit, ou dans un hôtel discret. Les Fauré leur avaient fourni l'adresse d'un établissement peu regardant sur la paperasse, mais il fallait qu'ils l'atteignent avant le couvre-feu.

Si tout se passait comme prévu, ils arriveraient à Dieulefit, lieu de leur rendez-vous, le lendemain en fin de journée.

CHAPITRE 1

« Les Gilets jaunes m'ont tuer. »

La phrase pourrait prêter à sourire. Ceux de ma génération – j'ai cinquante-deux ans – se souviennent de l'affaire Omar Raddad dont la culpabilité n'a jamais été clairement établie. Dans mon cas, c'est on ne peut plus transparent : je suis mort dès le deuxième week-end de manifestations des Gilets jaunes, et ce sont bien eux, les révoltés des ronds-points, les coupables.

J'avais une entreprise de transport. Petite. Trois camions, dont celui que je conduisais, et trois employés en comptant la secrétaire.

Je dois reconnaître que mon affaire était en difficulté depuis pas mal de temps. Nous fonctionnions à flux tendu ; je ne pouvais pas me permettre la moindre baisse de régime ; chaque contrat comptait. Quand les Gilets jaunes ont paralysé le pays, les grosses boîtes qui me confiaient leurs dessertes locales m'ont lâché. J'ai coulé direct. Dommage collatéral.

J'ai prévenu les gars qu'on allait traverser une sale période, que je serais peut-être contraint de les mettre au chômage technique, mais que je les réembaucherais dès que nos activités reprendraient. J'avais une équipe solide, ils avaient foi en moi, ils ont tous accepté de faire le dos rond pendant quelque temps. Je croyais sincèrement pouvoir rebondir. D'ailleurs, avec les aides distribuées par l'État, j'aurais dû m'en sortir… si le camion n'avait pas brûlé.

Ce n'est pas moi qui conduisais, sinon les choses se seraient passées autrement. Je ne reproche rien à Karim ; il n'est pas responsable de l'incendie. Je n'en veux même pas aux Gilets jaunes. De pauvres bougres qui pensaient défendre leur bifteck en visant un représentant du patronat.

Si ça avait été moi au volant, j'aurais fait demi-tour fissa. Voyant la tournure que ça prenait, je n'aurais pas insisté. Mais Karim faisait confiance aux capacités de discernement des apprentis révolutionnaires. Il était un employé, comme eux ; lui aussi avait du mal à joindre les deux bouts en fin de mois. Les Gilets jaunes ne s'en prendraient jamais à un miséreux comme lui, pensait-il. Sauf qu'ils étaient convaincus qu'en incendiant son camion, ils s'attaquaient au grand capital, au pourri qui possédait ledit camion et qui l'exploitait, lui, le pauvre Karim.

Ils lui ont expliqué, au moment où ils s'apprêtaient à balancer un cocktail Molotov dans sa cabine, qu'ils lui rendaient service, que c'était pour son bien. Karim a voulu protester, a tenté d'exposer un avis contraire, mais il a pris des gifles.

Son camion – mon camion – a été vu sur BFM-TV et quelques dizaines de milliers de fois sur YouTube en train de se consumer, et Karim a perdu son travail en même temps que je perdais mon entreprise.

Aujourd'hui, il peine à retrouver un job. Parce que les employeurs français sont comme de nombreux Gilets jaunes, ils se méfient des Arabes sans diplômes.

Si j'étais assuré ?

Bien sûr. On ne peut pas rouler sans assurance. J'étais un patron raté, pas un patron voyou.

Contre l'incendie ?

Non.

Ce n'était pas mon premier revers de fortune dans le monde des affaires. Irène et moi avions été hôteliers auparavant. Une autre vie. Le grand écart en termes de mobilité quand on compare ce métier à celui de transporteur routier : jamais je n'ai été aussi sédentaire – pour ne pas dire *coincé* – que dans le premier, et aussi mobile – pour ne pas dire *corvéable à merci* – que dans le second.

Irène et moi possédions Le Central, unique hôtel de Firminy, ville de taille moyenne dans la grande banlieue de Saint-Étienne, département de la Loire. Un établissement minable dans une agglomération dévastée par la désindustrialisation dont elle a été victime dans les années 1980.

Plus personne ne venait dans cette vallée minière. Nos seuls clients étaient des réfugiés d'Afrique occidentale placés là par les services sociaux de la ville ou le conseil départemental… Jusqu'au jour où l'aide sociale s'est tarie et les migrants ont repris leur migration.

Notre commerce sous perfusion est devenu exsangue et nous avons dû le liquider. Nous ne parvenions plus à payer nos charges. Ne parlons même pas d'en tirer un revenu décent.

Par miracle, nous avons réussi à vendre les murs à un promoteur immobilier… À perte mais bien contents de nous débarrasser de ces chaînes.

Le pécule ainsi acquis a servi d'apport pour acheter trois camions d'occasion et monter une entreprise de transport routier. Malgré le peu d'attachement que nous avions pour Firminy, nous y sommes restés pour bénéficier des réductions fiscales accordées à cette région classée zone franche.

Nous avons survécu quatre années supplémentaires. Jusqu'à la crise des Gilets jaunes.

Étant donné mes antécédents en matière de trésorerie, la banque ne m'a pas accordé de prêt supplémentaire. J'étais en sursis depuis trop longtemps. Pour éviter la faillite, j'ai été contraint de déposer le bilan. Aujourd'hui, je suis sans emploi.

Ma mère est morte pendant cette période, ne me laissant aucun héritage. Mon père était décédé bien avant d'un cancer des poumons, à l'époque où on n'attribuait pas encore cette maladie au tabac.

Irène et moi avons pu garder la maison mais nous n'étions plus habitués à passer autant de temps ensemble. Avant, j'étais en permanence sur la route ou au bureau. Tout à coup, j'étais à la maison 24 heures sur 24. Sans occupation. C'était la grande nouveauté par rapport à l'époque où nous tenions l'hôtel ensemble et où elle était responsable des chambres et des réservations, et moi de la partie restauration et comptabilité.

Je me suis mis à tourner en rond toute la journée. Je n'avais pas d'amis. Ma vie sociale, c'étaient les clients, mes employés, les gens que je rencontrais pendant mes déplacements. Je pouvais être très bavard avec des inconnus dans un restaurant routier, ou dans un bar le matin, mais là c'était fini.

J'aidais les Restos du Cœur deux fois par semaine, avec une terreur montante. Combien de temps encore avant que je me retrouve de l'autre côté, dans la file de ceux qui venaient chercher leur repas ?

Irène, elle, avait son travail, car lorsque nous avions revendu Le Central, nous avions fondé la compagnie de transport routier ensemble, mais elle avait pris un emploi de son côté, « par sécurité » : vendeuse pour un magasin de vêtements dans une galerie marchande. Inutile de préciser que ce n'est pas un métier à vocation forte. Irène s'ennuie. Pour une raison que j'ignore, j'ai le sentiment qu'elle me le reproche.

Nous ne roulions déjà pas sur l'or. Alors, quand mon entreprise a fondu les plombs, notre situation s'est sérieusement tendue. Tout comme nos relations.

C'est à peu près à cette période que mon oncle et ma tante m'ont contacté.

CHAPITRE 2

Ma tante est la sœur aînée de ma mère. Elle a plus de quatre-vingt-dix ans, et son mari, mon oncle, est un peu plus âgé qu'elle. Louise et Étienne forment un couple adorable. Des petits vieux comme on les aime, curieux et bienveillants. Ils habitent en région parisienne, et, régulièrement, je me dis que je ne vais pas les voir assez souvent. Une fois tous les cinq ans, en moyenne. Pas le neveu idéal.

Depuis quelque temps, ils se sont mis en tête de se débarrasser de toutes leurs affaires pour s'installer dans une maison de retraite. En attendant d'emménager, ils vivent dans un appartement de plus en plus vide.

Quand j'y suis allé, l'été dernier, ils avaient commencé à décrocher les cadres et à se débarrasser de la plupart des meubles jugés « superflus » – c'est-à-dire autres que leur lit, quatre chaises et la table de la cuisine. Ça avait laissé des empreintes sombres sur les murs, à l'endroit où s'étaient trouvés cadres et commodes pendant toutes ces années.

— Il n'y a pratiquement plus rien maintenant, me disent-ils. Passe et prends ce dont tu peux avoir besoin. Vaisselle, livres…

— À mon âge, on n'a plus besoin de constituer son trousseau, mais pour Charlotte, pourquoi pas ?

Notre cadette est encore étudiante dans une école de mode à Paris, en dernière année, et donc sur le point de « s'installer ». Le plus vite sera le mieux, parce que ses études nous coûtent les yeux de la tête. Heureusement que sa sœur, Émilie, qui a fait un lycée hôtelier, gagne sa vie depuis longtemps déjà.

— Irène et moi devons monter sur Paris pour voir Charlotte, dis-je à ma tante. Nous en profiterons pour vous rendre visite et elle prendra ce qui l'intéresse. Ce sera l'occasion de nous retrouver, tous les cinq.

— Très bien. Ainsi, tu pourras prendre le tableau.

J'ai un moment d'hésitation. Ai-je oublié une conversation à propos d'un tableau ?

— Le tableau ? Quel tableau ?

— Celui du peintre juif.

Nouveau temps de réflexion. Qu'est-ce que c'est que cette histoire ?

— Quel peintre juif ?

— Les gens que tes grands-parents ont cachés dans leur grenier pendant l'Occupation.

— Grand-papa et grand-maman ? Ils ont caché des Juifs à Génolhac ?

Mes grands-parents étaient cévenols, aussi rudes et aussi taiseux que le granit de là-haut. Il n'est donc pas surprenant que j'ignore tout de cet épisode.

— Un couple. Lui était juif, mais pas elle.

— Je n'ai jamais entendu parler de cette histoire ! Pourquoi maman ne m'en a rien dit ?

— Elle était petite pendant la guerre. Il est possible que grand-papa et grand-maman ne lui en aient pas parlé. Le peintre a probablement laissé ce tableau pour les remercier de les avoir sauvés.

Je reste interdit. Je découvre un tel acte d'héroïsme à l'âge de cinquante-deux ans, soixante-quinze ans après les faits !

D'un autre côté, je ne suis pas étonné. Il a fallu que mon grand-père meure, en 1989, pour que je tombe sur des décorations et des citations qui témoignaient de ses activités au sein de la Résistance. Il n'était pas seulement cévenol, il était aussi et surtout protestant calviniste. Descendant de camisards, façonné par les causses, avec le maquis dans les veines. Chez ces gens-là, la notion de devoir va avec celle de modestie. On fait ce qu'on a à faire mais on ne s'en vante pas.

Son frère, dont il était très proche, est mort sous la torture, assassiné par la Gestapo sans avoir parlé. Encore un taiseux. Il avait payé son appartenance à un réseau FFI dans le massif des Vosges. J'imagine qu'aux yeux de mon grand-père, le véritable héros de la famille, c'était son frère. Il s'était interdit de fanfaronner, il aurait trouvé cela inapproprié, voire indécent.

Je savais désormais d'où ma mère, que j'avais toujours trouvée trop effacée, tirait sa timidité et sa modestie. Mes grands-parents les lui avaient fait entrer par la force du silence.

— Il était où, ce tableau ?

— Dans notre couloir. Nous l'avons récupéré à la mort de ton grand-père.

Dans mon souvenir, leur appartement était très sombre. Je n'avais pas dû faire attention.

— Je ne me souviens pas. Et chez lui, à Génolhac ?

— Dans sa chambre.

Personne n'était autorisé à y entrer, surtout pas les enfants. Voilà pourquoi je ne l'ai jamais vu.

Nous finissons par nous dire au revoir et je vaque à mes occupations. Mais je ne tiens pas en place ; je fais les cent pas en attendant qu'Irène rentre du travail, impatient de lui faire part de cette histoire incroyable.

Dès qu'elle est là, je lui raconte la conversation que j'ai eue avec ma tante. Malgré sa fatigue, je sens une attention particulière quand j'évoque le tableau.

— Il est coté, ce peintre ? me demande-t-elle à la fin.

Je n'ai pas pensé à poser la question à ma tante.

— Je ne sais pas.

— On n'a qu'à regarder sur Internet.

Elle sort son smartphone.

— Il s'appelle comment ?

— Euh…

Ma tante a peut-être cité le nom du couple, mais je n'ai pas fait attention.

— Je n'ai pas retenu son nom.

Irène a un geste d'humeur.

— Rappelle-les, dit-elle.

— Non. Ça fait mec intéressé.

— Tu te renseignes juste sur le nom du peintre, c'est normal !

— Ce n'est pas la valeur vénale du tableau qui compte, c'est sa valeur sentimentale. Ce qu'il représente.

— Bien sûr, mais il n'empêche que j'aimerais connaître la biographie de ce peintre.

Je regarde Irène en coin. Je crois déceler chez elle autre chose qu'un intérêt pour l'histoire de l'art.

C'est là que je situe le début des emmerdements.

CHAPITRE 3

— Autour de 100 000 euros !

Irène, debout, me fait face dans la cuisine. Elle vient de m'avouer qu'elle est allée sur le site Internet de ce commissaire-priseur spécialisé dans l'expertise d'œuvres d'art. Parce que, évidemment, elle a insisté et j'ai fini par rappeler ma tante pour obtenir le nom du peintre : Eli Trudel.

L'expert a mis plusieurs jours à répondre, mais il propose de se déplacer pour l'étudier de plus près et de nous mettre en contact avec des acheteurs potentiels.

— En plus, il a précisé que c'était une estimation basse, ajoute Irène. Je suis certaine qu'on peut en tirer davantage.

Elle exulte, sans comprendre ce que cela signifie pour moi : elle m'a trahi. Elle a cherché à connaître le prix du tableau alors que je lui avais dit que je n'envisageais pas de le vendre.

Seulement voilà, moi aussi je l'ai trahie. Pendant qu'elle menait son enquête, j'ai mené la mienne. Je suis allé vérifier auprès de notre notaire ce qu'impliquait la mention « Mariés sous le régime de la séparation de biens. Il a été établi un contrat de mariage » dans notre livret de famille : je suis seul propriétaire du tableau.

— Mais tu te rends compte ?

Bien sûr que je me rends compte.

— L'argent ne constitue pas une motivation, je réponds.

Irène ne réplique pas mais je lis dans ses pensées. « Quoi d'autre, en ce cas ? » Je ne le sais pas moi-même. Je ne parviens pas à expliquer ce qui m'empêche de me séparer d'un tableau que je n'ai pas encore vu, dont je ne sais même pas s'il me plaira.

Nous nous regardons en chiens de faïence. Pourquoi ce sentiment qu'il ne faut pas vendre ? Parce que le tableau vient de ma famille maternelle et que j'adorais ma mère ? Parce que je pense à nos filles et souhaite leur laisser un héritage ?

Il faut que je sois honnête avec moi-même : là n'est pas la véritable raison. Ou pas tout à fait. Un héritage, certes, mais pas de cet ordre.

Je sors de la pièce.

Irène a changé. À quel moment ? Quand nous avons commencé à avoir des ennuis avec l'hôtel ? Plus tard, quand mon entreprise de transport a fermé ? Ou avant ?

Depuis plusieurs mois, peut-être des années, un bruit de fond monte peu à peu, des notes discordantes entre nous qui se répètent… Irène ne se confie plus à moi. Il faut avouer que, de mon côté, j'ai arrêté de lui poser des questions.

Nous étions jeunes quand nous nous sommes rencontrés. À l'époque, Irène était une petite blonde gaie, curieuse, vive d'esprit. Elle dévorait roman sur roman, me faisait part de ses impressions de lecture, nous allions au cinéma, nous partions en week-end, et surtout nous n'arrêtions pas de parler et de rire. J'avais senti tout ce que je pouvais devenir avec elle, grâce à elle. Mes parents, mon père surtout, m'avaient toujours vu comme une sorte de gentil bon à rien ; à leurs yeux, mes cousins et mes copains valaient toujours mieux que moi, et j'avais fini par le croire. Mais les choses allaient changer avec Irène !

D'ailleurs, tout est allé très vite : mariage, maison, enfants. Je ressentais un besoin urgent de cocher toutes ces cases ; probablement pour me rassurer.

Je ne regrette rien, mais je me demande si c'était la voie à prendre. Parfois, j'essaie d'imaginer une autre femme dans ma vie, et ce qu'aurait été mon existence avec une avocate, une artiste… Irène fait-elle les mêmes projections de son côté ? Rêve-t-elle à un banquier, un médecin ?

J'ai le sentiment qu'elle me reproche quelque chose. Pas ouvertement, mais peut-être entend-elle un bruit de fond elle aussi ? Peut-être se dit-elle que j'ai changé, que je ne suis plus le jeune homme qu'elle a épousé pour le meilleur et pour le pire ? Il semblerait que le doute se soit immiscé dans l'autre camp aussi.

Les jours passent et les discussions désagréables à propos du tableau se multiplient. Depuis son arrivée dans notre vie, l'ambiance ne cesse de se dégrader. À plusieurs reprises, je me dis que nous allons droit vers le divorce. Irène voudrait que je le vende avant même de l'avoir eu entre les mains ; je souhaite, quant à moi, le garder. Elle répète « À quoi bon ? ». Je réponds « Parce qu'il appartient à l'histoire de ma famille ». Cette justification ne convainc pas Irène ; je n'arrive pas à trouver de meilleur argument. Un soir, n'en pouvant plus, elle explose :

— On dirait que tu n'es pas conscient de notre

situation financière ! Tu ne te rends pas compte que nous sommes au bord du gouffre !

Je vois la blessure sur son visage, les larmes sur le point d'éclater. Je comprends enfin ce que ce tableau représente pour elle : une issue de secours. Parce que depuis que je suis inscrit à Pôle emploi, nos vies se résument à tenter de survivre. J'ai la possibilité de changer cela, et je m'y refuse. Mais je ne me l'explique pas ; je ne trouve pas les mots.

Je fuis à nouveau, dans le jardin cette fois. Voilà tout ce que nous possédons, ou plutôt ce qui nous possède : un pavillon inachevé à la périphérie de Firminy que nous n'avons pas fini de payer mais dont nous ne pouvons pas nous débarrasser, avec vue sur une bétonnière qui rouille depuis des années contre la haie.

C'est en contemplant notre carré d'herbe mal entretenu que j'examine le fatras de mes pensées. Je n'arrive pas à les organiser pour faire entendre à Irène que cette aquarelle n'a pas qu'une valeur financière ou artistique. C'est autre chose. Car même si le tableau se révèle être une croûte, il représente l'idée que je me fais du courage, de la dignité…

Irène, elle, croit que nous pourrions changer de vie, recommencer. Mais recommencer quoi ? On peut faire des tas de choses avec 100 000 euros – si tant est que ce tableau les vaille – mais certainement pas vivre *ad vitam aeternam* sans travailler, surtout quand on a un emprunt immobilier sur le dos et encore quinze ans de dettes. Et puis, elle se plaint sans penser à moi qui tourne en rond toute la journée dans la maison. J'aimerais bien me lever le matin avec un but. J'aimerais bien, moi aussi, avoir un emploi, même peu enthousiasmant.

Nos relations se détériorent à tel point qu'un matin, au petit déjeuner, elle me défie :

— Tu te rends compte que quand tu manges tes tartines, tu as l'air hostile ?

Je lui lance un regard qui doit effectivement être hostile.

— Tu es courbé sur ton auge, dit-elle en m'imitant, et tu bâfres tes tartines en faisant une tête… On dirait que tu as peur qu'on te les vole.

Elle veut la guerre ? Parce que, si c'est ça, j'ai en réserve quelques missiles humiliants moi aussi.

Elle doit sentir le danger car elle se dépêche de débarrasser son bol et de partir. Je me retrouve seul avec mes pensées, une fois de plus. Je me rappelle que notre fille Émilie m'a tenu à peu près les mêmes propos la dernière fois qu'elle nous a rendu visite :

— Mais, papa, rapproche ta chaise de la table et tiens-toi droit, tu as l'air d'un ours !

Que ma fille me voie comme un animal rustre est probablement normal, mais ma femme !

Il est vrai que je reste souvent à la maison, pas lavé, pas rasé.

« Quel pauvre type ! » doit-elle ruminer tout en pédalant sur son vélo pour aller au travail. « Quelle femme futile ! » je songe en la regardant partir. « Il pense que ce tableau peut changer le regard des autres sur ce qu'il est. Il se prend pour un héros… Un héros par procuration, oui ! », « Elle ne vit que pour le fric. Elle ne pense qu'à son bonheur matériel. Elle n'a aucun sens de l'Histoire ! ».

Chacun attend que l'autre tende la main, fasse un pas, mais rien ne vient. C'est l'incompréhension totale.

Jusqu'au jour où nous allons enfin chercher le tableau.

12 décembre 1943

Ils roulaient depuis trois heures à peine, et déjà il était épuisé. Il la supplia de bien vouloir lui accorder une pause en retrait de la route, là où on ne les verrait pas, dans l'ombre fraîche d'un bosquet traversé par un ruisseau.

— À ce rythme, on n'y arrivera jamais ! dit-elle.

— À ce rythme, tu y arriveras seule ! plaisanta-t-il en grimaçant.

Elle s'inquiétait pour la santé de son mari. Elle le savait fragile des bronches et lui connaissait peu de goût pour la culture physique, mais ses difficultés étaient plus grandes qu'elle n'aurait imaginé. Et pourtant, ils étaient encore sur la partie plate du parcours. Qu'en serait-il à l'approche de Dieulefit, quand le relief deviendrait plus escarpé ?

— Admire cela ! dit-il en laissant choir son vélo dans l'herbe.

Il désignait la Sainte-Victoire, au loin.

— On a l'impression de ne jamais s'en éloigner, dit-il. Où qu'on aille, elle est toujours là.

— Ce n'est pas qu'une impression. Nous n'avons pas fait plus de 40 kilomètres depuis Grambois.

Il haussa les épaules. « Un jour, je ferai une toile de cette scène, pensa-t-il. Le ciel d'un bleu cinglant ; les vignes échevelées, pas encore taillées, qui ressemblent à des lutins hirsutes. Fouettés au pinceau épais, les rameaux rendraient bien. »

Ses tableaux bucoliques comportaient rarement des personnages, mais ce jour-là, il aurait fait une exception. Au premier plan, il aurait représenté son épouse et lui trimant sur leurs bicyclettes, silhouettes courbées par l'effort. Deux corps maigres déformés, presque décharnés, à la Soutine.

« Bon sang, il est fou, mais quel génie ! » *Était* fou. Ils avaient appris par Matisse la mort de leur ami au mois d'août dans des conditions sordides. Cela leur avait fichu un coup. Ils étaient si proches de lui à une époque… Avant tout cela.

— Si je m'écoutais, je sortirais mon carnet pour croquer ce paysage sur-le-champ.

— C'est sûr que ça arrangerait nos affaires.

Depuis leur départ, elle allait devant et l'attendait à intervalles réguliers. Il voyait bien qu'elle trépignait, qu'elle aurait progressé plus vite si elle avait été seule. Il constatait surtout qu'elle ne lui reprochait pas sa lenteur. Au contraire, elle lui demandait comment il allait toutes les cinq minutes. Il ne savait que répondre.

— Je vais.

Il avançait, puisqu'il fallait avancer. Il fuyait, puisqu'il fallait fuir. Il suivait sa bien-aimée, cette femme amoureuse qui avait renoncé à tout vingt-cinq ans plus tôt – mariage prometteur, place dans la bonne société lyonnaise – pour jeter son dévolu sur un jeune peintre israélite d'origine autrichienne récemment naturalisé français et sans le sou, mais dont elle croyait que le talent s'imposerait. Et il s'était imposé !

Ensemble, ils avaient gravi les bermes glissantes de la notoriété et reconquis les cercles mondains d'où leur mariage l'avait bannie. Ensemble, ils avaient quitté Paris quand ces mêmes cercles s'étaient à nouveau fermés. À présent, voilà où ils en étaient : en cavale sur les routes de Provence !

Il essayait de ne pas penser à tout ce qu'ils laissaient derrière eux.

Elle se releva, décolla son vélo de l'arbre contre lequel elle l'avait appuyé, et se remit en selle.

— Bon, on y va ?

CHAPITRE 4

Nous roulons sur l'A6 en direction de Paris. Les seules paroles que nous échangeons se limitent à « Tu peux me passer la carte bancaire ? » et « Tu peux t'arrêter à la prochaine aire ? ». Ni l'un ni l'autre ne juge nécessaire d'ajouter « s'il te plaît ».

C'est long, Firminy-Paris, quand on s'est condamné au silence. Quand je pense à toutes ces conversations animées que nous avons eues au cours de notre vie… À tous ces bons silences aussi, chacun dans ses pensées mais ensemble, réconforté par la présence de l'autre.

Alors, j'allume la radio sans demander si ça la dérange. Je sais que tout ce qui est musique pop ou rock lui cassera les oreilles, comme elle est au courant de mon aversion pour le classique et les flashs d'information. Seul compromis possible : les programmes culturels. Notre trajet est donc accompagné d'émissions aussi hétéroclites qu'un documentaire sur les oiseaux marins en Antarctique, des regards croisés sur la psychiatrie en France, et un reportage sur les derniers jours de la boulangerie de Castelnau-Durban, unique commerce de ce village situé dans les Pyrénées ariégeoises.

Notre fille habite à Saint-Ouen, et c'est là que nous

devons la rejoindre. Il est prévu que nous déjeunions avec elle, puis que nous redescendions tous les trois sur Limeil-Brévannes pour prendre le thé chez mon oncle et ma tante. Un détour auquel nous avons consenti parce que nous consentons beaucoup de choses à nos filles. Cela évitera à Charlotte de prendre les transports en commun, et j'en profiterai pour réparer un robinet et un radiateur électrique dans son appartement.

Quand nous arrivons, nous constatons qu'elle s'est mise en quatre pour nous recevoir. Elle est allée faire le marché le matin même à Saint-Denis et en a rapporté toutes sortes de plats exotiques : des pains arabes, des marinades africaines… C'est goûteux et roboratif, comme j'aime, mais l'ambiance n'est pas détendue ; le vent mauvais qui soufflait dans la voiture ne nous a pas désertés : j'interromps Irène dès qu'elle prend la parole, je fronce les sourcils quand elle parle, je corrige son français, je soupire à la moindre réflexion de sa part, j'oublie de la servir à l'apéritif… Irène est une adversaire coriace, elle ne se laisse pas faire : elle me reproche d'avaler les olives comme un glouton, ne me rate pas quand je fais tomber un anchois sur la nappe, quand je renverse mon verre de vin, elle lève ostensiblement les yeux au ciel quand je ne comprends pas quelque chose…

L'alcool aidant, nous devenons infernaux.

— Putain, vous êtes chiants ! laisse tomber Charlotte.

D'abord, je feins l'incompréhension ; Irène adopte la même attitude – trente ans de vie commune, tout de même. Mais peu à peu nous nous reprenons. Nous sommes en train de gâcher un moment important pour notre fille.

Après le repas, je sors ma boîte à outils et je me

glisse sous le lavabo de la salle de bains pour en remplacer le mitigeur. J'entends Irène, enfin détendue, en profiter pour deviser avec notre fille. Je retrouve sa voix normale, j'entends même des éclats de rire à un moment donné. Ça me fait comme un pincement au cœur. Combien de temps depuis notre dernier fou rire ?

Je me remets à mes travaux. Réparer le radiateur électrique se révèle beaucoup plus facile que la plomberie : un simple fil à rebrancher dans le boîtier de dérivation, et c'est reparti. Charlotte pourra à nouveau affronter l'hiver francilien.

Quand j'ai terminé, il est l'heure d'aller chez mon oncle et ma tante. Nous montons à bord de la voiture et réempruntons le périphérique, en direction du sud-est cette fois.

La présence de Charlotte dans la voiture donne des airs de normalité au trajet jusqu'à Limeil-Brévannes. Irène et moi faisons illusion, tenant deux conversations séparées avec notre fille qui passe d'un interlocuteur à l'autre.

J'ai tout de même l'impression que l'atmosphère se réchauffe légèrement entre nous. Je surprends Irène en train de sourire alors que j'évoque avec Charlotte un souvenir de vacances dans le Jura, la fois où elle s'était « attablée » devant une bouse de vache et en aurait fait sa pitance si je ne m'étais jeté sur elle juste après l'avoir prise en photo. Elle avait à peine trois ans.

— Tu as tout de même pris le temps de faire la photo ! me reproche ma fille en rigolant.

Rendre visite à un vieil oncle et une vieille tante fait cet effet : c'est comme rouvrir un album de famille et se rappeler tout ce qu'on a en commun.

L'appartement d'Étienne et Louise est au premier étage d'une petite résidence entourée d'un parc boisé privatif, dans un quartier ni bourgeois ni populaire. Accession à la propriété, nomme-t-on pudiquement ces îlots urbains pour vous faire comprendre que vous y serez bien mais qu'on vous souhaite mieux. Pour la plupart des habitants de Limeil-Brévannes, le moyen terme s'est enkysté pour devenir du long terme. Aujourd'hui, la résidence des Aulnes est essentiellement occupée par des locataires dont les bailleurs se sont spécialisés dans la spéculation, et des propriétaires retraités qui ont raté l'ascenseur social.

Étienne nous accueille sur le palier. Il a pris un coup de vieux, plus voûté que la dernière fois que je l'ai vu, mais il a gardé cet œil pétillant et bienveillant que je lui ai toujours connu.

Il me presse l'épaule au moment où je franchis le pas de leur porte. Je le sens content d'avoir du monde.

Dès que je pénètre dans l'appartement, je constate que le nettoyage par le vide a continué depuis l'été dernier : disparue, la commode qui encombrait l'entrée, partis la grande table de la salle à manger et son jeu de chaises.

Étienne suit mon regard et devine mes pensées.

— Comme je te l'ai dit au téléphone, nous nous débarrassons de tout.

— Je vois, mais… Vous allez vivre comme ça ?

— C'est transitoire. Nous avons trouvé une place dans un foyer. Une espèce de maison de retraite. Mais passe dans le salon, nous allons t'expliquer tout cela.

Là, je découvre Louise, toute ratatinée dans son fauteuil. Elle ne se lève pas pour nous embrasser. Irène se penche sur elle pour déposer sur ses joues deux baisers tendres. J'en suis ému. Irène a toujours beaucoup apprécié mon oncle et ma tante. La voir si prévenante, touchée elle aussi de trouver Louise diminuée, me trouble au-delà de ce que j'aurais imaginé.

Je croise le regard d'Étienne et je le vois froncer le sourcil. Il interprète mal mon émotion, il croit que je les enterre avant l'heure.

À la place de l'immense bibliothèque qui occupait tout un pan de mur du salon, il n'y a plus qu'un grand vide et les contours laissés par la poussière, comme des fantômes de livres.

Je me force à adopter un ton plaisantin, le même que j'ai toujours employé avec eux.

— Alors, tata Louise ! On a fait vœu de pauvreté ?

— Je déteste que tu m'appelles tata.

— Je sais. C'est bien pour cela que je le fais.

— Tu n'as pas changé. Toujours le même polisson.

Bon, je suis heureux de constater qu'elle n'est pas diminuée intellectuellement.

Étienne nous fait asseoir. « Profitez-en tant qu'il nous reste quelques chaises ! » plaisante-t-il. Puis il apporte le thé dans une de ces théières japonaises en fonte dont le fond est culotté par des années de service. Rien qu'à l'odeur, je reconnais le lapsang souchong qu'ils affectionnent. Sur le plateau, il y a aussi des shortbreads, une tradition dans la famille de ma mère, héritée d'un grand-oncle qui a vécu en Angleterre pendant la guerre.

La conversation part d'abord sur ce que deviennent les filles, Charlotte, diplômée dans un an, Émilie, chef de salle dans un restaurant à Aubusson dans la Creuse – mon oncle, toujours aussi érudit, se souvient de l'âge d'or de l'industrie de la tapisserie dans cette région –, puis elle s'oriente vers leur proche déménagement.

Étienne et Louise vivent dans cet appartement

depuis plus de cinquante ans. Ils ne sont pas particulièrement aventuriers, voyagent peu, jamais ailleurs qu'en France… Pour eux, quitter Limeil-Brévannes, c'est le saut dans l'inconnu. Je perçois leur inquiétude. Irène aussi, qui a posé sa main sur celle de ma tante. Charlotte les rassure, elle les accompagnera le jour où ils quitteront l'appartement.

Je les fais parler sur leur nouveau logement. Ils me décrivent un studio assez grand pour deux, dans un bâtiment sécurisé, une banlieue tranquille sur la ligne C du RER. J'en souligne les aspects pratiques, j'insiste sur le confort, à leur âge, de pouvoir compter sur une aide médicalisée à tout moment… J'essaie de voir le bon côté des choses. Pourtant, intérieurement, je sens l'angoisse me gagner, celle-là même qui me rappelle régulièrement ma propre fin, pas si éloignée.

Mon Dieu, que je n'aimerais pas être à leur place ! Il n'y a guère que deux circonstances qui m'aient noué les tripes de cette manière : quand il fallait rentrer à l'internat le dimanche soir après un week-end à la maison, et les veilles de retour de permission, quand je faisais mon service militaire.

Une fois avalés le thé et les shortbreads, mon oncle aborde enfin le sujet qui nous intéresse, Irène et moi, même si ce n'est pas pour les mêmes raisons.

— On papote, on papote, mais vous n'êtes pas venus pour cela. Charlotte, nous t'avons mis de côté un service en porcelaine. Viens voir.

Étienne entraîne notre fille dans la salle à manger où sont entassés trois cartons de vaisselle.

— J'ai dû aller acheter de l'emballage avec des bulles. C'est fragile, il faudra faire attention en les manipulant.

Charlotte fait mine de s'extasier mais je sens bien

que les motifs alsaciens ne sont pas vraiment de son goût. Je ne la blâme pas. En effet, je la vois mal recevoir ses amis et leur servir des plats antillais achetés sur le marché de Saint-Denis dans de la porcelaine d'Obernai.

— Et toi, eh bien voilà, me dit-il. Je ne l'ai pas emballé pour que tu puisses te faire une opinion avant de le prendre ou pas, mais j'ai également tout ce qu'il faut.

Il me tend un cadre défraîchi. Je m'impose de ne pas le regarder tant que je n'ai pas le recul nécessaire et la bonne lumière. Je le pose sur une chaise, face à la baie vitrée de la salle à manger, fais deux pas en arrière, et lève les yeux sur le tableau.

CHAPITRE 5

Eli Trudel était un ami d'Odilon Redon, de Max Jacob et d'Henri Matisse, même si sa peinture était davantage influencée par Cézanne et les impressionnistes que par ses contemporains symbolistes ou surréalistes.

Ses tableaux ont été achetés par l'État français malgré les origines autrichiennes de leur auteur. Sa naturalisation tardive lui a d'ailleurs valu quelques démêlés pendant la Première Guerre mondiale ; l'excès de zèle patriotique d'un employé de l'état civil est probablement à l'origine de ces déboires – Eli Trudel n'est arrivé en France qu'en 1913, fuyant les pogroms antisémites qui couvaient déjà à Vienne. On a dû estimer que le sujet austro-hongrois qui avait tapé à la porte du pays un an plus tôt ne méritait pas le privilège de devenir français aussi aisément, et qu'une mise en quarantaine s'imposait… Surtout si l'on considérait ses origines israélites – l'affaire Dreyfus était une plaie à peine refermée.

Ces considérations administratives ne l'ont pas empêché, vingt ans plus tard – en plein Front populaire, il est vrai –, de remporter la médaille d'or de l'Exposition universelle de Paris en 1937.

Je n'avais jamais entendu parler de lui avant que mon oncle et ma tante me confient ce tableau. Il n'est pas passé à la postérité à l'instar de certains de ses collègues, mais son œuvre demeure suffisamment connue et appréciée des spécialistes et des amateurs éclairés pour justifier une cote élevée.

Les rares sources en ligne ne m'ont pas appris grand-chose. Tout ce que l'on sait, c'est qu'au moment de l'entrée des Allemands dans Paris, en 1940, Eli Trudel a fui la capitale avec son épouse, Jeanne Fredon, la fille du peintre André Fredon.

On dit qu'Eli n'a jamais commenté les événements mondiaux. C'était sa façon à lui de résister. Ne pas laisser la barbarie et le fracas le détourner de l'unique raison de sa présence sur terre : peindre.

On perd sa trace pendant la guerre. On peut raisonnablement supposer qu'il a péri dans les camps nazis.

D'après certains témoignages, les œuvres qu'Eli Trudel a peintes au cours de cette période – aujourd'hui introuvables – n'étaient pas plus sombres ou mélancoliques que le reste de sa production, au contraire. Il s'agissait pour la plupart de paysages, d'ambiances bucoliques, où les seuls tourments étaient, peut-être, à deviner dans le mouvement des arbres pris dans le vent. Les tableaux reproduits sur Google Images sont tous caractérisés par l'absence de représentation humaine. Là se cachait, s'il fallait en déceler un, le réquisitoire que le peintre misanthrope réservait à son époque.

Soixante-quinze ans plus tard, je tiens dans mes mains l'une de ses œuvres, une aquarelle représentant un paysage de la Drôme provençale.

Le premier plan n'est pas net : des joncs, je crois, en bordure d'une zone marécageuse. Une tourbière ?

Tout contre, au centre du tableau, troncs masqués par un paravent de roseaux sauvages, des pins parasols s'agitent. Le vent qui les torture rappelle certaines œuvres de Soutine ; on les sent prêts à virer au fauve. L'horizon est barré par des collines dont la ressemblance avec la Sainte-Victoire est frappante.

Pour autant que je sache, le tableau est typique de la dernière période de l'artiste.

Je ne m'explique pas comment mes grands-parents sont entrés en possession d'une telle pièce.

J'essaie d'obtenir des confessions de ma tante, qui n'a qu'un vague souvenir des Trudel. Elle me répète ce qu'elle m'a dit au téléphone : elle savait qu'il y avait des gens à la maison à ce moment-là, mais on lui avait caché leur véritable identité et elle avait reçu comme instructions de n'en parler à personne. Tout ce dont elle se souvient, c'est que c'était au moment des fêtes, fin 43. Quant à ma mère, trop jeune pour comprendre les dangers encourus, elle n'avait pas été mise au courant.

Selon ma tante, le couple aurait offert ce tableau à ses parents – mes grands-parents, donc – pour les remercier de les avoir cachés. Leur séjour aurait correspondu à un moment particulièrement délicat dans leur fuite. Les Trudel ont donc cherché à se cacher ou à quitter le pays ?

— Combien de temps sont-ils restés ?

— Je ne sais pas.

— Tu as une idée de ce qu'ils sont devenus ?

— Pas la moindre.

— Tes parents ne t'en ont jamais parlé ?

Ma tante lève les bras au ciel.

— Ton grand-père rabrouait quiconque le questionnait sur cette période. Il affirmait qu'il n'y avait rien à dire.

Je suis là, subjugué par l'objet que je brandis à bout de bras, en prise directe avec l'Histoire, celle que l'on nous enseigne dans les manuels. Sauf que là, pas de distance, pas de recul, je la prends en pleine figure.

Je garde pour moi mes envolées lyriques. Irène me raillerait si elle m'entendait.

Ma grand-mère est morte trop tôt, j'avais deux ans. Par contre, j'ai bien connu mon grand-père. Que ne l'ai-je interrogé de son vivant ? Pourquoi a-t-il observé un tel silence sur cette période ? Me voilà contraint d'inventer un récit dont je ne possède que des bribes : les souvenirs d'adolescente de ma tante, quelques lignes sur une fiche Wikipédia… Et ce tableau que mon grand-père a conservé au plus près de lui, dans sa chambre, toute sa vie.

C'est la preuve qu'il possédait pour lui une valeur symbolique qui allait bien au-delà de sa valeur vénale. Comment pourrais-je m'arroger le droit de le vendre ? Il faudra qu'Irène admette que c'est impossible.

Je contemple l'aquarelle et me tourne vers elle. Je la vois si tendre et rieuse avec Louise et Étienne, comme avec Charlotte. Pourquoi ne ferait-elle pas preuve de la même bienveillante compréhension vis-à-vis de moi ?

CHAPITRE 6

Je demeure silencieux pendant le trajet retour. À Saint-Ouen, je dépose Irène et Charlotte en bas de l'appartement, avant de faire un tour du pâté de maisons pour trouver une place de stationnement. Une fois garé, je demeure quelques minutes au calme, à réfléchir à ce qu'il m'arrive. Ce tableau m'appelle à lui et m'exhorte à agir. Mais dans quel sens ? Et pourquoi ?

Je ne cours pas le risque de le laisser dans le coffre de la voiture jusqu'à demain. Je le prends sous le bras et gagne l'immeuble de Charlotte.

Je ne suis pas très bavard au cours du dîner non plus. Irène me jette des coups d'œil à la dérobée.

Après le repas, elle devise avec notre fille. Celle-ci parle de sa formation de modiste, des difficultés qu'elle envisage déjà pour trouver du travail dans un milieu très fermé qui exige d'avoir ses entrées – nous n'en avons pas –, de son stage qui commence dans une semaine et pour lequel elle ne sera pas rémunérée.

Elles ont sorti un jeu de Scrabble et font une partie tout en bavardant. Pendant ce temps, en l'absence de télévision, je relis un vieux *Blueberry* ; je me demande comment une BD de ce genre a atterri chez ma fille.

J'écoute leur conversation d'une oreille distraite tout

en sirotant une tisane et la soirée s'écoule sans incident. Pourtant, je ne me sens pas à l'aise. Pas complètement présent. Au moment de nous coucher, à mi-voix pour ne pas se faire entendre de Charlotte qui dort dans le salon simplement séparé de la chambre par une fine cloison, Irène cherche à me faire parler. Comment je trouve le tableau ? Qu'est-ce que j'en pense ? Est-ce que j'ai pris une décision ?

Je laisse passer plusieurs secondes avant de concéder un « Je ne sais pas ». Irène me connaît, elle sait ce que cela signifie : j'ai pris une décision qui ne va pas lui plaire et je n'ose pas l'affronter. Elle n'a pas tort, sauf que ce n'est pas par lâcheté que j'évite de répondre ; c'est parce que je n'ai pas envie qu'une dispute éclate ici, chez Charlotte, alors que celle-ci entendrait tout.

Ce qu'Irène n'imagine pas, c'est que non seulement je ne vendrai pas le tableau, mais qu'une autre idée, plus extravagante encore, me trotte dans la tête : en lisant des articles en lien avec mes recherches sur Eli Trudel sur Internet, j'ai découvert que les gens qui ont aidé des Juifs peuvent prétendre au statut de Justes parmi les Nations. C'est une distinction bien plus importante que la Légion d'honneur. Un truc international ! La preuve que ces gens ont fait le bien quand tant d'autres faisaient le mal. Bien que personne n'en ait jamais rien su, mes grands-parents en faisaient partie. Je voudrais corriger cela. Que leurs actes soient reconnus publiquement.

Je veux le faire pour eux, mais je dois avouer que je tire une certaine fierté de ce que mes grands-parents ont accompli.

Je me réveille en sursaut aux premières lueurs du jour. Je suis en nage. Mon oreiller et mon T-shirt sont trempés ; à tel point que je dois retourner l'un et changer l'autre. J'essaie de me rendormir. En vain. 5 h 23 à ma montre, c'est fichu.

Je m'assieds dans le lit. Ma décision est prise : peu importent les raisons, je vais faire reconnaître le statut de Justes parmi les Nations de mes grands-parents. Je ne sais pas encore comment m'y prendre, mais il doit y avoir une procédure.

J'observe Irène ; elle me tourne le dos. Je contemple sa nuque, sa respiration tout juste perceptible. Elle ne va pas approuver.

Petit à petit, l'immeuble s'éveille, on entend les sonneries des voisins, les portes qui claquent aux étages inférieurs. Puis le périphérique s'agite ; Paris se met en mouvement. Irène, qui a senti que j'étais debout, s'est levée à son tour. Nous passons sans faire de bruit à la cuisine, mais cela suffit à mettre Charlotte en alerte. Elle nous rejoint. Câlin à sa mère, tape dans le dos et baiser sur la joue pour moi.

Irène a avec nos filles des rapports complices que je n'ai jamais réussi à instaurer. Pas certain que cela ait à voir avec la fameuse fibre maternelle. Je connais des pères qui sont les confidents de leurs filles. C'est moi qui suis en cause ; ça vient de moi. J'ai aimé mes filles dès qu'elles sont nées, mais j'ai eu peur de leur faire du mal malgré moi. Cette idée que tout ce qu'il touche, un homme le salit. Alors, je m'en suis toujours tenu à distance, pour limiter les dégâts.

Ces remords silencieux, sortes de fantômes, s'estompent au fur et à mesure que l'appartement s'anime, chassés par les odeurs de café qui coule, les voix des journalistes à la radio, les conversations qui ont repris entre mère et fille… Je repense au tableau, à mon idée de statut de Justes parmi les Nations pour mes grands-parents. Enfin, je vais prendre ma douche, accompagné par mon projet secret.

De retour dans la cuisine, Irène me propose de rentrer à Firminy dans l'après-midi, après avoir assisté au défilé militaire sur les Champs-Élysées.

— Je ne voudrais pas rater ça. Pour une fois que nous nous trouvons à Paris un 14 juillet !

Charlotte ne nous accompagne pas.

— Je vais plutôt faire la grasse matinée, nous dit-elle avant de retourner se coucher.

Nous sommes déçus, évidemment. Nous la voyons si peu et nous nous faisions une telle joie d'y aller avec elle ! Un instant, Irène et moi partageons ce même sentiment, et je me demande comment il se fait que nous ayons tant d'amour pour nos enfants et aussi peu de tendresse l'un pour l'autre.

Irène ne semble pas se poser les mêmes questions, car elle coupe court à mes réflexions.

— On la verra plus tard, dit-elle.

Je la suis dans la cage d'escalier.

À la radio, le journaliste qui présentait les infos craignait que les Gilets jaunes ne gâchent les réjouissances. Mais une fois sur place, nous constatons qu'ils ne sont qu'une poignée à porter les couleurs de la révolte, et l'ambiance est plutôt bon enfant. J'ai l'impression qu'on approuve leur présence plutôt qu'on ne la réprouve. Il n'y a donc que moi qui leur en veux ?

— Tu as vu comme ils sont beaux ?

Irène me sort de mes interrogations en me montrant le régiment qui défile sous nos yeux.

— Hum ?

— Le Cadre noir. Ils ont de la gueule, tout de même.

Je hausse les épaules.

— Ce sont les chevaux qui font cet effet.

Je détecte une pointe de sarcasme dans le regard d'Irène. Confondrait-elle ma réaction avec de la jalousie ? Est-il possible qu'elle m'en croie encore capable ? Pourtant, elle et moi savons que nous n'en sommes plus là.

Nous nous remettons en mouvement.

Alors qu'avance une colonne de la Légion étrangère, au pas lent qui lui est si caractéristique, plus applaudie que les aviateurs de l'armée de l'air qui la précédaient, mon esprit s'évade à nouveau : je me demande comment contacter les autorités juives chargées d'accorder le statut de Juste parmi les Nations. Est-ce qu'il y a un service dédié ici en France, ou en Israël ? Ils doivent forcément mener une enquête, vérifier nos affirmations avant d'accepter ou de rejeter une telle requête.

C'est au tour de la gendarmerie mobile, à qui le public n'accorde pas une grande estime. J'entends des gens faire des blagues, d'autres dire « Un peu de respect, s'il vous plaît ».

Sauf que la mienne, de requête, est solide ! Mon grand-père était résistant, j'ai des documents qui l'attestent ; sans compter que je suis également en possession d'un tableau qui prouve que son épouse et lui ont protégé des Juifs pendant l'Occupation.

J'espère que des témoignages existent, conservés dans leurs archives, qui permettront de recouper ce que j'affirme avec d'autres éléments tangibles, et ainsi de reconstituer le puzzle dont certaines pièces manquent pour le moment.

Le vrombissement des chars du 501e RCC qui fait trembler le pavé sous nos pieds ne parvient pas à me déconcentrer.

Je ne crois pas qu'il y ait une synagogue à Firminy, mais à Saint-Étienne, c'est certain. Je les appellerai demain matin et prendrai rendez-vous avec le rabbin. Je lui raconterai l'histoire du tableau du peintre juif de vive voix. Je suis sûr que mes grands-parents sont éligibles.

Nous quittons les Champs-Élysées avant la fin du défilé pour éviter la cohue. Je souffle, légèrement agoraphobique, mais mon répit n'est que de courte durée, car en entrant dans le métro, nous replongeons dans un essaim. La rame de la ligne 13 en direction de Saint-Denis-Université est bondée. On est en plein été, mais les Parisiens ne sont pas encore en vacances ; le trajet est un supplice.

Heureusement, il n'est pas long. Sept stations plus loin, nous descendons Porte de Saint-Ouen. La torture n'est pas terminée pour autant, car nous devons marcher un quart d'heure sous un soleil de plomb avant d'arriver chez notre fille. Le bitume est chauffé à blanc, on continue d'étouffer.

— Enfin, nous y sommes, dis-je, en sueur.

— Presque, fait Irène en levant les yeux vers le haut de la façade.

Encore quatre étages sans ascenseur à gravir. Charlotte est jeune, elle fait ça tous les jours. Cette vie me tuerait.

Nous prenons à peine le temps de boire un verre d'eau, car Charlotte est prête et nos sacs attendent déjà dans l'entrée.

— Je connais un resto sympa du côté de Carrefour-Pleyel. On va y aller en voiture, annonce-t-elle. Vous serez à deux pas de l'autoroute pour repartir.

Elle a pensé à tout, elle sait que je n'aime pas conduire dans Paris, elle nous facilite la tâche.

Dix minutes plus tard, nous nous garons devant un

rideau métallique baissé. Le restaurant auquel elle avait pensé est fermé.

— Ça fait un moment que je voulais vous y emmener ! s'exclame-t-elle, contrariée.

— C'est férié, aujourd'hui. Normal qu'ils soient en congé. Il doit y avoir d'autres restaurants dans le coin.

— Oui, mais c'est un de mes endroits préférés. Je vous aurais présenté Gilles, le patron. Il vient de la Loire, lui aussi.

Je comprends sa déception. Moi aussi j'aurais bien aimé connaître un des lieux qu'elle fréquente.

— J'ai un plan B, dit-elle.

Nous redémarrons et elle nous fait passer sous l'échangeur. Elle m'indique la route jusqu'à un restaurant antillais dont elle a entendu du bien.

— Je me méfie des avis galvaudés sur TripAdvisor, mais celui-là m'a été personnellement recommandé.

Irène et moi échangeons un regard amusé. « Galvaudés » ! Charlotte a toujours utilisé des mots d'un autre âge. Nous trouvons cela émouvant, mais elle se vexerait si elle surprenait nos sourires.

Le restaurant en question ressemble davantage à un PMU qu'à un antillais, mais il recèle une « arrière-salle climatisée », comme il est indiqué sur la porte d'entrée.

Nous traversons la salle du bar sans qu'aucun des clients ne décroche les yeux de l'écran géant qui diffuse une course de chevaux.

La décoration de la partie restauration est très caribéenne, tout comme la musique qui y est diffusée. D'ailleurs, son volume sonore atteint un niveau parfait pour un réveillon mais très exagéré pour un repas en famille. Je suis sur le point de faire demi-tour lorsqu'un grand Noir vient à notre rencontre.

Avant même de nous saluer, il file derrière un comptoir où se trouve la chaîne stéréo pour en baisser le son.

— J'aime bien préparer la salle en rythme ! Et vous êtes les premiers clients, s'excuse-t-il avant de nous faire asseoir.

La table qu'il nous propose est située contre une baie vitrée donnant sur un jardinet.

— Vous serez bien, ici, au frais, dit-il en nous tendant le menu.

Passer commande nous demande un quart d'heure d'explications. Lorsque nous parvenons enfin à nous décider pour trois entrées et trois plats, le serveur repart et Charlotte plante son regard dans le mien.

— Alors, qu'est-ce que tu vas faire de ce tableau ?

Sa question me laisse pantois. Irène lui aurait-elle parlé de notre différend ? Ce n'est pas son genre. Nous sommes loin d'être d'accord sur tout, mais elle n'a jamais cherché à manipuler les filles contre moi. Charlotte est simplement perspicace.

— Qu'est-ce que tu entends par « Qu'est-ce que je vais en faire » ?

— Je ne sais pas. Tu devrais le faire expertiser.

Irène baisse le menton. Impossible de dire si la situation l'amuse ou l'embarrasse.

— Pourquoi ? je demande.

Je suis sur la défensive, mais si Charlotte le remarque, ça ne l'empêche pas de poursuivre :

— Comment il s'appelle, le peintre ?

Tout en me parlant, elle pianote sur son téléphone.

— Eli Trudel.

Je vois le pouce de Charlotte faire dérouler des pages Internet.

— Hum, il était assez connu, de son temps. Ses tableaux ont peut-être de la valeur.

— Et alors ?

Le pouce de ma fille reste en suspens. Elle a senti que c'était un terrain glissant. Elle consulte discrètement sa mère d'un mouvement du menton, ce qui a l'art de m'irriter un peu plus. Irène fait une moue qui signifie « Je ne m'en mêle pas, vois avec ton père » et se plonge dans l'étude du massif de fleurs à côté d'elle. Elle ne mentionne pas la somme indiquée par l'expert qu'elle a consulté, ce dont je lui sais gré.

Charlotte range son téléphone.

— En tout cas, cette histoire est dingue, dit-elle pour changer de sujet. Tu savais que ton grand-père avait caché des Juifs ?

— Non. Il n'était pas très bavard.

Charlotte me pose un tas de questions à propos de ce côté de l'arbre généalogique. Nous avons emmené les filles dans les Cévennes à plusieurs occasions, mais elles connaissent mal leurs cousins. Irène ne tenait pas à ce que nous rendions visite à mes parents, mais elle n'est pas seule responsable parce que, malgré l'amour que je portais à ma mère, j'avais des relations difficiles avec mon père et cet éloignement me convenait… Aujourd'hui, je me demande si je n'ai pas commis une erreur.

Une certaine gêne m'accompagne jusqu'à la fin du repas. Charlotte a décidé de ne pas en tenir compte. Elle se montre enjouée, comme d'habitude. Quant à Irène, elle semble être passée à autre chose ; elle converse librement avec notre fille jusqu'à la fin du repas. Quand je paie, Charlotte me remercie pour l'invitation. Je fais un geste de patriarche, l'air de dire « C'est normal ». Je me rends compte que mon père avait le même, et je me moquais de lui quand il le faisait.

— C'était chouette de vous voir, dit notre fille. Vous devriez rester plus longtemps la prochaine fois.

— C'était compliqué de faire mieux. Ta mère travaille demain.

— Je sais.

Irène n'a pas beaucoup de vacances et quasiment jamais de week-end entier.

Ce que je tais à Charlotte, c'est que son studio est trop petit pour nous accueillir plus d'une nuit, et nous n'avons plus les moyens de nous payer une chambre d'hôtel. Quelques minutes plus tard, sur le trottoir, elle décline ma proposition de la déposer au pied de son immeuble :

— Ça sert à quoi d'être venus au restaurant en voiture, si vous retournez à Saint-Ouen ?

Nous nous embrassons, les portières de la voiture claquent, et nous voilà partis pour six heures de route.

Je ne me détends que lorsque nous sommes sortis d'Île-de-France et traçons droit vers le sud, sur l'A6.

Charlotte était tendre quand nous nous sommes dit au revoir, elle m'a embrassé et m'a remercié pour le lavabo et le radiateur, mais j'ai l'impression d'être passé à côté d'elle une nouvelle fois. Je me languis de revoir mes filles quand elles sont loin, mais en leur présence, je passe mon temps à me poser des questions. Décidément, aimer mes enfants n'est pas plus simple qu'aimer ma femme.

Un coup d'œil au Trudel dans le rétroviseur détourne mon esprit de ces idées maussades. Je souris. Le tableau est dans son emballage de papier bulle, je l'ai recouvert d'une vieille couverture que j'ai toujours dans le coffre. Quand les filles étaient petites, je l'étalais dans l'herbe pour qu'elles puissent s'asseoir sans que ça gratte. Je ne sais pas pourquoi je la garde alors que nous ne pique-niquons plus, Irène et moi.

En tout cas, aujourd'hui, elle m'est bien utile. Elle donne un air mystérieux au paquet. Comme si je transportais un objet de contrebande, une œuvre d'art volée. J'ai même attaché le tableau avec une des ceintures de sécurité à l'arrière, afin qu'il ne bascule pas en cas de freinage intempestif. Irène ne s'est pas moquée de moi, contrairement à ce que j'aurais imaginé.

D'ailleurs, j'apprécie que le retour se passe mieux que l'aller. Nous échangeons nos impressions sur les vingt-quatre heures que nous venons de passer avec notre fille, devisons sur la banalité des paysages traversés par l'autoroute, commentons les écarts de conduite de tel ou tel chauffard… On dirait presque nous quand notre couple allait bien.

Je me suis posé beaucoup de questions sur nos relations pendant ce voyage. Nous sommes passés d'une animosité proche de l'agressivité à quelques moments complices. Irène a-t-elle fait le même constat ? Me voir habillé de frais, au volant de la voiture, en train de lui parler sans chercher à la piéger lui a-t-il rappelé l'homme que je peux être quand je ne suis pas un ours en train de manger ses tartines avec hostilité ?

J'aimerais y croire, mais j'en doute. Un coup d'œil rapide dans le rétroviseur intérieur me démontre le contraire. Il est là, sous sa couverture. Si tout allait si bien entre Irène et moi, nous parlerions de lui, mais nous n'en disons pas un mot. Pendant 560 kilomètres.

CHAPITRE 7

Je ne m'étais pas trompé : l'accalmie n'aura été que de courte durée.

En effet, le lendemain matin, alors que je suis en train de déballer le tableau sur la table de la cuisine, Irène revient à l'attaque.

— Alors ? Qu'est-ce que tu as décidé ?

Je prends une longue inspiration et pivote sur mes talons pour lui faire face. Cette fois, je ne tergiverse pas, je n'esquive pas. Il n'y a plus personne pour entendre notre dispute si elle éclate. Je parle de façon ferme et distincte :

— Je ne vais pas le vendre.

Le visage d'Irène est traversé par une dizaine de sentiments différents, dont la haine, la frustration, la pulsion de meurtre, l'envie de pleurer… Mais elle se contient et fait mine d'attendre la suite de mes arguments.

— Je vais faire une demande, au nom de mes grands-parents, pour que leur soit accordé le statut de Justes.

Cette fois, je lis la surprise et l'envie d'éclater de rire.

— Le statut de quoi ?

— Justes parmi les Nations. C'est comme ça qu'on

appelle les gens qui ont aidé des Juifs pendant la Deuxième Guerre mondiale.

— Je sais, merci. Mais depuis quand tu t'intéresses à la Shoah, toi ?

— Ça m'a toujours fasciné, tu le sais. Mes grands-parents n'ont pas été reconnus comme tels alors qu'ils ont eu un comportement héroïque.

— Qu'est-ce qui te fait croire qu'ils auraient souhaité accéder à ce statut ? S'ils n'ont pas fait la démarche de leur vivant, il y a peut-être une raison.

Elle marque un point.

— Je pense que ça dépasse ce qu'ils auraient voulu ou pas. Il faut que les jeunes d'aujourd'hui sachent ce que leurs aînés ont entrepris... Il faut que Charlotte et Émilie soient conscientes de ce que leurs arrière-grands-parents ont fait, qu'elles en soient fières... Qu'elles soient à la hauteur de cela.

— Depuis hier, Charlotte le sait ; elle en a probablement déjà parlé à Émilie. Elles n'ont pas besoin qu'Israël décerne une médaille à tes grands-parents pour comprendre la portée de leurs actes. Ou plutôt, qu'Israël *te* décerne une médaille ?

— Qu'est-ce que tu entends par là ?

Irène sourit : moquerie, sarcasme, fausse pitié. Attention, une pique est à venir.

— Je crois que tu penses davantage à toi qu'à tes grands-parents. Tu veux te faire valoir à travers leurs exploits. Tu es prêt à renoncer à 100 000 euros...

— Ça y est, c'est reparti !

— ... 100 000 euros, pour un bout de papier dont personne, et surtout pas tes grands-parents, n'a rien à foutre ! Ta démarche est surtout intéressée.

— Et alors ? Elle n'en est pas moins honnête. Ce n'est pas incompatible. Je sais, moi, que je songe avant tout à mes grands-parents. Ma préoccupation principale est de leur rendre justice ; il n'y a rien de mal à ce que j'en tire une forme de satisfaction.

— Leur rendre justice ? Mais pourquoi ? Ils ont été calomniés ? Spoliés ? Traînés dans la boue ?

Le ton est monté de part et d'autre. Cette discussion ne mènera à rien. Mieux vaut couper court. Je hausse les épaules et bats en retraite.

Il y a un chat dans le jardin. Il m'entend alors que je m'approche de la porte vitrée, s'immobilise, tourne la tête dans ma direction, évalue la distance entre nous, analyse le risque que je représente et doit le juger proche du néant car il cligne paresseusement des yeux avant de se détourner. Ce n'est que lorsque j'abaisse la poignée de la porte qu'il prend la fuite.

Ce monde est une jungle, on ne s'en rend pas compte, nous, les grands prédateurs.

Irène a raison : c'est une somme, 100 000 euros. Mais savoir d'où l'on vient, honorer ses aïeux, leur rendre hommage, s'inspirer de leurs actions… cela n'a pas de prix. Que seront devenus les 100 000 euros dans dix ou vingt ans ? Alors que le statut de Justes parmi les Nations de mes grands-parents, les enfants et les petits-enfants de Charlotte et Émilie continueront à le transmettre à leurs descendants. Cela les construira.

De la rue monte le bruit du camion poubelle. Lundi, ramassage des déchets recyclables. Depuis que je ne pars plus au boulot le matin, je suis davantage au fait des rythmes de la ville. Je suis surtout étonné de constater à quel point les abords de notre propriété sont bruyants ; jusqu'à récemment, je n'étais là que le dimanche. En semaine, je quittais tôt et rentrais tard. Je trouvais la maison calme et notre rue peu fréquentée. À présent, je suis le concierge du quartier ; celui à qui le facteur confie un colis encombrant pour les voisins au lieu de laisser un avis de passage.

En perdant mon entreprise, j'ai perdu mes repères. Irène est au travail, et moi je reste là à boire mon café en pyjama et en pantoufles. Pour l'instant, je me sens bien, mais dans une heure ou deux, je sais que je vais commencer à m'ennuyer.

Aujourd'hui, cependant, devrait être une bonne journée : la routine sera rompue par le coup de fil que je dois passer à la synagogue. En attendant qu'il soit l'heure, je me fais un deuxième café et m'installe dans le fauteuil pour lire mon journal. Je profite de la lumière à l'extérieur et de l'air frais qui entre par les fenêtres ouvertes. Un peu plus tard, il fera trop chaud et je devrai tout calfeutrer.

Quand la sonnerie de l'horloge murale retentit neuf fois, je me lève, me dirige vers le bureau, m'assieds, saisis un bloc-notes et inspire profondément. C'est l'instant de vérité. Je compose le numéro de la synagogue sur le clavier de mon vieux téléphone filaire. Je me souviens que c'est par lui que tout a commencé, quand j'ai eu cette première conversation au sujet du tableau avec mon oncle et ma tante.

— Synagogue de Saint-Étienne, bonjour.

— Bonjour. Pourrais-je parler au rabbin, s'il vous plaît ?

— Lequel ?

Je n'imaginais pas un bataillon de rabbins.

— Je ne sais pas… Le principal, le responsable, je veux dire.

J'hésite sur les termes à employer ; j'espère ne pas commettre d'impair.

Silence à l'autre bout du fil, je sens une hésitation dans la voix de mon interlocuteur.

— C'est pour quoi, exactement ?

— C'est personnel.

Ma voix trahit mon embarras. Mon interlocuteur l'a senti et se fait rassurant, comme s'il s'adressait à un enfant.

— Je vous pose la question pour vous orienter vers la bonne personne.

— Il faudrait que je m'entretienne avec un rabbin spécialisé dans la reconnaissance des Justes parmi les Nations… Quelqu'un qui ait cette autorité-là.

Nouveau silence de l'autre côté de la ligne, plus long que le précédent. On a recouvert le combiné. On est probablement en train d'échanger entre collègues. C'est que mon affaire est sérieuse et mérite réflexion. Ou bien on me prend pour un fou.

— Allô ? Vous êtes toujours là ? dis-je.

— Ne quittez pas, je vous passe le rabbin Elkaïm.

J'ai droit à une petite musique nasillarde pas très adaptée à une institution cultuelle. Enfin, quelqu'un prend l'appel.

— Allô, oui, j'écoute.

Une voix féminine. Ce doit être un rabbin important pour qu'il ait une secrétaire.

— Je voudrais parler au rabbin Elkaïm, s'il vous plaît.

— C'est moi-même.

Une femme rabbin ? Pas une seconde je n'avais envisagé cette possibilité.

— Euh, bonjour, madame la… le rabbin.

Une nouvelle fois, je suis embarrassé : comment doit-on s'adresser à une femme rabbin ?

— Bonjour, monsieur… Monsieur… ?

— Milhas, Stéphane Milhas.

— Que puis-je pour vous, monsieur Milhas ?

— Voilà, c'est un cas un peu particulier. Je voulais savoir comment on doit s'y prendre pour faire reconnaître le statut de Juste parmi les Nations de quelqu'un.

— À qui pensez-vous ?

— À mes grands-parents. Alphonse et Alice Jullian.

— Ils sont vivants ?

— Non, ils sont décédés depuis longtemps maintenant. En 1968 pour ma grand-mère et en 1989 pour mon grand-père.

— Et à quel titre pensez-vous qu'ils pourraient devenir des Justes parmi les Nations ?

— Ce sont des Justes. Je voudrais juste que ce soit officiellement établi.

Blanc à l'autre bout du fil. Blanc pendant lequel je réalise que je viens de parler de façon péremptoire. Mme le rabbin doit penser que je suis un con prétentieux. D'ailleurs, quand elle retrouve la parole, sa question est teintée d'ironie :

— Et d'après vous, qu'ont-ils fait pour mériter cette reconnaissance ?

— Ils ont caché des Juifs pendant la guerre.

— C'était quand, et dans quelles circonstances ?

— Je ne sais pas exactement. C'était fin 43. Dans les Cévennes, un petit village appelé Génolhac, dans le département du Gard. Mon grand-père était résistant. Il appartenait au réseau Donnadille.

J'entends le cliquetis d'un clavier. Le rabbin Elkaïm note ce que je dis, ou entre les noms que je viens de lui communiquer dans une base de données. Serait-elle en train de vérifier mes dires ?

— Quels sont les noms et prénoms des personnes qu'ils ont cachées ?

— Eli Trudel et son épouse Jeanne, née Fredon.

— Savez-vous s'ils sont restés en France ou s'ils ont émigré, et si tel est le cas, dans quel pays ?

— Non, je l'ignore.

— Est-ce qu'ils ont eu des descendants ?

— Aucune idée.

Je me rends compte que je ne sais pas grand-chose. Mme le rabbin ne semble pas s'en émouvoir ; elle poursuit son interrogatoire :

— Des amis, des voisins de vos grands-parents peuvent confirmer vos dires ?

— Euh… Ma tante, la sœur de ma mère. Cette dernière est décédée.

— Il s'agit donc de la fille de vos grands-parents.

— C'est cela.

— Hum.

C'est quoi, ce « Hum » sceptique ? Pourquoi inventerais-je une telle histoire ?

Comme si elle m'avait entendu, le rabbin Elkaïm poursuit :

— Je suis désolée de vous poser toutes ces questions, mais vous ne pouvez pas imaginer le nombre de gens qui s'inventent des aïeux héroïques. Ils le font souvent en toute bonne foi. C'est la raison pour laquelle chacune de vos affirmations doit être corroborée par le témoignage d'une tierce personne.

— Et ma tante ?

— Hors de la famille, bien entendu.

— Ma tante est tout ce qu'il y a de plus honnête ! Mon oncle, son mari, était pasteur.

Je sais que c'est un argument pour le moins fantaisiste, mais je me dis qu'un rabbin peut accorder un certain crédit à un pasteur.

— Je n'en doute pas, mais nous ne pouvons pas déroger à la règle : pas de témoignages endogènes, comme nous les appelons. Ni en faveur ni en défaveur de l'éligibilité. Trop de conflits d'intérêts.

Je laisse quelques secondes s'écouler. Je n'avais pas l'intention de mentionner le tableau aujourd'hui. Pas si tôt, pas au téléphone. Mais tant pis, je sens qu'il faut que je parvienne à convaincre cette rabbin Elkaïm de recevoir ma demande. Ne serait-ce que pour ouvrir un dossier, pour l'instant. Prendre date.

— J'ai une preuve matérielle irréfutable.

Mme Elkaïm est tout de suite fascinée par mon récit. Elle me confirme que le cas mérite d'être étudié.

— Pour autant, je ne peux pas vous garantir l'issue d'une telle démarche. D'ailleurs, ce n'est pas à mon niveau que cela se décide.

Enfin, on entre au cœur du sujet.

— Et comment ça se décide ?

— Directement à Yad Vashem.

— Yad quoi ?

— Yad Vashem. Le Centre international de la Shoah, à Jérusalem. C'est un musée ouvert au public, le musée de la Shoah, mais également un centre d'étude et de recherche, au sein duquel ont été rassemblés les services dont les missions ont un lien avec l'Holocauste : l'identification des victimes, l'inventaire et la recherche des pièces d'art juif volées, l'attribution du statut de Juste parmi les Nations…

— Ce sont eux qui l'accordent ?

— Ou le refusent.

— Et ils sont à Jérusalem ?

— Ils ont des comités nationaux dans le monde entier. La procédure préliminaire se fait en ligne, sur le site de Yad Vashem France. Ce sont eux qui vont étudier votre demande, dans un premier temps.

— En ligne ?

Je suis surpris par l'aspect trivial d'une démarche dématérialisée… Comme s'il s'agissait d'une commande de sushis ou d'une demande de carte grise !

— J'aurais imaginé quelque chose de plus formel.

— C'est seulement un premier tri. Tout le monde n'est pas en mesure de produire des éléments aussi probants que le tableau de vos grands-parents.

— Donc, vous pensez que ça a une chance d'aboutir malgré l'absence de témoignage corroborant mes dires ?

Mme le rabbin de Saint-Étienne ne répond pas immédiatement. Je l'imagine en train de peser ses mots.

— Votre demande est légitime. Vous avez des arguments valables. Cela mérite d'être présenté en commission, en effet…

— Merci, rabbin !

— Attention, pas d'emballement ! Je ne vous promets pas une issue positive. Les critères sont nombreux et très stricts, et la décision du bureau des Justes à Yad Vashem est sans appel, j'espère que vous en êtes conscient !

J'en suis conscient, mais je reste persuadé que j'aurai gain de cause. Puisqu'il faut déposer une demande en ligne, ce sera chose faite dès cet après-midi. Je n'aurai plus qu'à attendre leur réponse ; elle ne peut être que positive.

CHAPITRE 8

Je ne perds pas une minute pour remplir le dossier de demande préalable en ligne. Après avoir mis au propre les notes prises pendant ma conversation avec le rabbin, je fonce sur Internet et m'identifie sur le site du Comité français pour Yad Vashem.

Cela ne me prend que quelques clics. Le plus long est de trouver les mots pour étayer ma demande dans la rubrique « Justifier votre requête ». J'ai constaté l'effet que produisait mon histoire. Mme le rabbin Elkaïm n'était a priori pas acquise à ma cause avant que je lui raconte comment le tableau a atterri entre mes mains. C'est après qu'elle s'est montrée intéressée.

Il faut que je sois aussi pertinent en beaucoup moins de mots, et par écrit. Émailler mon texte de faits concrets pour que ma demande renvoie une impression de sérieux, tout en lui conférant des atours narratifs pour donner envie à celui ou celle qui me lira d'en savoir davantage : faire du *storytelling*, comme on dit aujourd'hui.

J'ai toujours été à l'aise en expression écrite. À l'école, les dissertations ne me faisaient pas peur. Plus tard, dans mes différents métiers, c'est moi qui me chargeais de relancer les clients ou de solliciter des délais supplémentaires de paiement.

Un quart d'heure plus tard, j'ai pondu une argumentation dans la limite imposée de 150 mots. Je suis satisfait de moi. Je la copie/colle dans le formulaire en ligne, puis clique sur « Entrée ».

— Y a plus qu'à attendre !

Mais à peine ai-je refermé la rubrique « Soumission d'une requête » que je commence à consulter mes messages. Même pour moi, qui ne suis pourtant pas un geek, la moindre attente de plus d'une heure sur Internet est devenue incongrue, voire insupportable.

Une heure, c'est à peu près le temps qu'il me faut pour commencer à pester contre les gens de Yad Vashem France. Mon exposé est on ne peut plus convaincant ! Pas la peine de se torturer l'esprit pour comprendre que je dois être contacté au plus vite, ne serait-ce que pour me donner l'opportunité de prouver la véracité de mes dires.

Je décide de tromper mon impatience en allant me doucher. Ensuite, je m'habille, je mets de l'ordre dans notre chambre, enfourne le linge sale dans la machine à laver et plie le propre avant de le ranger dans les placards. Enfin, je débarrasse le petit déjeuner d'Irène.

Trois quarts d'heure se sont écoulés. Ma frénésie de rangement est un peu retombée. Chaque fois que je passe devant le salon, je jette un coup d'œil au tableau. Je l'ai installé en vis-à-vis de la télévision. Il trône au centre de la maison, source de je ne sais quelle inspiration ou motivation. Ça n'a pas plu à Irène ; je m'en suis sorti en promettant que c'était provisoire. Elle ne le trouve pas à son goût. Elle me l'a signifié sur un ton sans appel :

— Il est moche. Avoue.

J'ai haussé les épaules. Le jugement est sévère. Le tableau n'est pas d'une grande originalité, ni d'une grande force évocatrice, mais il n'est pas « moche » pour autant ; il est même d'une belle facture. Techniquement parlant, c'est une réussite. Certes, il ne suscite pas une émotion immédiate… Mais il a une façon singulière de vous apprivoiser. Sauf qu'Irène ne veut pas se laisser apprivoiser. On ne s'attache pas à un objet dont on a prévu de se défaire.

Quoi qu'il en soit, la question n'est pas de savoir s'il plaît, la question est de savoir ce qu'il représente. Des gens ont fait des sacrifices pour qu'il soit là, aujourd'hui, dans ce salon. Il raconte un bout d'histoire de notre civilisation, un chapitre honteux, et au milieu de l'infamie, quelques bribes d'héroïsme.

À la radio, la Chine et les États-Unis menacent de déstabiliser l'économie mondiale, les Britanniques de quitter l'Union européenne sans accord… et je n'arrive pas à me sentir concerné. À la rigueur, je pourrais m'intéresser à l'actualité au Moyen-Orient, mais les Israéliens sont probablement empêtrés dans leurs élections législatives et dans l'insoluble problème de leur Premier ministre. Comment déboulonner ce personnage encombrant ?

Deux heures après le dépôt de ma requête, toujours aucune réponse. Pas même un accusé de réception. Ils pourraient se fendre d'un petit message. Je ne leur demande pas de statuer sur mon cas, seulement d'acter qu'ils ont pris en compte ma démarche, et de me donner un ordre d'idées des délais de traitement. Même aux impôts, ils sont capables d'estimer votre temps d'attente !

Les heures défilent et je dois me résoudre à occuper mon esprit autrement qu'en tournant autour de l'ordinateur. J'appelle Irène, qui ne décroche pas. Normal, elle n'est pas autorisée à téléphoner pendant ses heures de travail. J'envoie un texto lui annonçant que je vais faire des courses : a-t-elle besoin de quelque chose ? Est-ce qu'il y a un plat en particulier qui lui ferait envie pour ce soir ? Elle me répond un « Salade crudités » lapidaire dans un premier message, qu'elle fait suivre d'un timide « Merci ». Bien que manquant de spontanéité, cela signe un certain dégel.

Me voilà parti à vélo, direction le supermarché du coin pour le shopping de début d'après-midi, celui des retraités et des chômeurs. Déprimant. Les caissiers sont systématiquement en sous-effectifs, ou sont des stagiaires en formation qui scannent les articles trois fois plus lentement que ceux du matin. D'une manière ou d'une autre, nous devons faire la queue sans nous plaindre parce que nous ne sommes pas censés être pressés, nous.

Au cours de la journée, j'espace les visites sur le site du comité Yad Vashem France. De toute façon, une bonne partie de mon après-midi est prise par mon travail de bénévole aux Restos du Cœur.

Le soir, lorsque Irène rentre du travail, exténuée à force de piétiner en chaussures à talons dans les rayons de son magasin, je ne lui dis pas ce qui me tarabuste. Par prudence. Je me contente de lui confectionner la salade de crudités qu'elle m'a commandée.

J'essaie d'être prévenant, de ne pas céder au tableau qui m'obsède et à l'impatience qui me taraude. Ça a l'air de porter ses fruits car le semblant d'embellie se confirme. Nous regardons même une série policière française ensemble.

Elle sait que j'avais prévu d'appeler la synagogue aujourd'hui, et je sais qu'elle n'a pas oublié. D'ailleurs, elle m'a surpris à plusieurs reprises en train de me connecter fébrilement sur le site de Yad Vashem

France. Mais étant donné que je continue à me taire, elle ne me pose pas de questions. Le tableau reste une grenade dégoupillée ; donc, aucun de nous n'en parle… Ni pendant la soirée, ni au cours des jours qui suivent.

C'est un jeu de dupes bien rodé auquel nous excellons, et je n'arrive pas à déterminer si elle garde le silence pour ne pas briser la fragile paix qui s'est installée entre nous, par indifférence, ou parce qu'elle désapprouve. Ou si elle trame quelque chose.

Je dois ronger mon frein pendant une semaine avant d'obtenir enfin une réponse de Yad Vashem. Elle est laconique et décevante ; ils auraient pu me l'envoyer dans les secondes qui ont suivi mon inscription : « Merci de votre confiance. Votre requête est en cours d'instruction. Nous ne manquerons pas de vous tenir informé dans les plus brefs délais de la suite que le comité Yad Vashem France lui donnera. » Un message automatique tardif ! J'ai eu une poussée d'adrénaline en le découvrant, et j'enrage d'y avoir cru.

Heureusement, je n'ai pas à attendre beaucoup plus longtemps : quelques heures plus tard à peine, je reçois un deuxième mail, mais en provenance d'une adresse différente. Ce n'est plus un message généré par un robot, mais un véritable courrier émanant du responsable du comité Yad Vashem France en personne. Il s'excuse de m'avoir fait attendre si longtemps et m'annonce que ma requête a été jugée recevable par le comité français, et donc transmise à Yad Vashem Jérusalem. *Le* centre Yad Vashem !

Mes grands-parents, le tableau du peintre juif et moi venons de franchir une étape importante.

24 décembre 1943

La rumeur des préparatifs du réveillon leur parvenait depuis les pièces de vie, au rez-de-chaussée : les notes d'un piano, le tintement d'une clochette de table, le raclement des plats que l'on sort du four... Les bruits de Noël dans une famille chrétienne montaient jusqu'au grenier, au troisième étage. Les odeurs de brioche et de gigot les accompagnaient.

Les gens chez qui ils se cachaient avaient réussi à se procurer de l'agneau et du beurre pour l'occasion. Le *monsieur*, qui était le seul à leur rendre visite, une fois par jour, quand tout le monde était couché, pour vider leur pot de chambre et leur laisser de la nourriture, avait promis qu'il mettrait une part de côté pour chacun.

Il tint parole, et quand il monta, il tenait dans chaque main une assiette de porcelaine et des couverts en argent.

— Joyeux Noël ! dit-il en les leur tendant.

Le fugitif sourit tristement et répondit « Paix sur la terre ». Son interlocuteur hocha la tête ; on en était loin. Le gigot et les châtaignes étaient froids mais amenèrent tout de même un air de fête dans le grenier.

Pour des raisons évidentes de sécurité, personne dans la famille, hormis l'épouse du *monsieur*, n'avait été informé de leur présence sous leur toit. Pas même leurs filles. Surtout pas leurs filles ! L'aînée était encore adolescente ; la seconde avait tout juste huit ans. Les enfants ne sont pas assez méfiants. Ils parlent trop à toute occasion, se vantent, ignorant que le danger peut venir de n'importe qui n'importe quand.

Le couple ne connaissait pas le nom de leurs sauveurs, toujours par souci de prudence. Ainsi, s'ils se faisaient arrêter et torturer, ils ne les dénonceraient pas.

Ils ignoraient également où ils se trouvaient. Tout ce qu'ils savaient, c'était que le réseau de résistants qui devait les prendre en charge à Dieulefit était protestant et rayonnait des Baronnies aux monts d'Ardèche. Il bénéficiait de contacts avec d'autres réseaux de la même obédience jusque dans le Gard.

La seule indication qu'ils possédaient était la durée du voyage effectué à l'arrière d'une Juva 4 fourgonnette : entre Dieulefit, où ils étaient restés quelques jours, le temps que leur évasion s'organise, et leur nouvelle cache, plus de quatre heures s'étaient écoulées. La voiture avait peiné dans de longues côtes.

— Je parie qu'on est dans les Cévennes, avait-il dit.

— Ça pourrait aussi bien être du côté de Grenoble.

— En tout cas, nous avons emprunté une route de montagne.

Le *monsieur* avait assuré que personne ne montait jamais au grenier, même en temps normal. C'était formellement interdit. Une règle que ses filles respectaient. De toute façon, les planches de l'escalier craquaient tellement qu'ils seraient alertés. Ils n'auraient alors qu'à éteindre la lampe à basse tension installée à même le sol, demeurer immobiles et observer un silence total.

Pour plus de sérénité, le *monsieur* avait verrouillé la porte du réduit qu'il avait assigné à ses protégés. Il avait emporté la clef.

L'espace ne manquait pas dans cette partie du grenier, mais il était encombré de vieux meubles démontés et d'objets remisés : bustes de plâtre, casque de la dernière guerre, caisses diverses fermées par des cadenas. Leurs hôtes avaient balayé et apprêté un coin couchage, mais le ménage avait été fait sommairement, faute de temps, et le confort demeurait spartiate. La poussière en suspens leur chatouillait les narines ; ils devaient se retenir d'éternuer.

Les températures descendaient de façon drastique la nuit, ce qui confirmait l'impression d'altitude. Impossible de se réchauffer en marchant, encore moins en sautillant sur place. Le seul moyen dont ils disposaient pour lutter contre le froid était de se serrer l'un contre l'autre.

Les jours passant et l'eau courante leur étant inaccessible, les odeurs corporelles commencèrent à traverser les couches de vêtements – pourtant épais en hiver. À l'âcreté de la sueur se mêlèrent petit à petit des exhalaisons organiques et musquées d'aine et d'urine. Une intimité que le couple n'avait jamais connue. Ils avaient un grand sens de la propreté. Ils ne passaient jamais à table au moment du souper sans avoir fait leur toilette.

Son épouse tomba malade au bout de quelques jours. Une espèce de jaunisse ou d'indigestion, quelque chose qu'elle avait mangé et pas supporté… Elle suspectait un bocal mal stérilisé. Lui, cependant, ne fut pas affecté. À présent qu'elle se vidait, c'étaient des relents de merde et de vomi. Mais ce qu'il redoutait, c'est que la fièvre ne s'empare d'elle et qu'elle ne parle dans son délire.

Un soir, alors que le *monsieur* apportait un bouillon pour elle et des châtaignes bouillies pour lui, il convint que ses protégés ne pouvaient pas rester plus longtemps dans une telle pestilence. Il revint pendant la nuit ; les deux hommes soutinrent la malade dans les escaliers jusqu'à la salle de bains, au rez-de-chaussée.

Ils réussirent à la laver et à la changer sans faire de bruit. Mais alors qu'ils regagnaient le grenier, au moment où ils atteignaient l'étage des enfants, ils tombèrent nez à nez avec l'une des filles qui sortait des toilettes. En chemise de nuit, elle se tenait droite au milieu du palier dans la lueur blanche de la lune. On aurait dit un spectre.

— Retourne au lit, dit le *monsieur*.

— Qui sont ces gens ?

— Personne. File avant que je me fâche.

Elle tourna les talons.

Saurait-elle tenir sa langue ?

Leur hôte eut l'air contrarié et reprit l'ascension des escaliers sans piper mot.

En tout cas, sa fille avait un accent méditerranéen. Ça et la soupe de châtaignes… Ils se trouvaient bien dans les Cévennes !

Le lendemain, diarrhée et nausée avaient cessé, mais sa femme était toujours très faible et demeura allongée toute la journée. Il tua le temps en lisant de vieux magazines *L'Illustration* découverts au fond d'une malle. Il s'arrêta longuement sur le numéro consacré à l'Exposition universelle de 1900 à laquelle il aurait tant aimé assister… Mais il était enfant à l'époque.

La lumière étant trop faible, il dut interrompre sa lecture et s'occupa en faisant des patiences.

Le soir même, le *monsieur* leur rendit visite un peu plus tôt que d'habitude avec une purée de topinambours et un bout de lard. Il avait toujours l'air préoccupé.

— Je suis désolé, mais nous devons annuler votre transfert en Espagne, annonça-t-il.

— Comment ? Mais pourquoi ?

— Votre épouse est trop faible.

— Pas du tout ! Elle va mieux ! Regardez !

— L'épisode de la nuit dernière a démontré qu'elle n'est pas en état de traverser les Pyrénées à pied.

— Elle n'est pas seule, je veillerai sur elle.

— Et si ma fille avait été un soldat allemand ?

— Quel rapport avec ma femme ? Si ça avait été un Boche, nous y passions tous. Pas à cause d'elle, mais parce que aucun de nous n'était sur ses gardes.

— Et pour quelle raison, selon vous ?

— Je ne comprends pas.

— Nous n'étions pas vigilants parce que nous étions en train de nous occuper de votre épouse. C'est la démonstration qu'il faut renoncer, attendre qu'elle soit sur pied, et reprogrammer votre départ.

— Hors de question !

Le *monsieur* fixa son interlocuteur durement.

— Je suis responsable de vos vies ; mais avant tout, je suis responsable de celles de mes camarades. Sans parler du groupe avec lequel vous allez fuir. Vous mettriez tout le monde en danger. Rejoindre Toulouse puis traverser les Pyrénées est déjà suffisamment risqué sans que nous en rajoutions. Donc, si j'estime que les conditions ne sont pas réunies, j'annule la mission. Un point c'est tout.

Le fugitif se fit plus conciliant :

— Je comprends. Je suis juste très déçu. Vous m'aviez promis un passage au bout de deux semaines maximum.

— Et vous m'aviez assuré que vous déplacer en montagne ne poserait pas de problème.

— Je ne pouvais pas prévoir que ma femme tomberait malade.

— Moi non plus. Vous garder ici plus longtemps est imprudent ; il va falloir retourner à Dieulefit. On va vous trouver une planque à Montélimar en attendant un moment plus favorable…

— Non. Écoutez, nous sommes à bout. Nous ne pouvons pas nous permettre de repousser notre départ. Donnez-lui un jour ou deux. Si dans quarante-huit heures elle n'est toujours pas rétablie, nous nous plierons à votre décision. Mais je vous en supplie, pour l'instant, maintenez notre passage.

— Ce n'est pas possible.

— Prenez une de mes toiles. Elle vaut très cher, vous en tirerez un bon prix.

Le *monsieur* parut offusqué par une telle proposition.

— Ce n'est pas une question d'argent.

— Vous avez des dépenses, le tableau les couvrira.

Le *monsieur* faisait non de la tête.

— Je ne peux pas accepter.

L'autre lui mit le tableau dans les mains.

— J'insiste, dit-il. Cela me fait plaisir.

Le *monsieur* contempla la silhouette endormie de la femme allongée sur sa paillasse, inconsciente d'être l'objet d'un tel enjeu.

— Quarante-huit heures, pas davantage, finit-il par

laisser tomber. J'ai un chargement à aller chercher à Toulouse. Si elle ne va pas mieux d'ici là, vous repartirez à Dieulefit et serez du prochain convoi.

— C'est entendu.

L'homme fut aux petits soins pour son épouse pendant les deux jours qui suivirent. Quand elle comprit ce qui se tramait, elle fit un effort pour se rendre présentable. Elle devait faire bonne impression s'ils ne voulaient pas rester en arrière.

CHAPITRE 9

Le fait de savoir mon dossier entre les mains de Yad Vashem Jérusalem m'aide à contenir mon impatience. Il est à présent étudié au plus haut niveau ! Ces gens ne peuvent pas ne pas entendre mes arguments. Depuis 1948, ils ont dû statuer sur un nombre incalculable d'affabulateurs et de véritables héros… Ils sont des centaines, des milliers à avoir fait ce que mes grands-parents ont fait – heureusement, ces derniers n'ont pas été les seuls ! –, mais un cas documenté comme le mien, avec à l'appui le tableau d'un peintre reconnu par les spécialistes – à défaut d'être connu du grand public –, ça ne doit pas courir les rues. Je m'en remets à leur expertise sans crainte.

Évidemment, depuis quelque temps, je pense plus souvent à mes grands-parents qu'à l'accoutumée. Ce matin, je suis allé fouiller dans ma malle à souvenirs et j'en ai extrait une photo. Alors qu'Irène et moi n'avions accroché aux murs que des portraits de nos enfants, j'ai encadré celui d'Alphonse et Alice Jullian et l'ai posé sur l'une des étagères de notre bibliothèque. On les y voit en train de lire dans leur salon, en compagnie d'une dame austère, peut-être une sœur de ma grand-mère. Ils ont la quarantaine au moment où le cliché a été pris. Les deux femmes ne lèvent pas le nez de leur ouvrage. Seul mon grand-père fixe l'objectif. J'étudie son regard avec attention. Les yeux d'un résistant, donc. Des yeux qui ont vu la guerre et l'Occupation, les rafles et le maquis, qui ont pleuré un frère mort sous la torture, assassiné par la Gestapo… Des yeux qui continuent à m'observer.

Mon grand-père est-il en train de me juger ? De me jauger pour percer mes motivations ou pour savoir si j'irai jusqu'au bout ? Ou m'encourage-t-il, bienveillant ? Irène a sa théorie sur la question : « S'il avait voulu être considéré comme un Juste, il aurait fait les démarches de son vivant. » Moi, j'ai plutôt l'impression qu'il me dit « Vas-y, petit, fonce ! ».

Malgré mes dialogues intérieurs et la bonne compagnie de moi-même, je me morfonds dans la maison en attendant une réponse de la commission. Les Restos du Cœur ne m'occupent que deux après-midi par semaine ; le reste du temps, je me sens inutile.

Je me décide à aller en ville, activité qui n'en est pas une à proprement parler, mais je suis tellement désœuvré que le simple fait de sortir, prendre le bus et gagner le centre me redonne de l'allant.

Je n'ai pas de but précis. Juste mobiliser mes articulations, solliciter mes muscles. *Solvitur ambulando*, comme dirait l'autre : nos problèmes se résolvent en marchant. Je veux bien, mais se promener dans une ville moribonde comme Firminy, dont les commerces ferment les uns après les autres sous les coups de boutoir de deux zones commerciales – l'une au sud, l'autre au nord –, se révèle vite plus déprimant que rester enfermé chez soi.

Heureusement, alors que je passe devant la dernière librairie qu'il nous reste, mon regard est attiré par un présentoir de guides touristiques. Je m'arrête, commence à faire tourner le dispositif sur son axe et suis surpris de découvrir un volume intitulé *Israël et les territoires occupés*.

L'intitulé pas politiquement neutre m'étonne tout autant. J'imagine l'effet que peut faire un tel titre chez un sioniste considérant les « territoires occupés » en question comme partie intégrante d'Israël. J'entre et je l'achète.

CHAPITRE 10

Les jours passent. Je vais de moins en moins souvent sur ma messagerie et c'est presque par hasard que je découvre un mail d'un certain Dr Mizrahi du *Committee for the Righteous among the Nations* de Yad Vashem Jérusalem.

Mon estomac se serre comme si j'attendais les résultats du baccalauréat. Je contemple ce mail encore non lu dans ma boîte de réception en espérant pouvoir en deviner le contenu. Je voudrais, en me concentrant très fort, infléchir le sens de leur réponse… Une illusion proche d'une prière. Je double-clique. C'est en anglais. J'ai un moment de panique. Je suis renvoyé à mes cours de langues au lycée. Mais je me reprends. Il ne s'agit pas de faire un exposé de deux heures, juste de déchiffrer quelques lignes.

« The Yad Vashem Committee for the Righteous among the Nations thanks you for submitting your request. Alphonse Jullian's and Alice Jullian's applications for enlisting on the Righteous' roll are currently being reviewed. The following documents are required (for both applicants) before any further proceeding :

— Certificates of birth and death

— ID photographs dated circa 1943

— HD picture of said painting

— Date and place of assistance provided to Eli and Jeanne Trudel

— Any further details that might be helpful to the committee members in concluding their work (pieces of evidence, testimonies of any faith-worthy citizens, etc.)

Yours sincerely,

Dr Sara Mizrahi, Head of the committee »

En gros, je comprends qu'on me demande d'étayer les dossiers de grand-papa Alphonse et grand-maman Alice. Les gens de Yad Vashem veulent des preuves que le couple de protestants a caché le couple d'Israélites. Malheureusement, je n'ai rien en dehors du tableau. Ils veulent des témoignages allant dans le sens de mes affirmations… Je n'en possède pas. Ils veulent pouvoir vérifier l'identité de mes grands-parents, et ils veulent des photos d'eux datant de la guerre… Ça, c'est de l'ordre du possible, ma mère m'ayant refourgué toute la paperasse familiale avant de mourir. Par ailleurs, ils demandent que je prenne le tableau en photo haute définition. Certainement pour l'authentifier. J'en déduis qu'ils le considèrent comme une pièce suffisamment crédible pour mettre des experts sur le coup. En tout cas, ils n'ont pas d'emblée retoqué la candidature de mes grands-parents. Mon excitation est à son comble. Je sens que j'ai franchi une nouvelle étape.

Je disparais dans le débarras où nous stockons les archives de la famille. En quelques heures, je rassemble les documents exigés.

Je téléphone à ma tante Louise par acquit de conscience, mais elle me confirme qu'elle ne connaît plus personne à Génolhac. Le nom de famille de ma mère n'est plus qu'un souvenir sur le monument aux morts de la commune et une ligne sur la liste des maires depuis 1793 dans la salle du conseil municipal. Qui se souvient des Jullian aujourd'hui ? Et, a fortiori, qui pourrait être informé de leur rôle dans un réseau de résistance soixante-quinze ans auparavant ? Leurs propres enfants et petits-enfants l'ignoraient jusqu'à récemment : comment les voisins ou les commerçants du village pourraient-ils être au courant ? Je dois me faire une raison, je n'obtiendrai pas de témoignage en faveur de mes grands-parents. J'espère que cela ne sera pas rédhibitoire pour les membres du comité qui instruisent le dossier, et que le tableau constituera un élément tangible suffisant.

Je m'empresse de le prendre en photo à la lumière du jour et sous différents angles. Je zoome sur la signature. Puis je mesure la largeur et la longueur du cadre. Je note même le nom de l'encadreur, au dos.

Je scanne le livret de famille de mes grands-parents, un cliché d'eux pris pendant la guerre, lui debout sur la terrasse, une cigarette à la main, elle assise à ses côtés, un tricot posé sur les genoux, lançant à son mari un regard complice. Je l'ai choisi parce qu'on y distingue bien leurs visages à tous les deux. Puis j'envoie le tout au comité par retour de mail. Les photos du tableau sont trop lourdes pour être jointes au message, je les dépose sur WeTransfer.

La rapidité avec laquelle j'ai répondu plaidera-t-elle en ma faveur ? Ils verront que je n'ai rien à cacher, que produire des preuves ne me pose pas de problème, que je n'ai pas besoin de temps pour les falsifier ou les inventer.

Cette fois, un certain Yoshi Dalan accuse réception de mon mail dès le lendemain et me donne une date butoir : la prochaine réunion du comité d'accréditation du statut de Juste parmi les Nations se tiendra dans une semaine. Ils ont de moins en moins de dossiers à étudier – et pour cause ! –, le mien aura eu le temps d'être instruit et y sera présenté pour avis le lundi 12 août à 14 heures. Je recevrai l'arrêté en fin d'après-midi.

Je calcule que nous serons en vacances en Dordogne à ce moment-là.

Je me laisse aller en arrière dans le fauteuil de mon bureau et je soupire d'aise. Le tableau est resté suspendu dans la chambre de mon grand-père, puis chez mon oncle et ma tante pendant soixante-quinze ans. En revanche, entre le moment où j'ai pris contact avec la synagogue de Saint-Étienne et le jour où je saurai si mes grands-parents accéderont au rang de Justes parmi les Nations, un mois à peine se sera écoulé. J'ai montré beaucoup d'impatience ces derniers temps, mais tout est allé très vite, en fait.

J'ai si peu – ou mal – connu mes grands-parents. Ma grand-mère est morte trop tôt, mais pourquoi Alphonse, mon grand-père, n'a-t-il jamais évoqué auprès de moi ce passé qui, pourtant, a été déterminant pour lui, son épouse, toute sa famille, et, par ricochet, pour moi ? Ça veut dire quoi « C'était un taiseux » ? Pourquoi se taire quand il s'agit de transmettre à ses petits-enfants des valeurs aussi nobles que celles de résister au fascisme, ne pas céder à la peur, prendre le risque de mourir pour sauver des gens, pour un idéal de société ?

Tout ce qu'on n'a pas voulu me dire, je dois l'apprendre seul. Ou me le figurer. Imaginer des réponses. À défaut, accepter de ne jamais savoir.

Les jours suivants correspondent à une nouvelle phase de latence. Comme je ne peux pas échanger avec Irène sur ce sujet, je garde mes pensées pour moi.

Le matin, je m'active comme si je vaquais à mes obligations habituelles : je me lève, me lave et m'habille, je déjeune avec Irène en acquiesçant alors qu'elle commente les informations à la radio, l'embrasse comme d'habitude, de la même façon automatique, au moment où elle part au travail. Puis l'attente commence.

Irène se demande ce qu'il se passe. Je sens qu'elle s'inquiète sans me questionner, mais les préparatifs de nos vacances – qui approchent à grands pas – nous tiennent éloignés de nouvelles tensions.

Même si cela m'est difficile, je parviens à donner le change, faisant en sorte que la voiture soit en état de rouler quand viendra le jour J, préparant crèmes solaires et trousse à pharmacie, rassemblant bouquins et affaires de plage pour nos après-midi de farniente en bord de Dordogne, sans oublier les petits cadeaux rituels que nous offrons à Annie et Kader : bugnes maison, fourme achetée chez un producteur bio. Je complète toujours notre hotte par une bouteille de condrieu. Je n'en prends pas davantage parce que le prix au litre est prohibitif. Moi, je préfère les vins méditerranéens, plus puissants, mais je sais que Kader adore cette appellation, alors je fais un effort. Traditionnellement, nous laissons passer quelques jours avant de l'ouvrir, pour que le vin ait eu le temps de se remettre du voyage. Nous nous installons sur leur terrasse et dégustons le « nectar » en l'accompagnant de la fourme. La terrasse n'en est pas une à proprement parler ; c'est un large seuil en haut d'un escalier de pierres apparentes qui descend au jardin. Il est orienté vers l'ouest, ce qui lui permet de bénéficier des derniers rayons de soleil, moins ardents que pendant la journée. Malgré mes réticences à passer tous nos congés chez Annie et Kader, je dois reconnaître que ce sont des moments réparateurs. Après un verre, Irène se détend. Jamais je ne la vois aussi sereine qu'à l'occasion de ces apéritifs dînatoires en famille.

Cette année cependant, un événement contrarie ce rite. Pour la première fois, je ne pourrai pas être parmi eux quand ils ouvriront la bouteille de condrieu et mangeront la fourme, car à peine sommes-nous arrivés que je reçois un mail de Yad Vashem. Je le découvre sur mon smartphone alors que nous sommes à table.

— Ils me convoquent à Jérusalem !

La conversation s'interrompt. Annie et Kader ne peuvent pas comprendre de quoi il retourne. Irène, qui ne soupçonnait pas que le dossier était aussi avancé, a un temps d'hésitation.

— Qui, ils ? demande-t-elle.

— Le comité d'attribution du statut de Juste parmi les Nations.

— Je le crois pas ! dit-elle en ouvrant de grands yeux où se mêlent incrédulité et contrariété. Tu as… ?

Comment ai-je pu lui cacher quelque chose d'aussi important ?

— Le comité de quoi ? demande Annie.

— Le centre Yad Vashem à Jérusalem.

C'est au tour de Kader de me questionner :

— Tu vas aller à Jérusalem ?

À présent, Irène me fusille du regard. Sa sœur croit à une plaisanterie entre nous.

— Qu'est-ce que c'est que cette histoire ?

Kader, hilare, est aussi sur le registre de la galéjade.

— Tu pars en pèlerinage ? Tu es devenu mystique ? demande-t-il. Ça va être joyeux, nos repas de famille !

Annie et Kader veulent tout savoir alors qu'Irène ne veut rien entendre. Elle ne dit pas un mot pendant que je narre les exploits de mes grands-parents et résume pour ma belle-sœur et mon beau-frère ma rencontre fortuite, mais peut-être pas après tout, avec le tableau du peintre juif, l'importance qu'il a prise dans ma vie, et mon espoir de voir un jour sur les allées des Justes dans le 4e arrondissement à Paris les noms d'Alphonse et Alice Jullian parmi ceux qui ont aidé des Juifs à échapper à l'Holocauste.

Irène demeure silencieuse mais je ne m'y trompe pas, ce n'est pas un silence empathique. Tant pis. Ce soir, une seule chose occupe mon esprit, une seule chose compte : j'ai enfin la réponse que j'attendais ! Je suis convoqué jeudi prochain par le comité des Justes parmi les Nations ! Je n'ai que très peu de temps pour prendre des billets d'avion. Je me pose autant de questions métaphysiques que pratiques : qu'est-ce que je vais leur dire ? Quel temps fait-il en Israël ? Quelles étaient les motivations de mes grands-parents ? Quels vêtements dois-je prendre ? Quel genre de protestants étaient-ils ? Combien de jours vais-je rester là-bas ? Les gens de Yad Vashem ne le précisent pas dans leur message. Pourquoi ai-je entrepris ces démarches ? Dois-je prendre un billet retour modifiable ? Qu'est-ce que le statut de Juste parmi les Nations représente pour moi ? Comment mange-t-on à Jérusalem ?

Tout en continuant à affranchir Kader et Annie sur mes démarches auprès de Yad Vashem, je constitue mentalement ma trousse à pharmacie. Penser à embarquer un chapeau également. Ne pas oublier mes lunettes noires. J'imagine un soleil ardent, une atmosphère étouffante, un air difficile à respirer. Et la sécurité ? Je devrais aller faire un tour sur le site du ministère des Affaires étrangères. Ils y donnent des conseils. Je sais qu'on peut remplir une fiche pour signaler que l'on se rend dans une zone à risque. On y renseigne ses déplacements, destinations et dates, au jour près, comme l'on déroule un fil d'Ariane pour pouvoir revenir sur ses pas et rentrer chez soi. D'ailleurs, c'est ainsi qu'ils ont nommé le dispositif : Ariane. À la veille de pénétrer dans le labyrinthe de Jérusalem, je ne sais si je dois être rassuré ou inquiété par la chose.

— Qu'est-ce que tu vas faire ? me demande Kader quand j'ai fini.

— Je n'ai pas le choix. Je dois m'y rendre.

— Avec le tableau ? s'inquiète Annie.

J'entends l'avertissement dans sa voix : « N'y a-t-il pas un risque à prendre l'avion avec un tableau ? »

— Je l'empaquetterai comme il faut. Il n'y aura aucun problème.

— Mais pourquoi veulent-ils que tu apportes le tableau ? demande Kader.

— Pour l'authentifier. Les photos ne suffisent pas. Étant donné que ma requête ne repose que sur cet élément, il est normal qu'ils veuillent le voir.

— C'est tout de même bizarre, non ? dit Annie.

— Quoi ?

— Te faire venir en Israël, t'obliger à faire un tel voyage. Ils sont gonflés, tout de même.

— Au contraire, je prends ça comme un honneur. Ils m'ont même précisé qu'ils m'envoyaient une voiture à l'aéroport.

— Ils te payent le billet d'avion, aussi ?

La réflexion est venue d'Irène, la voix éraillée par l'alcool. Elle se lève sans attendre de réponse. Elle vient de me rappeler que je vis à ses crochets et m'apprête à dépenser six ou sept cents euros sans l'avoir consultée. Elle a raison. Elle a raison mais je ne peux pas renoncer.

Silence gêné tandis qu'elle s'éloigne. Annie et

Kader évitent de croiser mon regard, se concentrent l'une sur son verre, l'autre sur une cigarette écrasée dans le cendrier. Dois-je suivre Irène dans la cuisine et m'excuser de ne pas… ? M'excuser de quoi ? D'accord, annoncer la nouvelle à la cantonade sans lui en toucher un mot auparavant, c'était maladroit, mais ce voyage en lui-même n'a rien de répréhensible.

Finalement, Annie bredouille qu'elle va se coucher aussi. Kader et moi restons seuls. Je lui emprunte un peu de tabac et me roule une cigarette. Je n'ai pas fumé depuis des années, mais ce n'est pas une soirée comme les autres ; j'ai envie de faire une entaille dans mon abstinence. Je tiens à fêter mon invitation à Yad Vashem. Une cigarette comme j'ouvrirais une bouteille de champagne.

Nous parlons longtemps, Kader et moi. Les dalles de calcaire restituent encore la chaleur accumulée pendant la journée. Il était impossible de s'y promener pieds nus cet après-midi ; à présent, c'est tellement agréable !

Nous finissons nos verres d'eau-de-vie, une reine-claude distillée par un voisin.

— C'est bio, ça ne peut pas faire de mal, argue Kader.

Je ris. Je n'aurai peut-être pas mal au crâne demain matin, mais en attendant, je suis rond comme une queue de pelle.

Plus tard, après avoir étendu mon brossage de dents au pourtour de ma bouche afin d'effacer toute odeur de tabac, je me glisse entre les draps aux côtés d'Irène. Elle me tourne le dos mais je devine qu'elle ne dort pas. Je me love contre elle. À cause d'un début d'érection, je suis obligé de me reculer de quelques centimètres pour qu'elle ne se méprenne pas sur mes intentions.

Puis je chuchote à son oreille.

— Je suis désolé. Je te demande pardon.

Je la sens se contracter légèrement. Nous ne nous demandons plus pardon depuis si longtemps ; nos disputes sont uniquement destinées à repousser la faute sur l'autre.

— J'aurais dû t'en parler avant. Je sais que ce voyage a un coût, et je suis conscient de t'abandonner au moment où nous prenons nos premières vacances depuis longtemps… Mais c'est important pour moi. Je ne sais pas comment l'expliquer. J'ai l'impression que quelque chose est en train de se jouer, comme si j'étais à un tournant de ma vie, mais pour y arriver, j'ai besoin que tu sois avec moi. Je ne te fuis pas, au contraire, je fais ça pour nous.

Je me tais, espérant une réponse, une réaction. Qui ne vient pas.

Le lendemain, comme d'habitude, je suis levé avant tout le monde. Depuis tout petit, la peur de rater quelque chose d'important m'a chassé hors du lit, quel que soit mon niveau de fatigue.

Ce matin, je suis en train de lire le journal tout en trempant des tartines de pain grillé recouvertes de roquefort et de miel dans mon café au lait – mon petit déjeuner préféré – lorsque Irène se glisse dans mon dos. Mon regard quitte un instant les derniers rebondissements dans l'affaire du Brexit pour la suivre des yeux.

Je tente un « Tu as bien dormi ? » pas très convaincu, ni très convaincant.

Elle s'installe à table sans répondre et se verse du café. Je m'attarde sur son profil ; elle n'est ni coiffée ni maquillée, son visage est encore plissé de la nuit.

Je l'ai toujours préférée ainsi, ébouriffée et les yeux gonflés de sommeil, car il n'y a que moi qui ai le privilège de la voir sans fard.

Elle tend la main et attrape un des croissants que j'ai achetés pour tout le monde à la boulangerie du bourg, tôt ce matin.

— Merci d'y être allé, dit-elle sans plus de conviction que moi.

La journée s'annonce pénible, pour nous deux comme pour Kader et Annie, embarrassés de constater que le malaise ne s'est pas dissipé avec la nuit.

Je fais mes réservations en ligne, puis j'informe le Dr Mizrahi à Yad Vashem de mon horaire d'arrivée. Quand je lui pose la question de la durée de mon séjour, elle me répond que je serai logé dans une des résidences internationales du centre, à leurs frais, et elle me suggère de prendre un billet retour « open », comme j'avais l'intention de le faire. J'ai l'impression d'accéder au statut de VIP dont je me suis un peu hâtivement vanté la veille.

Le lendemain, soit trente-six heures à peine après avoir reçu l'invitation du comité des Justes parmi les Nations, j'ai mes billets en poche, mon sac sur le dos avec des affaires pour une semaine, et Kader me dépose à la gare de Bordeaux.

Même si, par pudeur, il n'en pipe mot, je sais qu'il pense la même chose que moi : c'est peut-être la dernière fois que nous nous voyons en tant que beaux-frères. Je ne suis pas certain de retrouver mon mariage à mon retour. Irène pourrait profiter de mon absence pour prendre une décision radicale.

Cette éventualité m'effraie, bien évidemment, mais c'est un risque que je dois courir pour ne pas me détourner de mon projet. La décision que j'ai prise, moi, est tout aussi rédhibitoire. Irène finira par en comprendre les raisons, ou me quittera. Ces 100 000 euros ne pourront pas rester éternellement un point de discorde entre nous. Un couple qui se déchire sur une question de principes aussi fondamentale n'a pas d'avenir. Deux conjoints se soutiennent, sinon ils n'ont plus rien à faire ensemble.

Quelques minutes plus tard, le ventre noué, je prends place à bord du TGV en partance pour Saint-Étienne via Toulouse, Montpellier et Lyon.

Je monterai ensuite dans un bus pour regagner Firminy où je passerai la soirée. Le temps de fabriquer un emballage assez solide, et demain, je retournerai à Lyon, à l'aéroport cette fois, et le tableau du peintre juif et moi serons en route vers Israël.

CHAPITRE 11

S'envoler pour le Moyen-Orient, et pour Israël en particulier, c'est partir à la rencontre de plusieurs millénaires d'Histoire.

Je suis aussi accompagné d'une multitude d'images plus récentes : Yasser Arafat s'exprimant dans un anglais exotique, les territoires occupés, la construction du mur, les checkpoints, les tirs de kalachnikov lâchés à l'aveugle contre un ennemi invisible au milieu de bâtiments en ruine, des enfants lançant des pierres sur d'autres enfants en uniforme, à peine plus âgés qu'eux…

Je repense à mon père qui militait pour la paix dans le monde et, à cette fin, s'était laissé pousser la barbe en signe de solidarité envers les Palestiniens. « Tant que ces derniers n'auront pas de patrie », affirmait-il. Il avait fini par se la raser sans avoir atteint son objectif. À la maison, nous boycottions également citrons et avocats en provenance d'Israël.

Aujourd'hui, je boycotte les avocats non seulement à cause de leur provenance mais parce qu'ils sont cultivés au détriment de la forêt équatoriale et des réserves d'eau naturelles… Et je me rends en Israël. Mon père doit se retourner dans sa tombe, même si j'y vais pour la bonne cause.

L'avion est rempli de familles. La plupart parlent hébreu, du moins une langue que j'identifie comme telle. Les hommes portent la kippa. Je suis déjà un peu là-bas.

Alors que nous nous installons à nos places, mes voisins me bousculent sans s'excuser et écrasent mes affaires dans les coffres au-dessus de nos têtes pour pouvoir y mettre les leurs. Déjà, pendant l'embarquement, j'ai constaté que les gens n'hésitaient pas à doubler ceux qui les précédaient dans la queue. Me reviennent les paroles d'une cliente qui descendait chaque semaine au Central. Elle était représentante en produits de beauté, et juive, avec la double nationalité franco-israélienne. Un matin au petit déjeuner, alors qu'elle était de retour d'un séjour en Israël, elle m'avait fait une confession : « Nous sommes un peuple grossier. » Elle affirmait qu'elle avait beau le savoir, elle était surprise par l'impolitesse de ses compatriotes chaque fois qu'elle se rendait à Tel-Aviv.

Pas de ronds de jambe, donc, avec les Israéliens. Tant mieux. Mes maladresses éventuelles d'étranger ne parlant pas la langue seront plus facilement pardonnées.

J'ai réussi à négocier que le tableau m'accompagne en cabine. Pendant mon escale à Firminy, j'ai fabriqué une structure en bois qui lui fait une gangue et le protège complètement. Il aurait pu passer en soute mais je ne suis pas certain que les changements de température et d'hygrométrie auraient été sans effet sur le papier ou la peinture.

L'employé de la Lufthansa au comptoir d'enregistrement s'est montré sensible à mes arguments. Après avoir mesuré mon bagage hors norme et vérifié qu'il trouverait une place dans l'appareil, il a prévenu ses collègues pour que l'espace à bord dédié aux bagages encombrants du personnel navigant, rarement utilisé, me soit réservé. Il faudra juste que je convainque l'homologue de cet employé compréhensif pour bénéficier des mêmes faveurs à mon retour.

Juste avant que l'avion s'élance sur la piste de décollage, je vérifie mes messages une dernière fois : toujours rien d'Irène. Pourtant, elle connaît mon horaire de départ ; elle est vraiment fâchée. Je décide de ne pas non plus faire le premier pas, j'éteins mon téléphone.

Le vol se déroule sans encombre. Vus du ciel, les pays que nous survolons sont paisibles, leurs reliefs sereins et leurs contours harmonieux. Leurs frontières sont invisibles, impalpables, et l'on passe de l'un à l'autre sans le savoir, avec l'impression d'appartenir à un même pays qui s'appellerait « Monde ». Quand on connaît leurs réalités au sol, on frémit : Bosnie, Monténégro, Albanie, Grèce, espace aérien turc… et puis le Moyen-Orient.

Mais aujourd'hui, les tourments ne sont pas à l'extérieur de la carlingue, ils sont en moi. Les doutes qui m'assaillent depuis plusieurs semaines reviennent à la charge, encore plus forts. Qu'est-ce qu'il va m'arriver si je n'obtiens pas la reconnaissance que j'espère pour mes grands-parents ? Cela n'empêchera pas que ce qu'ils ont fait était grand et beau. Cela n'empêchera pas que ce sont eux qui l'ont fait, et pas moi. Donc qu'ils soient reconnus comme Justes ou pas ne changera rien à ma faillite et à mon incapacité à rebondir.

L'instant d'après, je me reproche de raisonner ainsi. J'ai rebondi ! Je suis dans cet avion, que je sache ! Pour la première fois depuis que je suis au chômage, j'ai repris ma vie en main. Je fais quelque chose qui a du sens.

Des semaines que j'attends ce moment. Maintenant que j'y suis, plus moyen de faire machine arrière. J'entre enfin dans le dur, et tant pis si j'y entre seul. Ou peut-être tant mieux. Puisque Irène n'approuve pas ce que je suis en train de faire, puisqu'elle ne croit pas dans le bien-fondé de mon voyage, je l'entreprendrai pour moi-même, en me passant de son soutien.

3 janvier 1944

Heureusement, la santé de son épouse s'améliora et, deux jours plus tard, elle était sur pied. Ils embarquèrent dans un de ces camions bâchés utilisés par les usines du *monsieur* pour transporter toutes sortes de choses : bois, matériel, matériaux, pièces mécaniques… Il y avait des odeurs de graisse et de cuir assez fortes pour tromper le nez des chiens policiers, et le plateau avait été équipé d'un double fond où le couple se dissimula. L'espace exigu était doté d'oreillers et d'une couverture car le voyage allait être aussi long que la journée serait froide.

Ils arrivèrent moulus et couverts de bleus à Toulouse. Les oreillers et la couverture mis à leur disposition n'atténuèrent guère les secousses du camion. Le transfert fut plus éprouvant qu'ils ne l'auraient cru. Le *monsieur* qui les avait cachés avait raison : quelques jours plus tôt, sa femme n'aurait pas pu entreprendre un tel périple.

Quand il les libéra de leur cachette, le chauffeur n'était pas serein. Il jetait des coups d'œil à droite et à gauche, se méfiait des fenêtres aux étages.

— Ne traînons pas, dit-il. C'est bientôt l'heure du couvre-feu.

Les fugitifs n'eurent pas le temps de se dégourdir les jambes. Après les avoir débarqués sans ménagement, le chauffeur leur fit traverser la cour intérieure où il s'était garé.

— À partir de là, on ne se connaît plus, dit-il avant de franchir la porte cochère de l'immeuble et de s'élancer dans la rue.

Il les guida jusqu'à un hôtel en face de la gare. Il ouvrait la marche, les devançant de quelques mètres. Eux suivaient tant bien que mal, les bras encombrés de leurs bagages et des peintures. Ils les avaient réparties en deux rouleaux et enveloppées dans de la toile imperméable… Elles étaient toutes là, hormis l'aquarelle qu'ils avaient laissée au résistant cévenol.

Ils ne passaient pas inaperçus dans les rues de la capitale languedocienne et peinaient à avancer, chargés comme ils l'étaient ; d'ailleurs, le chauffeur ne semblait pas apprécier leur compagnie. Il hâtait le pas pour arriver au plus vite à l'adresse où ils étaient censés séjourner en attendant le prochain passage par les Pyrénées.

Le propriétaire de l'hôtel les attendait ; il bondit hors de son fauteuil et passa de son bureau à la réception. Il décrocha une clef du tableau et souleva le panneau amovible du comptoir.

— Suivez-moi.

Avec une vivacité étonnante vu sa corpulence, il gravit deux à deux les marches du large escalier qui menait aux chambres, les distançant rapidement. Quand la femme se retourna pour solliciter l'aide du chauffeur, il avait disparu. Une fois sa mission accomplie, il s'était évanoui sans leur dire au revoir.

Lorsque le couple rejoignit l'hôtelier, celui-ci avait déjà ouvert la porte de leur chambre et s'effaçait pour les laisser entrer.

— Vous ne bougez pas d'ici. Vous ne sortez sous aucun prétexte, dit-il à voix basse.

L'homme hocha la tête. Son épouse, enfin parvenue en haut de la dernière volée de marches, allait déposer sa valise sur le palier pour reprendre son souffle quand l'hôtelier la poussa à l'intérieur.

— Et pas un bruit, ajouta-t-il. Je vous apporterai de quoi vous restaurer plus tard. Je ne toquerai pas à la porte, j'ai la clef, c'est ainsi que vous saurez que c'est moi. Si quelqu'un frappe, ne répondez surtout pas.

— Combien de temps allons-nous rester ici ?

— C'est une affaire de jours. Prenez votre mal en patience. Normalement, vous n'êtes pas recherchés dans le coin, mais on n'est jamais assez prudent.

Puis il referma la porte sans la claquer.

L'établissement était très animé. Malgré le couvre-feu, les couloirs bruissaient d'allées et venues. Mari et femme demeurèrent un long moment immobiles à écouter ces bruits inconnus, mais la fatigue eut raison de leurs craintes et ils s'endormirent.

Plus tard, à une heure avancée de la nuit, ils furent réveillés par le martèlement de talons aiguilles et des éclats de voix en allemand. Peu après, ils entendirent des rires féminins forcés, suivis de couinements laissant peu de doutes sur ce qui se déroulait.

— Un hôtel de passe, murmura-t-il.

Son épouse n'ignorait évidemment pas l'existence des filles de joie, mais elle n'aurait jamais imaginé dormir un jour sous le même toit. Elle retint un sanglot. Son mari lui prit la main et ils se rendormirent serrés l'un contre l'autre.

Les jours passant, semblables les uns aux autres, ils se familiarisèrent avec les mouvements de l'hôtel et finirent par reconnaître les pas des différents employés. Le matin était consacré au ménage des chambres, l'après-midi aux communs. Le soir, les parties de jambes en l'air reprenaient.

À Toulouse, tout le monde n'était pas concerné par le rationnement ; grâce aux effets du vin, passé une certaine heure, les beuglards en uniforme vert-de-gris sombraient et les nuits étaient reconquises par le calme.

Grâce aux aiguilles et à la laine qu'elle avait emportées, elle occupait ses soirées en tricotant. Lui, privé de journaux, trompait son ennui en fumant et en observant la rue à travers les persiennes. Le moindre événement était l'occasion de se distraire : une péniche sur le canal du Midi qui franchissait l'écluse au pied de l'hôtel, un train dont il n'apercevait que le panache de fumée, ses longs coups de sifflet pour alerter les étourdis qui se seraient aventurés sur les voies.

— C'est quoi, cette odeur de fumier ? demanda-t-il un soir alors que l'hôtelier apportait leur pitance. Ça sent la vache !

— C'est l'école vétérinaire, de l'autre côté du canal. Parfois, quand ils brûlent les carcasses, ça pue la viande faisandée. Là, ça va, mais en été, c'est une horreur. Nos clients s'en plaignent, mais la mairie ne veut rien entendre.

L'homme se fit pensif. Il avait entendu parler des convois en partance pour la Pologne. On disait qu'une fois arrivés à destination, les Juifs étaient parqués dans des camps de travail, ou de prisonniers. Les mieux informés prétendaient que les Boches les éliminaient, et que pour se débarrasser de tous ces corps…

Il s'éloigna de la fenêtre.

Chaque mouvement dans les couloirs de l'hôtel, chaque bruit de voiture stoppant dans la rue le faisait sursauter. C'était au tour de sa femme de s'inquiéter pour sa santé. Elle tentait de l'apaiser :

— Qui veux-tu qui nous cherche ?

— Les Allemands, pardi !

— Pourquoi les Allemands de Toulouse en auraient après nous ?

— Parce qu'ils arrêtent tous les Juifs. Ils n'ont pas besoin de raison supplémentaire. Et je te rappelle que je *suis* juif !

— Nous serons bientôt en Espagne…

— En attendant, chaque journée passée dans ce trou à rat augmente le risque d'être pris.

— Nous sommes protégés par la Résistance…

— Nous lancer dans cette aventure était une folie.

— Tu ne vas pas recommencer !?

— Il est encore temps de faire machine arrière…

— Tu plaisantes, j'espère !? Après tout ce que… Nous sommes trop engagés. Ce n'est pas possible. À présent, nous devons aller jusqu'au bout.

— On a fait une connerie.

— Chéri, viens t'asseoir auprès de moi.

Les caresses et la douceur de son épouse ne parvinrent pas à le rassurer. Au contraire, jour après jour, son inquiétude alla grandissant.

Il continuait à surveiller le passage des véhicules sur le boulevard en bas de l'immeuble tout en fumant à la fenêtre.

— Combien de temps encore ?

CHAPITRE 12

Atterrir à l'aéroport Ben-Gourion, c'est rencontrer le mythe. J'imagine la réciproque : un Israélien découvrant en toutes lettres le nom du général de Gaulle à Roissy. Quelles que soient ses affinités politiques avec le personnage, on est forcé au respect par ce qu'il représente, et pas seulement dans son pays.

Mais je n'ai pas le temps de m'extasier : Israël est un pays en guerre, cette évidence me saute au visage dès le hall d'arrivée. Je n'ai pas l'impression d'entrer dans une zone douanière mais dans une caserne militaire. Il y a au moins un soldat et une mitraillette pour dix passagers.

En tant que ressortissant européen, je suis dirigé vers la file de gauche et tombe dans une nasse à laquelle échappe le couple d'Israéliens qui était assis à côté de moi dans l'avion, ceux qui ont piétiné ma veste après l'avoir fait tomber en sortant leurs affaires du coffre à bagages cabine à l'atterrissage.

Je garde ladite veste sur mes épaules car nous sommes encore dans un espace climatisé, mais à voir la façon dont les gens sont habillés dehors, je devine qu'elle ne me sera pas d'une grande utilité.

Je suis étonné de franchir assez rapidement l'étape

« passeport ». Le douanier dans sa cahute blindée ne me pose pas de questions. Il n'appose pas non plus le tampon officiel habituel mais me délivre un document de la taille d'une carte bancaire qu'il m'enjoint solennellement de garder sur moi en toutes circonstances pendant mon séjour, et de présenter à ses collègues au moment où je quitterai le territoire. Je comprendrai plus tard qu'Israël n'estampille pas les passeports des visiteurs étrangers pour leur éviter de se retrouver bloqués à la douane lors de futurs voyages, empêchés de pénétrer sur le sol de nations « hostiles », c'est-à-dire à peu près tous les pays autour d'Israël.

Je me trompais en pensant en avoir terminé avec les tracasseries administratives. À peine passé le tourniquet de la douane, je tombe sur un deuxième barrage. Un simple comptoir cette fois, derrière lequel se tient un jeune homme en civil. Dans un premier temps, je le prends pour un étudiant en stage d'été, mais je me ravise parce qu'il s'empare de mon passeport et du document édité par son collègue avec une assurance qui me met en alerte. Ce gars-là n'est pas un intérimaire censé me proposer un service de navette aéroport, mais bel et bien un agent du ministère de l'Intérieur ou l'équivalent israélien, et il s'adresse à moi dans un français impeccable.

— Que transportez-vous ?

— Quel est le motif de votre séjour en Israël ?

— Êtes-vous déjà venu dans notre pays ?

— Avez-vous une raison particulière de vouloir rester en Israël ?

— Connaissez-vous du monde en Israël ?

— Avez-vous de la famille en Israël ?

— Où comptez-vous loger pendant votre séjour ?

— Qui avez-vous l'intention de rencontrer ?

— Hormis ce tableau, quel bien apportez-vous sur notre territoire ?

— Qu'avez-vous prévu d'acheter en Israël ?

— Pensez-vous vendre quoi que ce soit ? Ce tableau par exemple ?

Le ton du jeune homme n'est pas à la plaisanterie. Je comprends que de la qualité de mes réponses dépend la suite de mon séjour. Aussi, je fais en sorte qu'elles contiennent toutes la même information, à peu de chose près : je suis là pour obtenir que mes grands-parents soient reconnus comme Justes parmi les Nations, je transporte ce tableau parce que j'ai été invité à le montrer au centre Yad Vashem, j'ai un courrier qui corrobore mes dires, je repartirai avec lui dès que les experts du comité l'auront examiné et jugeront que ma présence n'est plus nécessaire.

Bien évidemment, à aucun moment l'agent du Mossad – c'en est un, j'en suis maintenant persuadé – ne me laisse lui montrer le courrier en question. Au lieu de quoi, il poursuit sur le même ton glacial :

— À qui, en dehors d'Israël, comptez-vous écrire pendant votre séjour ?

— Avez-vous envisagé de vous rendre dans les territoires occupés ?

— Allez-vous visiter la ville sainte ?

Il répète en les reformulant certaines de ses questions, dans un ordre différent et sur un ton différent, essayant probablement de me piéger. J'ai entendu parler des agents pointilleux du Homeland Security à New York, je ne pensais pas subir une telle séance d'inquisition ici.

L'entretien dure encore quelques minutes et cesse aussi brutalement qu'il a commencé, sans plus d'explications, me laissant perplexe mais pas fâché d'échapper aux griffes de ce bureaucrate paranoïaque.

Je ne demande pas mon reste. Je jette mon sac à dos sur mes épaules et prends le tableau sous mon bras.

Dès que s'ouvrent les portes automatiques donnant sur le hall des arrivées, je repère une jeune femme en tailleur qui tend une tablette numérique sur laquelle s'étale mon nom en toutes lettres. Une erreur d'orthographe a transformé le H de Milhas en double L, mais le prénom est le bon. Je fais un geste signifiant « C'est moi ». La jeune femme me tend la main.

— Mister Stefan Milass ? demande-t-elle en prononçant mon nom à la mode anglo-saxonne.

— Yes, yes, it's me, dis-je à la mode de Saint-Étienne.

— I'm Dorit Serrour, from the Yad Vashem Center. Pleased to meet you.

— Pleased to meet you too, dis-je, très fier de mon « too ».

— Did you have a nice flight ?

— Hein, euh, yes, yes, good, thank you.

— I'm afraid my French is a disaster. Is English fine for you ?

— Yes, yes, fine, dis-je, incapable de nuancer mon affirmation et conscient que mon anglais, à moi, n'est pas loin du désastre non plus.

— You don't have any luggage ? Just this one bag ?

— What ?

— No other baggage ?

— Ah, bagage ? No. Just this and this, dis-je en montrant tour à tour mon sac à dos et le tableau.

— The painting, of course ! dit-elle d'un air entendu. This way, please, follow me.

Alors que nous traversons le hall, je suis fasciné par la foule. On dit que rien ne ressemble plus à un aéroport qu'un autre aéroport… C'est faux. Les gens ici ne sont pas les mêmes que ceux que j'ai croisés ce matin à Lyon et Francfort. Pour la moitié d'entre eux, je retrouve les jupes, shorts en jean et costards de flanelle que j'ai laissés en Europe. Mais pour l'autre moitié, les kippas rivalisent avec les longs manteaux noirs – en plein été ! – et je vois passer des familles entières portant des *talits*, ces tuniques blanches d'où dépassent des fils tressés au niveau de la taille. Tout ce petit monde se croise sans que personne ne fasse cas de l'autre. Les kippas, qui font se retourner les gens dans la rue en France, paraissent bien discrètes à côté des *shtraïmel*, chapeaux noirs ornés de fourrure des juifs orthodoxes.

Je contemple cette foule disparate jusqu'à ce que nous émergions dans une lumière blanche et une chaleur écrasante. Dorit Serrour me précède sur le parvis de l'aérogare en direction d'un parking extérieur. Je lui emboîte le pas mais je suis tout de suite pris d'un vertige qui m'oblige à ralentir mon allure.

— Ouf, je m'entends dire, le souffle coupé.

— Yes, it's been terribly hot lately. I'm parked over there, sorry about that. There were no more spaces available in the underground car parks.

Je n'ai rien saisi de ce qu'elle vient de dire, mais je comprends à son geste et à la clef entre ses doigts que la voiture n'est pas loin.

Malgré cela, je ne suis pas sûr d'y parvenir. Je me demande ce qu'il m'arrive, si c'est la fatigue du voyage – je suis parti très tôt de Lyon mais le vol Francfort-Tel-Aviv n'a pourtant pas duré plus de cinq heures –, le stress de l'interrogatoire que je viens de subir ou l'émotion à l'idée de toucher enfin au but… Je n'ai jamais été très sensible à la chaleur, mais je dois le reconnaître : ce sont bien des étoiles que je perçois sous mes paupières ; je suis à deux doigts de m'évanouir.

Ma guide fait le même constat que moi et entreprend de me délester de mon sac. Je me laisse faire mais m'agrippe au tableau.

— Are you alright ? demande-t-elle.

Je sais encore reconnaître une question rhétorique. Malgré mon malaise, je réussis à produire un rictus qui se veut désinvolte et à répondre :

— Yes, yes.

Mais je devine à son expression qu'elle s'inquiète pour ma santé. Faire preuve d'une telle faiblesse devant une aussi jeune et jolie femme… Quelle opinion va-t-elle se faire de moi ?

— Stay here in the shade. I'll be right back, dit-elle.

Je comprends « back ». Elle revient. Je la vois emporter mon sac à dos, je pose le tableau au sol et m'appuie sur la protection en bois comme sur une canne. J'ai l'impression d'avoir vieilli de quinze ans d'un coup. Je dois vraiment avoir l'air pitoyable, vieillard chancelant abandonné sur ce parking.

Je concentre toute mon énergie sur l'absolue nécessité de rester debout. Si je m'affale sur ce goudron à moitié fondu, je vais finir lyophilisé.

Heureusement, Dorit Serrour ne m'a pas menti en disant qu'elle revenait. Une camionnette verte flanquée de l'inscription « Yad Vashem Memorial » se gare à mon niveau. La jeune femme se penche dans ma direction. Je vois la portière s'ouvrir, je m'engouffre dans l'habitacle. La ventilation crache déjà un air frais. Je bénis l'inventeur de la climatisation et m'effondre dans le siège passager en me disant « Tant pis pour le réchauffement de la planète ! ».

CHAPITRE 13

Un quart d'heure s'écoule sans que ni Dorit Serrour ni moi ne prononcions la moindre parole. La jeune femme me laisse probablement le temps de me remettre ; quant à moi, je suis trop embarrassé et j'essaie de me faire oublier.

Quand elle me tend une bouteille d'eau de 50 centilitres, je la vide d'un trait. Puis je m'intéresse à nouveau à mon smartphone. Mon opérateur me propose les tarifs de son partenaire en Israël : les communications en local vont me coûter un bras, vers la France une jambe, et je finirai décapité si j'envisage d'utiliser la 4G. En revanche, les SMS sont illimités et gratuits.

Sans plus tarder, j'en envoie un à Irène pour l'informer de mon arrivée à Tel-Aviv, même si je me doute que cela lui importe peu. C'est davantage pour me donner bonne conscience qu'autre chose… Qu'elle ne puisse pas me reprocher de ne pas l'avoir fait.

À peine sortis de la zone aéroportuaire, nous nous retrouvons au milieu de grandes étendues agricoles. Les champs sont recouverts de gigantesques systèmes d'arrosage modernes et des équipes d'ouvriers agricoles s'affairent autour de tracteurs et de remorques. Ils sont trop loin pour que je puisse distinguer leurs visages, mais je sais qu'ils vivent dans les territoires occupés pour l'essentiel, et doivent subir quotidiennement des contrôles dégradants aux checkpoints tenus par l'armée israélienne. Je ne fais pas part de mes réflexions à ma guide qui garde les yeux rivés sur le bitume.

L'autoroute traverse cette plaine immense en direction des montagnes. Je comprends en observant la position du soleil que nous fonçons plein est. Les gratte-ciel dans mon rétroviseur latéral sont ceux de Tel-Aviv. C'est idiot, j'aurais aimé visiter la capitale. Tous les guides touristiques prétendent que c'est une ville à part en Israël, très cosmopolite, très progressiste.

— Tel-Aviv ? dis-je en désignant l'arrière de la voiture.

— Yes, that's Tel-Aviv alright, répond mon chauffeur. First time in Israël ?

First time. Première fois. Elle doit se demander si c'est la première fois que je mets les pieds dans son pays. En tout cas, c'est le genre de question que je poserais si j'allais chercher un étranger à l'aéroport. Je réponds laconiquement, sans grande ambition syntaxique :

— First time, yes.

— Are you feeling any better now ?

Je suis étonné de la comprendre… Pas comme tout à l'heure sur le parking de l'aéroport. La fournaise avait dû altérer mes capacités cognitives. Peut-être son accent méditerranéen m'aide-t-il ? En prononçant *better* « bêteur », elle met l'anglais à ma portée. Il faut que je la rassure, puisqu'elle se préoccupe toujours de mon état.

— Bêteur, yes, dis-je.

— Good, fait-elle.

Un instant, j'ai le sentiment que ce « Good » en dit plus long qu'un simple « Bon ». Selon comment on l'interprète, il peut signifier qu'elle est satisfaite de me savoir requinqué, mais sa réflexion peut aussi laisser entendre qu'il vaut mieux que je sois en forme pour affronter ce qui m'attend. Le fait que nous nous exprimions tous deux dans une langue étrangère m'empêche d'être certain de l'inflexion qu'elle a voulu donner à un mot aussi anodin.

Pour me rassurer, je me retourne et contemple le tableau d'Eli Trudel qui trône sur la banquette arrière. Il est caché sous sa protection de bois et dans son emballage. Je n'en distingue rien, évidemment. Mais il est là, et ensemble nous roulons vers Jérusalem. Dans une demi-heure, trois quarts d'heure tout au plus, il se trouvera dans le temple de la mémoire de la Shoah, un sanctuaire pour tous les Juifs, comme la maison de mes grands-parents le fut pour Eli et Jeanne Trudel.

Dorit Serrour n'est pas très loquace. Ne connaissant pas son rôle exact dans l'instruction de mon dossier, je me montre tout aussi discret. Est-elle secrétaire, chauffeur, factotum ou fait-elle partie de l'équipe de direction ? Elle a l'aisance que procure une éducation supérieure, je l'imagine donc facilement à un poste à responsabilité ; mais en ce cas, pourquoi ne m'interroge-t-elle pas sur le tableau, dont la valeur ne lui a pourtant pas échappé ? Son allusion à « The painting, of course ! » tout à l'heure à l'aéroport prouve qu'elle est au courant des détails de ma requête. Peut-être a-t-elle reçu l'ordre de ne pas aborder la question avant que nous soyons arrivés ?

Après les plaines fertiles, l'autoroute se fait plus sinueuse, les paysages plus désertiques. Il y a bien des arbres, mais pas de véritables forêts. La végétation ressemble à l'idée que l'on se fait de cette région du monde, maigre, sale, un peu à l'image des villes que nous croisons. Elles sont modernes et semblent offrir tout le confort attendu, mais elles ne forment pas d'entités urbaines homogènes. En tout cas, c'est l'impression qu'elles me font. On les sent sorties de terre de façon artificielle, parce qu'il faut occuper le terrain, conquérir l'espace en le peuplant. Littéralement : en y mettant son peuple… Parce qu'il faut bien loger tous ces coreligionnaires qui arrivent de l'étranger chaque année et revendiquent un bout de territoire. On ne peut pas le leur refuser. Ils sont les bienvenus mais ils posent problème. J'ai lu que certains, incapables de s'adapter au climat et à la tension permanente, jettent l'éponge après un an ou deux et repartent dans leur pays d'origine. Les autres forment des diasporas à l'intérieur de la diaspora : des quartiers français, des villes russes, des lotissements entiers de résidences secondaires inoccupées les trois quarts de l'année parce que leurs propriétaires vivent essentiellement en Europe… Ces villes n'en sont pas ; ce sont des ambassades, ou des baraquements pour une armée de civils censés lutter contre la fécondité galopante des Arabes. La démographie comme arme de conquête ; l'armée pour assurer la sécurité de ces avant-postes.

Le fait est que ça construit dans tous les sens, partout, et je constate que le phénomène s'accentue au fur et à mesure que nous approchons de Jérusalem.

Ma découverte de la ville est une déception. Après une ascension de plusieurs kilomètres, alors que les constructions se densifient et que les bas-côtés de l'autoroute ressemblent de plus en plus à des sorties de chantier, nous parvenons enfin au sommet d'une montagne qui fait face à celle à laquelle la ville sainte est accrochée. Je reconnais une ville du Proche-Orient, mais pas la fameuse Jérusalem iconique dont j'ai pourtant vu tant et tant de photos ou d'images à la télévision. Sous cet angle, je n'aperçois que brièvement le dôme du Rocher ; en effet, Dorit Serrour oblique vers la droite au niveau du mont Herzl, quittant ainsi l'axe principal qui mène à la ville historique.

Nous gravissons une autre colline en longeant une ligne de tramway et tournons à nouveau à droite, en direction d'une forêt de pins relativement dense.

C'est une petite route à l'entrée de laquelle il est indiqué que nous pénétrons sur le domaine du *Yad Vashem Memorial and Research Center*. Dorit Serrour roule au pas derrière un minibus quasiment vide. Dans l'autre sens, c'est un défilé de voitures remplies de familles. Étant donné l'heure, j'en déduis que le mémorial va fermer ses portes et que les visiteurs sont en train de refluer.

Au poste de sécurité dont la barrière est ouverte, le bus ralentit sans s'arrêter. Les gardes lèvent à peine les yeux à son passage.

Dorit Serrour ralentit à son tour et les salue d'un geste de la main auquel ils répondent avec désinvolture. Je hoche la tête par courtoisie, mais ils ne m'adressent qu'un regard vague.

Le minibus fait un demi-tour sur le parking réservé aux navettes et s'aligne contre un trottoir où des visiteurs sur le départ font la queue. Pendant ce temps, Dorit Serrour se gare à un emplacement réservé au personnel. Tout en tirant sur le frein à main, elle se tourne vers moi et me sourit.

— Here we are. A cup of coffee first, or would you like me to take you to Doctor Mizrahi right away ?

Je sens les limites de l'exercice. À moins que les

gens du comité parlent français ou qu'ils aient prévu un interprète, mon niveau d'anglais va poser problème, car je n'ai compris que deux mots : « coffee » et « Mizrahi », qui est le nom de la personne avec qui j'ai échangé par mail et que je suis censé rencontrer aujourd'hui.

Il est trop tard pour un café, jamais je ne pourrai dormir si j'en bois un maintenant ; sans compter que je suis impatient de pouvoir montrer le tableau et présenter ma requête au comité.

Si mon grand-père pouvait voir où je me trouve en ce moment précis ! C'était un homme dur avec les autres autant qu'avec lui-même. Il avait peu d'estime pour les choses futiles, et je sais que j'ai été un enfant et un adolescent bien trop superficiel à ses yeux. J'aimais le rock – qu'il méprisait –, je travaillais mal au lycée – il jugeait quelqu'un à l'aune de la réussite scolaire –, j'étais volubile et bruyant – il préférait mes cousines, disciplinées et concentrées.

Quand il est tombé malade, je faisais mon service militaire. Je me souviens avoir perçu un semblant d'admiration dans son regard lorsque je lui ai rendu visite à l'hôpital Necker à Paris, où il était traité. Je portais mon uniforme de l'armée de l'air et non plus mes chemises débraillées, j'étais rasé de près et ma tignasse de hard rocker avait enfin été remplacée par une coupe réglementaire à la tondeuse… C'est idiot, mais pour une fois je l'ai senti fier de son petit-fils, et j'en ai tiré moi-même un certain orgueil. En même temps, j'ai été blessé que sa considération arrive trop tard puisqu'il était en train de mourir, et qu'elle soit suscitée non par mes qualités intrinsèques mais par l'armée.

Aujourd'hui, rien n'a changé ; je suis meurtri en imaginant le regard mi-agacé mi-ironique qu'il porterait sur ma démarche. Il trouverait que je tente de m'approprier un acte de bravoure qui ne m'appartient pas. Au fond, de son vivant, il n'a jamais été conscient de ce qu'il pouvait m'apporter. Sinon, il m'aurait parlé de son engagement dans la Résistance, des Trudel et du tableau du peintre juif ; il n'a jamais envisagé que je puisse lui apporter quoi que ce soit non plus. Or, je suis venu jusqu'ici pour lui prouver le contraire. J'aimerais tellement qu'il me laisse faire, qu'il se laisse faire.

Pour la première fois de ma vie, je réalise que ce que j'ai pris pour de la rigidité chez lui n'était peut-être que du manque de confiance en soi. Il en souffrait peut-être plus que moi. Il m'aura fallu cinquante-deux ans pour faire ce pas de côté et voir les choses à travers les yeux de mon grand-père… Il aura fallu que je me trouve dans une voiture garée sur le parking du mémorial de la Shoah à Jérusalem, en présence d'une étrangère, seul dans un pays que je ne connais pas. Ce tableau nous offre peut-être l'occasion de réparer une incompréhension.

Je prends une longue inspiration pour réprimer une envie de pleurer.

— Are you alright ? me demande Dorit Serrour pour la troisième fois en à peine deux heures.

Cette femme a des antennes. Elle se demande ce qu'il m'arrive, mais comment le saurait-elle ? Je l'ignore moi-même.

— Yes. No coffee. Doctor Mizrahi, je réponds.

— O.K., then, dit-elle sans cesser de me dévisager.

En sortant de la voiture, je retrouve la chape de chaleur que j'avais oubliée grâce à la climatisation. Je me dépêche de récupérer mon sac et mon tableau, et je suis Dorit Serrour sans tarder à l'intérieur d'un immense bâtiment aux parois de verre.

Des employés nettoient ce qui se révèle être une cafétéria. Nous ne faisons que la traverser. Puis nous entrons dans une bibliothèque, ou un centre de ressources – où là aussi des employés s'affairent à tout ranger –, pour en ressortir aussitôt par l'autre extrémité.

Retour dans la fournaise. Nous empruntons une galerie extérieure qui descend à un autre bâtiment. Une série de plaques indiquent que ce sont là des bureaux administratifs et des unités de recherche. D'ailleurs, l'accès est restreint, nous entrons grâce au badge de Dorit Serrour qui s'efface pour me laisser passer.

L'immeuble résonne de cris d'adolescents. Nous tombons sur eux au détour d'un couloir. Assis par terre ou étalés dans les cages d'escalier, ils attendent probablement leurs enseignants. Nous apercevons ces derniers un peu plus loin, en train de saluer les intervenants qui ont reçu leurs classes cet après-midi.

Ces Israéliens ressemblent à tous les jeunes de leur âge sur cette planète : ils sont bruyants, ils se bousculent, ils rient en se montrant des vidéos sur leurs téléphones portables… Rien de plus normal, sauf que nous sommes au mémorial de la Shoah et qu'ils viennent de participer à des ateliers sur un génocide perpétré contre leurs aïeux. Même ici, finalement, la mémoire s'efface et devient Histoire. Certes, le lieu est solennel, mais il est aussi une entreprise de vie, et elle est bien là, légère et forte, comme le démontrent ces élèves. Heureusement, me dis-je, qu'ils ne ressassent pas tous les jours qu'ils sont les descendants de rescapés d'un massacre ! Heureusement qu'ils jouent et rient, et font des blagues sous les coursives de Yad Vashem !

Dorit Serrour frappe trois coups secs à une porte. Une voix étouffée nous demande d'entrer.

CHAPITRE 14

Il fait sombre dans le bureau du Dr Sara Mizrahi – c'est le nom indiqué sur le chevalet devant elle, au milieu d'un fatras de dossiers, ouvrages, enveloppes ouvertes ou encore scellées.

— Monsieur Milhas, quel plaisir de vous rencontrer !

Du français, ouf ! Milhas a une nouvelle fois été transformé en Milass, mais son élocution est parfaite.

Elle s'est levée et me tend la main. Je m'empresse de la saisir. Ce faisant, je bute contre le bureau et une pile de bouquins s'affaisse.

— Je suis désolé !

— Ce n'est rien. Il fallait que je range, de toute façon. Avez-vous fait bon voyage ?

— Très bon, oui, je vous remercie.

— Pas de contretemps ?

— Non, non, tout s'est très bien déroulé.

— Parfait, parfait. Nous vous sommes très reconnaissants d'avoir fait le déplacement.

Le Dr Sara Mizrahi, la quarantaine, est aussi grande que moi. Ses yeux sont pile à la hauteur des miens. Ils sont aussi noirs que ses cheveux, et son franc sourire m'invite à soutenir son regard. Elle a le look de sa fonction : jupe plissée et chemisier boutonné jusqu'au cou, bijoux en or très discrets. Je jette un rapide coup d'œil à ses chaussures : elle triche, elle a des talons d'au moins douze centimètres.

— Ah ! Je vois que vous avez apporté le tableau, dit-elle.

— Bien entendu. Voilà, dis-je en le lui tendant. Enfin, il faudrait un tournevis pour l'ouvrir, mais…

— Nous avons le temps, dit-elle en s'en emparant. Nous verrons cela plus tard.

Elle le soulève par-dessus le monticule de paperasse et le dépose derrière elle, contre une étagère aussi chargée que le reste de la pièce.

— Voulez-vous boire quelque chose ? Un café, une boisson fraîche ?

En fait, je meurs d'envie d'un café mais étant donné que j'ai décliné l'offre de Dorit Serrour un peu plus tôt, j'hésite à accepter celle du Dr Mizrahi maintenant. Tant pis. De toute façon, Dorit Serrour me prend déjà pour un mec bizarre.

— Un café, je veux bien.

Sara Mizrahi s'adresse à sa collègue en hébreu. Celle-ci s'éclipse.

— Asseyez-vous, je vous en prie, monsieur Milhas.

— Merci.

— Vous savez, l'histoire de vos grands-parents a soulevé un grand intérêt au sein du comité. Nous ne tombons plus beaucoup sur ce genre de cas, de nos jours. La plupart des Justes parmi les Nations ont déjà été identifiés, et ils ont disparu malheureusement. Le travail du comité consiste essentiellement à faire vivre leur souvenir et à valoriser leurs actes auprès des jeunes, en Europe et ici.

— Vous voulez dire que vous ne recevez plus de requêtes comme la mienne ?

— Très rarement. Et quand cela nous arrive, elles sont loin d'être aussi palpitantes que la vôtre.

— Vraiment ? Je ne me rendais pas compte…

— La seule existence de ce tableau est une révélation ! Eli Trudel fait partie des artistes juifs dont la trajectoire a été stoppée net par l'avènement du nazisme. Son histoire personnelle est une illustration parfaite du martyre des Juifs.

— J'ignorais qu'il était si important en Israël.

— Il est assez méconnu du grand public, mais pas des historiens de l'art. D'où la curiosité suscitée par votre demande. Tout le comité est très excité à l'idée d'étudier ce tableau.

— Vous n'êtes pourtant pas un groupe dédié à l'art ?

— Non, bien sûr. Mais… comment vous dire ? Les circonstances de la disparition d'Eli Trudel sont encore mystérieuses. Donc, la perspective de pouvoir combler certaines lacunes dans sa biographie, et notamment dans les derniers mois de son existence… cela pourrait s'avérer capital.

— Je n'ai pas beaucoup d'informations concernant son séjour chez mes grands-parents, malheureusement.

— Nous savons, grâce aux registres de la Gestapo, qu'il a été arrêté avec son épouse, Jeanne, le 12 décembre 1943. Sur dénonciation. Ils ont été déportés cinq jours plus tard.

Je découvre que les Trudel ont péri dans les camps. Cette information ne figure pas sur Wikipédia ; en tout cas, pas dans la version française. Je ne me faisais guère d'illusions sur le sort qui leur avait été réservé. Malgré tout, soixante-quinze ans après les événements, j'accuse le coup.

— Vous avez traqué les coupables ?

— Il faut être réaliste. Seuls les hauts dignitaires nazis ont fait l'objet d'une chasse après la guerre. En revanche, nous n'abandonnons pas l'espoir de parvenir un jour à déterminer les circonstances dans lesquelles certains des nôtres ont disparu. On ne sait jamais, il arrive que des pièces du puzzle refassent surface, comme votre tableau aujourd'hui.

— Une chose m'étonne. Jeanne Trudel n'était pas juive. Pourquoi l'ont-ils déportée, elle aussi ? Elle était la fille d'André Fredon, un peintre très renommé, qui devait bénéficier d'appuis dans les plus hautes sphères.

— Détrompez-vous. André Fredon n'était pas en odeur de sainteté auprès des autorités françaises. Il avait pris position contre Pétain dès la formation de son gouvernement et la fuite à Vichy. Personne n'a dû lever le petit doigt pour sauver sa fille.

— De là à l'envoyer en chambre à gaz !

— C'est la Gestapo qui les a arrêtés, pas la Milice. De toute façon, c'était fréquent. Les couples mixtes étaient traités comme des couples israélites. Un haut dignitaire nazi a même prétendu, dans ses mémoires, longtemps après la guerre, que c'était par compassion, pour ne pas séparer les conjoints dont le sort avait été jusque-là commun.

Je fais un signe de dégoût de la tête.

— L'arrivée de leur convoi à Auschwitz a été enregistrée le 22 décembre 1943. On perd ensuite leur trace. Étant donné leur âge, ils ont dû être assassinés sur-le-champ.

Je m'interroge : arrestation le 12 décembre 1943, arrivée en camp d'extermination le 22 décembre. Ma tante a évoqué la fin de l'année 1943, au moment des fêtes. Sa mémoire lui aurait-elle joué des tours ?

Le Dr Mizrahi se tait. Je ne m'attendais pas à

avoir des discussions légères dans un centre dédié à la Shoah, mais je n'imaginais pas non plus que nous entrerions de manière aussi brutale dans le vif du sujet. Sara Mizrahi a dû se faire la même réflexion, parce qu'elle revient à des considérations plus matérielles.

— Dans un premier temps, nous devons établir l'authenticité de l'œuvre. À ce propos, les experts en histoire de l'art de l'université de Tel-Aviv, ainsi qu'une équipe du musée d'art de Tel-Aviv, seront là demain matin pour étudier le tableau. J'ai pris l'initiative de préparer les documents, en français, que vous voudrez bien signer afin de nous donner l'autorisation de procéder aux analyses. Je vous rassure, il est spécifié que l'intégrité physique du tableau sera scrupuleusement respectée.

— Bien.

— Techniquement, il s'agit d'un dépôt de votre part et d'une prise en charge de la nôtre. Ainsi, vous pouvez être rassuré : vous déclarez sur l'honneur être propriétaire du tableau et nous nous engageons noir sur blanc à vous le restituer à l'issue des tests menés par les experts, à nos frais, bien entendu. Mais prenez le temps de lire la prise en charge, je vais voir ce que fait Dorit.

Au moment où le Dr Mizrahi allait se lever, les mêmes trois coups secs que tout à l'heure se font entendre. La jeune femme apparaît dans l'embrasure de la porte avec à la main un gobelet en carton recyclable, une touillette en bois et deux sachets de sucre. Elle est précédée par une forte odeur de café.

— Sorry, the catering was closed. I had to go to the library's staff room to get a decent coffee.

Dorit Serrour a cru me rendre service en s'adressant

à moi en anglais, mais Sara Mizrahi n'est pas dupe de mon niveau de compréhension. Elle traduit pour moi :

— Ils ont arrêté de servir à la cafétéria. Dorit a dû courir partout pour vous dégotter un café digne de ce nom. Désolée que cela ait pris autant de temps.

— Ah, sorry, dis-je en m'adressant à Dorit Serrour. You must not euh… Thank you.

Celle-ci fait signe que, vraiment, il n'y a aucun problème.

— Ne soyez pas gêné, ajoute le Dr Mizrahi. C'est ma faute. J'aurais dû faire préparer un plateau, sachant que vous arriviez. Bien, je vois que vous avez signé. C'est parfait, merci, dit-elle en récupérant son exemplaire et en me tendant le mien.

— Je voulais vous demander : quand est-ce que je saurai si mes grands-parents peuvent accéder au statut de Justes ?

Le Dr Mizrahi jette un coup d'œil rapide à sa collègue et se racle la gorge.

— Nous aurions dû commencer par cela. Je pensais que Dorit vous avait fait part des détails de l'organisation.

— J'imagine que mon anglais l'en a dissuadée, dis-je en souriant.

Les deux femmes échangent quelques mots en hébreu.

— Voilà comment les choses vont se dérouler, reprend Sara Mizrahi en se tournant vers moi. Demain matin, comme je vous le disais, les experts vont authentifier le tableau. Dès que cette étape aura été franchie, nous réunirons le comité, l'après-midi même. À l'issue de quoi, ses membres voudront vous entendre. En gros, ils vous poseront des questions et vous partagerez avec eux les informations en votre possession.

— Je ne sais rien de plus que ce que j'ai déjà indiqué par écrit dans ma demande en ligne, dis-je sans dissimuler mon inquiétude.

Le Dr Mizrahi se veut rassurante :

— Nous en sommes tous conscients, vous n'avez pas à vous soucier de cela. Il est normal que les membres veuillent s'entretenir avec vous. C'est toujours mieux en face à face. Surtout, je vous le répète, que c'est une histoire incroyable.

— Certains au sein du comité ne me croient pas, c'est cela ?

— Non, je me suis mal exprimée. Je voulais dire « extraordinaire », c'est une histoire hors du commun. Le comité veut pouvoir se l'approprier, mieux cerner qui vous êtes, qui étaient vos grands-parents, leur milieu, la toile de fond de cette aventure.

— La toile de fond, c'est le tableau.

Sara Mizrahi, amusée, m'adresse un regard complice. Je réalise que je viens de faire un jeu de mots, mais je n'en suis pas fier. Je ne voudrais pas paraître désinvolte à un moment aussi grave.

— Je suis désolé, ce n'est pas ce que…

Je m'enfonce. Heureusement, le Dr Mizrahi est compréhensive. Elle fait une mimique apaisante et poursuit :

— Ensuite, ça ira très vite. Nous délibérerons à huis clos et vous ferons part de notre décision dans la foulée, le soir même.

— Demain soir ?

— Oui, j'imagine. Sauf contretemps majeur.

— Contretemps ?

— Si le tableau est un faux, par exemple.

— Impossible. Il n'a jamais quitté la chambre de mes grands-parents.

— Alors, vous n'avez aucune raison de vous inquiéter.

Je bois une gorgée de mon café, tiède. Je le sucre pour que ça passe mieux. Rien de plus dégueulasse qu'un café tiède.

— Et une fois que le comité a statué, qu'est-ce qu'il se passe ? Je fais quoi, moi, après ?

— Nous éditerons un procès-verbal de la réunion du comité et le proposerons au directeur de Yad Vashem pour signature. C'est une formalité, mais nous y sommes tenus.

— Et après ?

— Ensuite, les noms et prénoms de vos grands-parents seront ajoutés à la liste officielle des Justes parmi les Nations et la décision du comité sera communiquée à tous les comités nationaux dans le monde pour modification de leurs registres. C'est une procédure rodée. Elle requiert un peu de temps, cependant. Ne comptez pas être invité à la cérémonie officielle d'intronisation de vos grands-parents à Paris avant plusieurs semaines.

— J'ignorais qu'il y avait une cérémonie officielle.

— C'est souvent le cas. À ce propos, je voudrais savoir si, dans l'éventualité d'un accord du comité, vous consentiriez à vous prêter au jeu d'une petite conférence de presse ? Étant donné la singularité de votre histoire, je suis certaine que les journaux de notre pays seront avides de vous rencontrer. Qu'en dites-vous ?

— Eh bien… Oui, pourquoi pas ? Mais… elle se tiendrait quand, cette conférence de presse ? J'ai besoin de savoir pour mon billet de retour.

— Le temps de réunir tout le monde, et notamment le directeur… Disons vendredi en fin d'après-midi.

Nous pourrions envisager un dîner avec le comité et quelques personnalités.

— Vendredi ? Très bien. Je réserverai un vol samedi dans la matinée, en ce cas.

— Vous pouvez aussi en profiter pour visiter le pays. Sachez que vous êtes notre hôte aussi longtemps qu'il vous plaira.

— Je vous remercie. Vous êtes certaine que cela ne pose pas de problème ?

— Non, bien sûr ! Comme convenu, je vous ai réservé une chambre ici, au centre. Elles ne sont pas bien grandes mais elles ont tout le confort : climatisation, Wi-Fi… Il y a même un coin kitchenette, vous pourrez préparer vos repas si vous ne voulez pas sortir. D'ailleurs…

Elle s'interrompt et s'adresse à sa collaboratrice. Nouvelle discussion en hébreu entre les deux femmes, à l'issue de laquelle le Dr Mizrahi se lève et me tend la main.

— Dorit va vous accompagner jusqu'à votre studio, dit-elle. Je garde le tableau sous clef dans mon bureau ; il y sera plus en sécurité. Demain, nous déjeunerons ensemble. Je vous présenterai les membres du comité qui arrivent en fin de matinée. Ainsi, vous les rencontrerez une première fois de manière informelle, histoire de briser la glace.

— Très bien. Je vous retrouve à la cafétéria ?

— Dorit viendra vous chercher. Tenez-vous prêt pour 13 heures. L'horaire vous convient ?

— Parfait pour moi. À demain, en ce cas.

CHAPITRE 15

J'ai ma cadette, Charlotte, au téléphone. Je suis loin, dans un pays étranger, en léger décalage horaire… Cela ne nous était pas arrivé depuis longtemps. Nous renouons avec les conversations à distance que nous avions lorsque j'étais camionneur et que j'appelais les filles pour qu'elles me racontent leur semaine. Évidemment, aujourd'hui, c'est surtout moi qui parle. Je lui décris mon voyage, mes premières impressions d'Israël… Je finis par me plaindre :

— Le studio n'a même pas de télévision. Tout confort, tu parles ! Cela dit, si les chaînes sont en hébreu ou en anglais, je ne vois pas ce que j'aurais pu regarder.

— Il y a le Wi-Fi. Tu peux te connecter à Netflix.

— Je ne crois pas avoir les codes.

— Tu veux que je te les envoie ?

— Pas la peine. Je ne suis pas venu jusqu'ici pour regarder des séries.

Charlotte sait que je suis un dinosaure. Elle change de sujet.

— Au fait, Émilie m'a appelée.

— Qu'est-ce qu'elle voulait ?

— Rien en particulier. Savoir comment tu allais. Elle s'inquiète, je crois.

Ça, ça signifie qu'Irène leur a dit que j'avais perdu la raison. Elle a dû leur présenter mon départ subit en Israël comme un coup de folie, la preuve que j'étais psychologiquement instable. D'ailleurs, Charlotte confirme mes soupçons :

— Elle a appelé maman, mais tu n'avais pas encore donné de nouvelles.

— Alors, elle t'appelle, toi, au lieu de m'appeler directement… Ou de m'envoyer un message via WhatsApp.

— Elle était entre deux services.

— Pourquoi elle s'inquiète ?

— Tu sais bien comme elle est.

Oui, Émilie est du côté de sa mère, qui a toujours été là, elle. Je ne fais aucun commentaire, je n'ai pas envie de gâcher ce moment avec Charlotte qui prendrait la défense de sa sœur, et de sa mère par la même occasion.

Étonnamment, notre conversation s'éternise. Je n'en ai pas eu d'aussi longue avec l'une de mes filles depuis des années. Depuis leur enfance, peut-être. D'ailleurs, Charlotte l'achève en me disant au revoir avec une tendresse inhabituelle. Lorsque je raccroche, la solitude de ma chambre me semble d'autant plus pesante.

Je fixe l'écran de mon smartphone, hésite à aller dans « Contacts » puis « Irène » pour l'appeler. Mais à quoi bon ? Je lui ai envoyé un message tout à l'heure, elle m'aurait répondu si elle désirait me parler. Après tout, si elle a envie de faire la gueule, grand bien lui fasse.

Il est à peine 20 heures, je suis à Jérusalem, c'est mon premier soir en Israël, et je le passe seul dans un studio de 12 mètres carrés, assailli par des humeurs et des désirs contradictoires : envie de ressortir pour découvrir la vieille ville, de me fondre dans le maelstrom de visiteurs des cinq continents, perplexité due au fait d'être livré à moi-même alors que je m'attendais à être accueilli comme un invité de marque, et en même temps, besoin qu'on me laisse tranquille, fatigue générale, réticence à affronter la chaleur qui ne décroît pas avec le coucher du soleil... S'il pleuvait, les gouttes d'eau s'évaporeraient avant d'avoir pu toucher le sol.

Je regarde le soleil s'écraser sur les nouveaux quartiers de Jérusalem, une banlieue qui, végétation mise à part, pourrait ressembler aux faubourgs de n'importe quelle grande ville européenne.

20 h 15. Je ne me résous pas à me mettre au lit. Il paraît que le monde entier vibre à Jérusalem. Toutes les nationalités, toutes les religions s'y croisent. Je ne vais tout de même pas passer une soirée à lire sagement, je veux vivre cette expérience.

J'emprunte en sens inverse et à pied le même chemin qu'un peu plus tôt, et parviens à la station de tramway repérée à l'aller. Délesté de mon sac à dos et du tableau, en simples bras de chemise, la marche m'est plus supportable que ce que je craignais.

Sur les panneaux d'affichage du tram, tout est écrit en hébreu doublé d'anglais. La ligne qui passe ici va vers le « city center ». Mon *Guide du routard* à la main, plan de Jérusalem sous les yeux, je monte dans la première rame qui s'arrête.

Je veux acheter un billet au conducteur mais celui-ci me répond en hébreu sur un ton peu amène. Au milieu d'un charabia incompréhensible, je distingue les mots *travel card*, mais, évidemment, je n'obtiens aucun indice sur le moyen de me procurer ladite *travel card*.

Rien n'est indiqué nulle part, en tout cas pas en anglais. Je dois faire une tête d'ahuri car le type, après m'avoir abondamment sermonné, me fait signe d'avancer vers le fond de la rame. Les passagers, probablement habitués à ce genre de scène, affichent un air blasé. Ou de reproche, difficile à dire. Sauf l'un d'entre eux, une femme d'une cinquantaine d'années qui transporte un cabas d'où émergent poireaux et fanes de carottes, et qui s'adresse à moi dans un anglais aussi approximatif que le mien :

— You give me 30 shekels, and I pay ride for you.

Je comprends qu'elle est en train de me proposer une transaction qui me permettra de voyager sans frauder. Je ne sais pas si c'est une arnaque mais j'en doute, à voir l'absence de réaction des autres usagers. J'imagine que les gens s'insurgeraient si elle était en train d'abuser de la confiance d'un étranger perdu ?

— Thank you very much, dis-je.

Je lui tends trois billets de 10 shekels, et ma sauveuse passe sa carte une deuxième fois sur le lecteur électronique. Celui-ci bipe, et me voilà à bord en toute légalité. Elle me fait comprendre de rester près d'elle au cas où il y aurait un contrôle. De toute façon, je ne comptais pas m'éloigner de la seule personne qui se soit intéressée à moi.

Maintenant soulagé d'un poids, je peux me concentrer sur ce qu'il se passe dans et hors du tramway. Je prends conscience, petit à petit, du code vestimentaire prédominant parmi les passagers aussi bien que chez les piétons dans la rue : la grande majorité est vêtue à la mode orthodoxe ! Barbe, moustache, et surtout papillotes qui sortent de leurs chapeaux pour encadrer le visage des hommes. Certains gamins d'à peine six ou sept ans en portent déjà. Un type, à côté de moi, se met à scander des versets d'une mini-Torah qu'il tient dans les mains. Si on était en France, il aurait droit à des regards de travers, mais ici, je suis le seul à le remarquer.

Je descends à la gare centrale sans me soucier de savoir si c'est la partie de la ville qui m'intéresse. Il y a beaucoup de monde, des kiosques d'où s'élèvent des fumets de viande grillée, des étals colorés de légumes, des stands qui vous proposent de choisir vos propres fruits et de les presser pour en faire des smoothies, des marchands de glaces, des vendeurs de dattes et d'amandes… L'énergie qui se dégage des lieux me gagne. Je me sens beaucoup mieux tout à coup ; j'ai bien fait de ne pas rester au mémorial.

Mes pas m'entraînent le long de la voie ferrée du tramway, celui-là même dont je suis descendu. J'en suis le tracé jusqu'aux fortifications. Il est 21 heures mais les rues commencent seulement à s'animer. Après avoir fait le dos rond à l'abri pendant la journée, les gens se mettent à sortir et reprennent le cours de leur vie. Ils se parlent sur le pas de leur porte ou s'invectivent d'un commerce à l'autre. Des vieux jouent au jacquet sous une treille ; je m'arrête un instant pour voir si leurs règles diffèrent des nôtres mais je ne suis pas le bienvenu. Il y en a même un qui crache ostensiblement dans ma direction. Je m'éloigne sans qu'aucune parole ne soit échangée. Si j'avais été en Europe, je ne me serais pas gêné pour leur dire ce que je pense de leur sens de l'hospitalité, mais je me rappelle que je suis dans un des lieux de la planète où les inimitiés sont les plus exacerbées.

Je me fonds dans les ruelles et le souk. Tout ressemble étrangement aux médinas de Marrakech ou de Fez qu'Irène et moi avons fréquentées lors de vacances au Maroc – l'un des rares voyages à l'étranger que nous nous soyons offerts – sauf qu'ici, ma progression est ponctuée de stations dont j'entends parler depuis le catéchisme et ma première communion : l'église du Saint-Sépulcre, le mont du Temple ou encore la tour de David.

Je m'arrête longuement devant le mur des Lamentations. Les religieux se le sont approprié. Il me faudrait jouer des coudes pour m'en approcher ; impossible de l'effleurer de la main sans provoquer un incident diplomatique. Je renonce, retourne sur le mur d'enceinte. Je respire un peu mieux sur les hauteurs du mont Sion.

En contrebas, je distingue un autre mur, pas en pierre mais en béton. Il coupe en deux une des collines à l'est de la ville. Son tracé serpente au milieu des habitations et correspond à celui qu'aurait laissé un typhon : d'un côté une ville pimpante et moderne, de l'autre la désolation et la désorganisation. On dirait un couloir de sécheresse décidé par les dieux, sauf que cette fracture a été décrétée par les hommes, rien que les hommes.

Je reprends mes pérégrinations car il se fait tard et je commence à ressentir la fatigue de la journée. J'écoute la nuit s'installer sur la ville, mais cette partie du monde est si agitée que le silence ne se fait jamais.

À la différence du Maghreb, la mendicité ne semble pas de mise ici. À aucun moment on ne me propose une visite de la ville contre un bakchich. Un homme m'aborde tout de même alors que je traverse l'un des parkings adjacents à la vieille ville. J'ai à la main le plan du *Guide du routard*. Immédiatement, il me parle en français. Il est âgé et mal mis, je le prends en pitié. Il me demande si je suis chrétien, je bredouille que oui sans rentrer dans des explications confuses. Visiblement ému, il me prend la main en me montrant, de l'autre, la croix en pendentif qu'il porte autour du cou ; je pense avoir affaire à un être seul, heureux d'échanger quelques mots avec un frère humain qui partage la même foi.

— Tu es perdu ?

Une fraction de seconde, je suis décontenancé par sa question à double sens. D'une certaine manière, je dois reconnaître que je ne sais plus exactement où j'en suis. J'ai l'impression de ne m'être jamais senti aussi seul et démuni qu'ici, dans ce lieu saint, berceau de nos sociétés monothéistes, creuset où chacun, quelle que soit son obédience, est censé trouver ses racines, ou une part de son identité, une trace de son appartenance à tout ce bazar bipède qui peuple la planète. Mais je suis étonné que cela transparaisse. Ou bien est-ce dans ma démarche, dans mon regard ? Mon interlocuteur ne donne pourtant pas l'impression d'avoir un don de voyance.

— Non, tout va bien, merci, je lui réponds.

— Tu vas où ?

Plus pour lui faire plaisir que par réelle nécessité, parce que je sais que les personnes âgées aiment se sentir utiles, je lui dis que je cherche à regagner la Porte Neuve.

— C'est tout droit, me dit-il sans me lâcher la main. Arrivé à la rue Aqabat Al Khanqah, tu tournes à gauche. Ensuite… C'est trop compliqué, je te guide.

Je commence à avoir des doutes sur ses intentions. Je lui souris et, le plus gentiment possible, je lui fais comprendre que je ne veux pas le déranger, je n'ai pas besoin d'aide, toutes les indications sont sur mon plan.

— Donne-moi un peu d'argent, me dit-il soudain.

Je soupire. Nous y voilà, c'était donc ça ! Je plonge la main dans ma poche, là où je garde mes pièces, et en sors toute la monnaie en ma possession. J'hésite un instant, calculant mentalement l'équivalent en shekels de ce que je donnerais en pareilles circonstances dans le métro parisien, mais le vieillard, avec une rapidité qui me prend de court, se saisit de toute la ferraille contenue dans le creux de ma paume et opère un demi-tour qui démontre une agilité insoupçonnée. J'ai tout juste le temps de le héler, mais il accélère le pas et me salue en levant sa canne dans les airs. Il se moque de moi autant qu'il me signifie qu'on ne crie pas après une personne âgée.

On ne court pas non plus après ; je le laisse filer, plus vexé que réellement en colère.

Malgré mes jambes lourdes, échaudé par l'expérience du ticket de tram à l'aller, je décide de rentrer à pied. J'estime mon temps de retour à une heure de marche.

Évidemment, je me trompe plusieurs fois de chemin et je mets près de deux heures à rejoindre ma résidence. Épuisé, je m'écroule sur le lit et m'endors immédiatement dans l'air soufflé par le climatiseur.

CHAPITRE 16

Je me réveille en claquant des dents vers 3 heures du matin. J'en profite pour aller aux toilettes, je coupe la climatisation et me glisse sous le drap.

La nuit est étonnamment calme. Je tends l'oreille mais ne distingue aucun bruit, ni dehors ni dedans. De vagues grésillements d'insectes, peut-être. J'espère qu'ils sont à l'extérieur. J'essaie de me rappeler si j'ai lu quoi que ce soit à propos de serpents ou de scorpions dans les habitations en Israël, mais je n'ai pas le souvenir que mon guide en parlait. Je me rendors aussi vite.

Sur le coup de 8 heures du matin, je suis tiré du sommeil par la chaleur étouffante qui a reconquis ma chambre. Je remets la clim et passe à la douche. Quand j'en sors, l'air pulsé à 16 °C sur ma peau mouillée me fait frissonner. Je monte le thermostat de quelques degrés, sors de ma chambre et pars en quête d'un lieu dans le complexe où je pourrai prendre un petit déjeuner.

Je tombe sur des jeunes que je soupçonne d'être européens… Probablement des étudiants ; ils sont en pantoufles et en pyjama et semblent revenir de la douche. J'imagine que je suis logé dans un studio pour les enseignants et que toutes les chambres n'ont pas de salle de bains. Quand ils passent à ma hauteur, je reconnais la langue dans laquelle ils sont en train d'échanger, du néerlandais.

Je prends sur moi pour leur demander en anglais s'ils savent où se trouve la cantine. Ils me répondent qu'il n'y en a pas, qu'il faut attendre 10 heures que la cafétéria ouvre. En voyant mon air dépité, ils me proposent de partager avec eux leur petit déjeuner. Je comprends qu'ils ont des céréales – je reconnais les mots *muesli* et *corn flakes* – et du *coffee*. Je décline en les remerciant, parce que j'ai été éduqué comme ça, mais pas sans regrets car je meurs de faim !

Heureusement, alors que je retourne à ma chambre en essayant de me faire une raison, je tombe sur Dorit Serrour. N'ayant trouvé personne après avoir frappé à ma porte, elle était en train de rebrousser chemin.

Je la sens soulagée, comme si elle avait eu peur, un instant, que je sois parti. Elle a à la main un plateau sur lequel se trouvent un thé fumant, un jus d'orange et des galettes recouvertes de miel.

— Good morning, mister Milass.

— Good morning, miss Serrour.

— Just call me Dorit. I was bringing you some breakfast. Did you sleep well ?

— Hein ? Ah, yes, sleep well, thank you.

Elle me confirme que je suis attendu à 13 heures au bureau du Dr Mizrahi. Les experts sont arrivés tôt ce matin, ils sont déjà à pied d'œuvre, m'apprend-elle. Je la décharge du plateau et la remercie avant de regagner mes pénates pour avaler mon petit déjeuner.

Au moment de me mettre à table, je consulte mes messages : rien de la part d'Irène. Je ne sais pas si j'en suis soulagé ou blessé. Je suis de plus en plus en colère contre elle. Elle refuse de me comprendre.

Je l'imagine en ce moment même, en train de vérifier si je ne lui ai pas envoyé un SMS, elle aussi partagée entre colère et déception.

Nous nous expliquerons à mon retour, je me dis. Laissons l'eau couler sous les ponts et ça finira par s'arranger.

Je songe à Eli et Jeanne Trudel, le peintre et son épouse… finalement déportés et assassinés. L'aide de mes grands-parents n'aura servi à rien, seulement à repousser l'échéance. Je me demande s'ils l'ont su, eux aussi. Cela expliquerait les difficultés qu'éprouvait mon grand-père à en parler.

Les galettes, délicieuses, m'aident à penser à autre chose. Dorit Serrour les a-t-elle confectionnées elle-même ? Moi qui n'aime que le miel de châtaignier des Cévennes, je trouve que celui-ci a un goût unique… Sans doute celui du soleil et de la garrigue qui s'étend à perte de vue. Même le jus d'orange semble issu de fruits tombés de l'arbre pendant la nuit.

Alors que je finis mon petit déjeuner en sirotant le thé, amer et parfumé à la fois, mes pensées retournent au tableau. En ce moment même, des spécialistes de l'art sont penchés dessus et s'apprêtent à lui donner sa véritable place dans l'histoire de l'humanité. De simple objet familial à valeur sentimentale pour moi, vénale pour Irène, cette aquarelle est sur le point de devenir un symbole de solidarité entre des humains d'origines, de convictions et de croyances différentes. Dans quelques heures, je serai fixé sur son sort, celui de mes grands-parents, et le mien.

Je consulte mon téléphone toutes les cinq minutes, impatient d'y découvrir un message du Dr Mizrahi m'annonçant que les experts en ont terminé, qu'ils sont prêts à rendre un verdict, mais chaque fois que mon regard va vers le petit écran, je me traite d'idiot. Ce n'est pas ainsi que ça marche, elle m'a prévenu. Ce soir, je saurai ce soir.

Aux environs de 10 heures, n'en pouvant plus de tourner en rond dans ma chambre, je décide de sortir pour m'occuper l'esprit. Il y a des quartiers de la vieille ville dans lesquels j'aurais aimé flâner mais je ne me résous pas à m'éloigner du tableau. J'opte plutôt pour une visite du musée d'Histoire de la Shoah. Il serait stupide d'avoir parcouru tous ces kilomètres sans m'y intéresser.

Je me rends donc à l'accueil du mémorial dans le grand bâtiment où se trouvent également la librairie et la cafétéria, et j'achète un billet. Je refuse l'audioguide que la caissière me propose.

Je progresse en suivant l'ordre chronologique des différentes vitrines : la montée du nazisme en Europe, l'avènement de Hitler en Allemagne, l'avancée inexorable vers le pire… Jusqu'à la Salle des noms. Ce fut la première fonction de Yad Vashem : identifier et répertorier les victimes de la Shoah. Toutes, sans distinction de nationalité. Les nommer et leur donner une place sur l'une de ces étagères. Parmi elles se trouvent donc Eli et Jeanne Trudel. J'espère que les gens de Yad Vashem, eux non plus, n'ont pas séparé le couple.

Je savais à quoi m'attendre ; les guides touristiques évoquent cet espace comme l'une des expériences les plus bouleversantes à vivre en Israël. Tous les blogs dédiés à ce pays en parlent. Mais ça ne m'empêche pas de tomber en arrêt.

En son centre, semblable au cœur d'un réacteur nucléaire qui aurait fondu, un gouffre creusé dans la terre est censé représenter tous ceux dont on n'a pas retrouvé le nom. Sans personne pour les identifier, ou les désigner sur une photo de classe, sans trace d'eux nulle part – même pas dans les répertoires des nazis pourtant si bien tenus –, ils sont tombés dans l'oubli, perdus à jamais pour l'humanité. Pourtant, quelqu'un les a bien pointés du doigt dans une foule ou dénoncés parmi des voisins dans un village pour qu'ils finissent dans un wagon à bestiaux en direction de Treblinka, Mauthausen ou Auschwitz.

Je finis ma visite par le mémorial des Enfants et une exposition temporaire consacrée à la Shoah par balles. Je ne comprends d'abord pas l'expression ; puis elle me saute à l'esprit : les dizaines de milliers de Juifs d'Ukraine, Biélorussie, Moldavie… tués d'une balle dans la tête par les *Einsatzgruppen*.

C'est trop. Je sors en titubant du dernier bâtiment.

Je consulte ma montre, il est déjà 13 heures. J'ai passé trois heures dans cet enfer ! J'ai failli en oublier mon déjeuner avec les membres du comité des Justes et les experts du musée d'Art de Tel-Aviv. J'ai un haut-le-cœur, pas sûr de pouvoir avaler quoi que ce soit après ce que j'ai vu. Cependant, je reste impatient d'entendre leur opinion sur mon tableau.

Depuis qu'il est en ma possession, pas un instant je n'ai douté de son authenticité, mais ils pourront peut-être m'en apprendre davantage sur son histoire, ce qu'il a représenté dans la carrière du peintre, où il a été peint, s'il l'a été pour être offert à mes grands-parents ou s'il appartient à une série, une période de l'artiste.

Mais quand je retrouve Dorit Serrour à la cafétéria, c'est la douche froide.

— The members of the committee have been called for an urgent meeting in Jerusalem. Doctor Mizrahi says she's sorry.

— And the experts from Tel-Aviv ?

Dorit Serrour a un geste d'impuissance.

Comment le comité peut-il répondre à d'autres obligations ? Qu'est-ce qu'il peut y avoir de plus important que mon tableau ? Et les experts en histoire de l'art, pourquoi sont-ils partis, eux aussi ? J'aurais souhaité qu'ils me donnent leurs conclusions, même provisoires, même partielles.

Au lieu de cela, je vais devoir déjeuner en tête à tête avec Dorit Serrour. Je n'ai rien à lui reprocher, mais qu'est-ce qu'on va pouvoir se dire, elle en anglais, moi en *globish* ? Et puis, franchement, je ne suis pas là pour parler de la pluie et du beau temps. Je pensais être fixé sur le statut de Justes parmi les Nations de mes grands-parents.

Je plaque un sourire poli sur mes lèvres et je la suis à table. Tandis que Dorit Serrour essaie de me faire la conversation, une serveuse vient prendre notre commande. N'osant demander des explications, je choisis mes plats au hasard. De toute façon, je me moque de ce que j'ai dans mon assiette.

Dorit Serrour me demande comment j'ai trouvé Jérusalem. Je fais un effort pour baragouiner mes impressions de la ville. Puis mon hôtesse se lance dans des explications sur les coutumes locales, que je ne saisis pas. Après les entrées, las de ne pas nous comprendre, nous abandonnons nos efforts et nous demeurons silencieux.

Alors que je l'ai trouvée affable et à l'aise hier, je la sens embarrassée aujourd'hui. Je la vois consulter sa montre, puis regarder dehors. Clairement, elle évite mon regard ; je m'en rends compte maintenant que je lève les yeux pour croiser les siens. « Il y a un souci avec l'authenticité de mon tableau, me dis-je. Ils ne vont pas pouvoir accorder à mes grands-parents le statut de Justes parmi les Nations. Pas tout de suite, en tout cas. Ils vont devoir faire appel à une contre-expertise. » Mais je suis confiant. Ce tableau ne peut pas être un faux. Mon grand-père était d'une probité totale, il était même chiant à force d'inflexibilité. Le tableau lui a nécessairement été offert par le peintre juif en personne. Quel intérêt aurait-il eu à inventer cette histoire ?

Je me vois déjà contraint de rester plus longtemps que prévu en Israël. Moindre mal, me dis-je. Mon billet d'avion est modifiable, je suis logé et nourri aux frais de la princesse, j'ai tout mon temps, je peux attendre qu'un deuxième panel de spécialistes rende son verdict. C'est contrariant, mais ce n'est qu'un contretemps.

Je suis en train de porter à ma bouche un morceau de *knafeh*, sorte de riz au lait mais avec des vermicelles à la place du riz et du fromage frais à la place du lait, lorsque je vois une voiture de police se garer devant l'entrée du bâtiment. Deux hommes en uniforme en sortent. Ils rajustent leur casquette et renfoncent leurs pans de chemise trempée de sueur dans leur pantalon. Ils n'ont pas l'air particulièrement convaincus par leur mission. J'imagine que la chaleur n'invite pas à prendre quoi que ce soit au sérieux.

Alors qu'ils pénètrent dans le hall, Dorit Serrour s'essuie les commissures des lèvres et se lève en reposant sa serviette à côté de son assiette.

— A problem ? je demande.

Elle ne me répond pas. Comme moi, elle observe les policiers qui demandent leur chemin à l'accueil, puis son regard se porte sur la réceptionniste qui indique la direction de la cafétéria. Elle est en train de me montrer du doigt.

CHAPITRE 17

Il me faut un moment pour comprendre que je suis dans les bureaux de la police judiciaire de Jérusalem. Ils prétendent que le tableau est volé. Ils m'ont tout pris : mon passeport, mon téléphone… Et mon tableau !

Quand ils sont venus me chercher à Yad Vashem, ils m'ont « invité » à les suivre jusqu'à leur voiture et ils m'ont emmené ici. Dorit Serrour et le Dr Mizrahi ont disparu.

On me laisse moisir dans cette pièce sordide depuis des heures sans me donner la moindre explication. Enfin, deux policiers suivis d'un homme habillé en civil affirment qu'ils ont eu des difficultés à trouver un traducteur assermenté disponible. Celui-ci tient une serviette en cuir sous le bras. Avec sa barbichette et ses lunettes rondes, on dirait un instituteur de la IIIe République. Il me salue en français et l'interrogatoire commence.

À aucun moment les policiers ne m'accusent de vol ouvertement. Ils se contentent de me poser un tas de questions. Inlassablement. Je cherche un soutien chez l'interprète, mais celui-ci demeure impassible, se bornant à traduire mes propos, puis les leurs.

De quoi me croient-ils coupable ?

Il fait très chaud ! Je meurs de soif. Les policiers se relaient, eux ; ils peuvent aller soulager leur vessie, boire. Même l'interprète prend des pauses. Ce n'est pas normal qu'on me laisse dans cette pièce exiguë et mal aérée, pas prévue pour des interrogatoires, ou plutôt, si, au contraire, construite de sorte que le prévenu étouffe.

Je ne sais même plus l'heure qu'il est. Que s'est-il passé ? À quel moment les choses ont-elles dérapé ?

Je repense à leurs questions.

— D'où vient le tableau ?

— Où l'as-tu acheté ?

— À qui ?

— À quel prix ?

— Tu ne l'as pas acheté ?

— Où l'as-tu trouvé, en ce cas ?

— Quelle est sa provenance ?

— Parle-nous un peu de ton grand-père.

— Ce n'est pas exactement ce que tu nous as dit tout à l'heure.

Au début, je coopère, parce que je n'ai rien à me reprocher et que c'est dans mon intérêt de les aider à dissiper le malentendu. Plus vite ils connaîtront mes intentions, plus vite je serai libéré. Mais l'interrogatoire se met à tourner en rond. Quand je comprends qu'ils sont convaincus de ma culpabilité, je demande à parler à quelqu'un de l'ambassade de France.

— Comme tu veux, me répond le policier par l'entremise du traducteur, mais ne compte pas attirer la sympathie de l'ambassadeur. Je le connais, il méprise ses compatriotes indélicats qui ternissent l'image de la France à l'extérieur.

Je répète calmement :

— Je veux parler à quelqu'un de mon ambassade.

La porte s'ouvre. Apparaît un officier que je n'avais

encore jamais vu. Il me fait signe de me lever et de le suivre. À ma grande surprise, la nuit est tombée ! Je savais que j'étais là depuis un moment, mais à ce point ! Mon téléphone doit être plein de messages de Charlotte. Elle savait que la sentence tombait aujourd'hui, elle ne doit pas comprendre mon silence. Elle a peut-être même alerté sa mère.

Je suis transféré dans une salle plus spacieuse et mieux éclairée, mais surtout climatisée. On m'offre à boire. J'ai la nette impression qu'on me remet d'aplomb et qu'on me rend présentable avant qu'un diplomate vienne me rendre visite.

L'attente recommence. Peut-être l'ambassade de France se trouve-t-elle à Tel-Aviv ? Peut-être les services français ont-ils souhaité s'entretenir avec leurs homologues israéliens pour savoir de quoi il retourne, ce qu'on me reproche ?

Je somnole lorsqu'un homme d'une cinquantaine d'années, en cravate et bras de chemise, les traits tirés mais s'efforçant de rester cordial, pénètre dans la pièce.

— Bonsoir, monsieur Milhas ?

Je sursaute sur ma chaise.

— Bonsoir, je réponds.

— Je suis Christian de Pléneuf, attaché culturel à l'ambassade de France à Tel-Aviv.

Je bondis sur mes pieds, soulagé. Je crois que jamais je ne me suis senti aussi français. Mon patriotisme grandit encore lorsqu'il m'annonce qu'il est venu me chercher.

— Je vais vous emmener à Tel-Aviv où vous serez assigné à résidence.

— Assigné… ?

— Ne soyez pas trop inquiet, cela ne devrait pas durer.

— Mais… qu'est-ce qu'on me reproche ? Ils ont parlé d'art juif volé, de spoliation…

— Nous discuterons de tout cela en route, me dit-il en m'entraînant.

Avant de sortir des locaux de la police, on me restitue mon sac et mon téléphone, mais pas mon passeport.

— Vous avez interdiction de quitter le territoire, me précise l'attaché d'ambassade à qui un policier a donné des explications en hébreu.

— Et mon tableau ?

— Il a été saisi.

— Quand est-ce qu'ils me le rendront ?

— Sortons, monsieur Milhas. Je vous expliquerai tout dans la voiture.

L'horloge du tableau de bord de la Safrane indique 3 : 56. J'ai passé près de quinze heures au commissariat central de Jérusalem. Première fois de ma vie que je me fais arrêter. C'est irréel. Je voudrais dormir. Clore ce chapitre. Monter dans un avion et rentrer dans mon pays. Mais de toute évidence, je n'en ai pas fini avec Yad Vashem et Israël.

Christian de Pléneuf a l'air d'accuser la fatigue, lui aussi. Il a dû se démener pour me sortir de là. Que sait-il que je ne sais pas ? Il a promis de m'affranchir, mais plus tard, il faut quitter Jérusalem…

Nous tournons le dos au soleil levant pas encore sorti mais qui fait déjà rougeoyer le ciel dans le rétroviseur.

— Vous pouvez me dire ce qu'il se passe exactement ? Je viens d'hériter de ce tableau. Il a toujours été dans ma famille.

Christian de Pléneuf fixe l'autoroute, guidé par les lumières de Tel-Aviv, là-bas.

— Votre tableau fait partie d'un lot d'œuvres volées à des Juifs pendant la Deuxième Guerre mondiale.

Je passe en revue tous ceux qui ont eu l'aquarelle entre les mains : outre le peintre lui-même, il n'y a que mes grands-parents, mon oncle et ma tante, et moi-même. Ces accusations ne tiennent pas la route.

— C'est absurde ! je dis.

— Les Israéliens sont formels, me répond l'attaché culturel. Les services secrets américains étaient au courant de l'arrestation d'Eli et Jeanne Trudel sur dénonciation, et de la spoliation qui en a découlé, avant même la fin de la guerre, quasiment en temps réel. Ce n'est pas étonnant, les artistes juifs, au même titre que les scientifiques et les industriels en fuite, étaient identifiés et pistés par les différentes puissances belligérantes. L'œuvre d'Eli Trudel a fait l'objet d'un inventaire dès 1944, photos à l'appui. Votre tableau ne figure pas parmi ceux, connus officiellement, dont le titre de propriété a pu être établi. En conséquence, par défaut, il est considéré comme volé. J'ai eu accès au dossier, c'est irréfutable.

— Les Israéliens accusent mes grands-parents d'avoir dénoncé Eli Trudel ?

Le silence que m'oppose l'attaché culturel en dit long sur l'opinion qu'il s'est faite de moi, ou tout au moins de mes aïeux.

— C'est ridicule ! dis-je. Mon grand-père était résistant. Son frère a été torturé et assassiné par la Gestapo. Il doit y avoir une autre explication.

— Votre grand-père a peut-être acheté cette aquarelle en toute bonne foi à un receleur.

— C'est Trudel en personne qui l'a offerte à mes grands-parents… Pour les avoir cachés, son épouse et lui, dans leur grenier ! Il l'a probablement peinte sur place. C'est la raison pour laquelle elle n'a jamais été répertoriée !

— En attendant, vous faites l'objet d'une enquête. Je vous rassure, ils ne peuvent rien contre vous personnellement, étant donné que vous n'étiez pas né au moment des événements…

— Encore heureux ! Je me demande même pourquoi ils ont saisi mon passeport.

— Le temps de vérifier vos dires. Ce n'est qu'une affaire de jours.

— Et mon tableau ?

— Il y a peu de chances qu'il vous soit restitué.

— Comment ça, peu de chances ?

— Vous ne le récupérerez pas.

— Mais c'est le mien ! Je suis venu avec en Israël à la demande de Yad Vashem ! Si j'avais été impliqué dans une activité illégale, ou si j'avais même eu vent de la moindre malversation, je ne me serais pas jeté dans la gueule du loup ! Je n'aurais pas demandé que mes grands-parents reçoivent le statut de Justes. J'aurais fait profil bas. Ça n'a aucun sens !

— Je suis désolé.

Il a dit cela pour la forme, j'en suis conscient. Mais je me fous pas mal de ce qu'il pense.

— Il n'y a rien qu'on puisse faire ? Je ne peux pas demander une contre-expertise par un autre panel d'experts ? Des experts français, par exemple ?

C'est le ronronnement feutré de la voiture de luxe qui me répond. On est en Israël, pas en Europe ; je n'ai aucun droit ici, aucun recours. Je ne pèse rien dans la balance diplomatique en comparaison des problèmes épineux qui tendent les relations entre nos deux pays. Non, je dois regarder les faits en face : j'ai perdu le tableau. Il était dans ma famille depuis la guerre et je l'ai perdu. Moi tout seul. Je repense à ce moment d'harmonie quand je l'ai ramené de Limeil-Brévannes à Saint-Ouen, et que je suis resté un instant seul avec lui dans la voiture. Je l'ai entendu m'exhorter à agir. « Mais dans quel sens, et pourquoi ? » me suis-je demandé. J'ai la réponse à cette question à présent. J'étais pétri de bonnes intentions mais bouffi d'orgueil. Je mérite ce qu'il m'arrive.

C'est Annie qui avait raison, j'aurais dû me méfier. Je n'ose imaginer la réaction d'Irène quand elle apprendra qu'il nous faut tirer un trait sur une œuvre dont la valeur était estimée à 100 000 euros. Irène, que je n'ai pas le courage d'appeler.

Comment le cabinet d'expertise à qui elle s'est adressée a-t-il pu passer à côté d'une telle énormité ? Soit ils ont bâclé leur travail en « oubliant » de vérifier, soit ils s'en sont aperçus et comptaient passer la chose sous silence. Peut-être espéraient-ils en tirer quelque profit ? Peut-être la peinture vaut-elle bien plus que ce qu'ils nous ont dit et avaient-ils envisagé d'« arranger » une vente avec des acheteurs peu regardants sur ses origines ?

Quoi qu'il en soit, j'ai été naïf. Désormais, Irène aura beau jeu de me tenir pour responsable de cette bérézina.

Mais encore faut-il que le tableau ait vraiment été volé ! Le gouvernement israélien peut avoir inventé toute cette histoire dans le but de récupérer un patrimoine qui lui fait défaut…

Je ne sais plus qui croire.

— Qu'est-ce qu'il va m'arriver maintenant ?

— Vous devez attendre que la police israélienne vous recontacte. Vous pouvez aller où bon vous semble dans Tel-Aviv, mais vous devez pointer tous les soirs entre 17 et 20 heures au commissariat central. Je vous y emmènerai en voiture demain, cet après-midi plutôt, afin de vous faciliter les démarches pour la première fois. Voici mes coordonnées, au cas où.

Christian de Pléneuf me tend sa carte professionnelle aux couleurs de la République française.

— Ce sont ma ligne directe et mon numéro de portable personnel. N'hésitez pas si vous avez des questions ou un problème avec les autorités. Je préconise que nous nous tenions mutuellement informés du plus petit changement, de la moindre évolution de votre situation.

Le ton de l'attaché d'ambassade n'est pas particulièrement accort. Il fait son travail, mais il n'a pas beaucoup d'estime pour le piètre compatriote que je suis à ses yeux. Je regarde le rectangle cartonné sans voir véritablement les informations qu'il contient. Je suis abasourdi par la tournure des événements et saoul de fatigue.

— D'accord, je réponds mécaniquement.

Petit à petit, l'autoroute se fait périphérique et nous entrons dans ce qui ressemble à une banlieue. De hauts immeubles, nombre d'entre eux en construction. Puis nous nous engageons sur des artères, des boulevards et des avenues aux croisements desquels se trouvent des magasins encore ouverts. On dirait que la ville hésite entre rentrer se coucher et partir au travail.

Partout des piétons, des gens dans des bus et des voitures qui redémarrent aux feux de circulation. Les terrasses des cafés sont déjà en partie occupées. Jérusalem était beaucoup plus sage quand nous l'avons quittée.

— Nous y sommes presque, dit Christian de Pléneuf en empruntant une avenue plus sombre.

— Où est-ce que vous m'emmenez ?

— Un studio qui appartient à l'ambassade, pour ce genre de cas.

— C'est quoi, ce genre de cas ?

— Les urgences mineures.

— Je suis une urgence mineure ?

— De votre point de vue, la situation n'est pas agréable. Mais du nôtre, rien n'est grave, en effet. Vous avez besoin d'un logement pour une durée indéterminée, sans pour autant être en danger.

— Je pensais que je serais à l'ambassade ou à l'hôtel.

— L'ambassade, c'est pour les urgences majeures. Et l'hôtel nous revient plus cher que le studio. Restrictions budgétaires. Comme partout.

L'attaché culturel vire une dernière fois dans une ruelle encore moins éclairée dont le revêtement est criblé de nids-de-poule. Il s'arrête à la hauteur d'un immeuble résidentiel.

— C'est ici, dit-il, le numéro 16, au deuxième étage. Je vous accompagne jusqu'à votre appartement pour m'assurer que tout y est. Normalement, vous avez de quoi petit-déjeuner demain matin.

Il se gare en double file, laisse ses feux de détresse, et me précède sous le porche.

— C'est dans son jus, commente-t-il en entrant dans le hall.

Traduction : cela fait des décennies que les murs n'ont pas vu un pinceau.

La cage d'escalier est dans le même état. À chaque palier, une fenêtre ouverte sur l'arrière-cour essaie de convaincre un filet d'air de chasser les odeurs de cuisine. Il est 5 heures du matin et tout l'immeuble empeste l'huile chauffée. Après des années de fritures à tous les étages, le gras doit être incrusté dans les murs.

Christian de Pléneuf pousse une porte donnant sur un sas, lui-même distribuant deux autres portes.

Le voyant tâtonner, j'appuie sur l'interrupteur. Sans succès. À la lumière de son téléphone portable, l'attaché culturel trouve la serrure et y enfonce la clef.

Un long couloir constitue l'entrée du studio, au bout duquel je découvre un lit.

— C'est spartiate, mais c'est très calme, précise mon guide.

Ce n'est pas « spartiate », c'est minable. Ce n'est pas « calme », c'est mort. On se croirait dans une tombe. Mais je suis trop fatigué pour m'en soucier, et trop reconnaissant pour me plaindre. Je n'oublie pas qu'il y a une heure, j'aurais tout donné pour ce trou à rat.

Je me laisse tomber sur le lit. Je regarde mes pieds. Il va falloir que je me penche pour dénouer mes lacets et ôter mes chaussures. Au sol, de grosses dalles de carrelage.

J'entends Christian de Pléneuf me dire :

— Je vous laisse.

J'acquiesce sans un regard pour lui.

— Reposez-vous, me dit-il. Je vous appelle en début d'après-midi.

La porte claque derrière lui. Ma tête dodeline, mes yeux captent les dernières informations avant de se fermer : les murs sont blancs, le mobilier se limite à un frigo et deux plaques électriques, il n'y a pas de place pour une table ni même une chaise, un écran plat occupe la moitié du mur au-dessus de la tête du lit. Comment suis-je censé regarder la télévision ? Ils auraient dû tourner le lit dans l'autre sens, ces cons-là.

Mon Dieu, quelle histoire ! Ce n'est pas possible, c'est un cauchemar. Je vais me réveiller dans quelques heures et tout cela ne sera plus qu'un mauvais souvenir.

CHAPITRE 18

Quand je me réveille, je suis en nage. Et tout est réel : nous sommes le jeudi 8 août, il est 13 heures, on accuse mon grand-père d'avoir été un salaud, je suis coincé en Israël.

Avant que je me redresse, mon regard tombe sur mon téléphone. Irène. Il faudrait que je l'appelle. Tôt ou tard, je devrai lui apprendre comment les choses ont tourné. Mal, très mal. La situation est pire qu'avant. Il y a quelques jours seulement, le tableau nous séparait ; l'un de nous aurait gain de cause et l'autre pourrait lui en vouloir. À présent, nous n'avons même plus d'objet de discorde.

J'active la 4G et vais sur Google Maps. Le GPS me localise en plein Tel-Aviv… Plus aucun doute à avoir sur la réalité de ma situation ! Je me trouve au niveau de la rue Levinski, dans le quartier de Florentin.

Preuve supplémentaire, s'il en fallait une : j'entends le jingle d'une radio à travers les murs mal isolés de l'appartement, suivi d'une annonce en hébreu… Probablement les titres du journal.

Je suis affamé, et même si je rêve d'une douche, je remets à plus tard l'étape « salle de bains » pour me préparer un bol de céréales.

Je déjeune assis au bord de mon lit en contemplant les images d'un journal télévisé. Dans un coin de l'écran, un grand soleil flanqué de « 45 °C » en rouge laisse imaginer que la chaleur va atteindre un pic insupportable aujourd'hui, même pour des Israéliens. Pendant que le présentateur fait une analyse, à laquelle je ne comprends rien, de la possible réélection de Benyamin Netanyahu, mon téléphone finit de charger les messages reçus.

J'en ai quatre de Charlotte, ce qui ne me surprend pas vu que je n'ai pas donné de nouvelles depuis avant-hier, et un en provenance d'un numéro inconnu. Christian de Pléneuf, je présume. Un sixième message émane de Kader ; mon beau-frère a dû être alerté par mes filles, c'est sûrement le branle-bas de combat là-bas en Dordogne, mais Irène ne veut pas s'abaisser à m'écrire, montrer qu'elle s'inquiète pour ma santé. Ça signifie qu'elle m'en veut toujours. Elle n'est pas près de me pardonner le coup du voyage en Israël. Qu'est-ce que ça sera quand je lui annoncerai que le tableau a été confisqué !

Charlotte, dans son premier texto, me demande si tout se passe bien, puis, dans le deuxième, me somme de donner des nouvelles. Le troisième et le quatrième frisent l'affolement. Dans celui de Kader, l'inquiétude transpire également. Je ne me sens toujours pas capable de leur parler, j'ai trop honte. Cependant, je suis obligé de leur répondre quelque chose, au moins de donner un signe de vie. J'écris « Je suis à Tel-Aviv. Il y a eu des complications, mais tout va bien », et j'envoie.

Christian de Pléneuf, lui, me donne rendez-vous à 17 heures au pied de l'immeuble pour m'emmener au commissariat central. Il n'a pas de nouvelles des autorités israéliennes. Je réponds un « OK » laconique.

J'ajoute « Rien de nouveau non plus de mon côté » dans un deuxième texto.

Puis je passe à la salle de bains.

Avant d'entrer sous la douche, je m'observe dans le miroir, comme la nuit dernière au commissariat. Je détourne les yeux… Pas question de me laisser aller à ce genre d'apitoiements.

Christian de Pléneuf s'est voulu rassurant. Je suppose qu'un attaché culturel de l'ambassade de France connaît son affaire, mais je ne parviens pas à être serein. Quelle sera la réaction de ma tante en apprenant que non seulement j'ai perdu le tableau, mais qu'il a été saisi parce que mon grand-père – son père ! – n'aurait pas été un héros mais un salaud ?

Et Charlotte ? Je viens de recevoir un nouveau message d'elle : « Mais tu vas bien ? » Elle se doute que quelque chose cloche. Je ne vais pas pouvoir taire la chose très longtemps à Irène. Dois-je attendre mon retour en France pour le lui annoncer de vive voix, ou le faire tout de suite ? Et comment ? Au téléphone ? Par texto, sans pouvoir y mettre le ton ? J'ai beau retourner le problème dans tous les sens, ce sera inévitablement un moment pénible, voire un drame. Si elle n'a pas déjà pris la décision de se séparer de moi, ce sera peut-être l'élément déclencheur.

J'enfile un slip et un pantalon propres, puis m'allonge sur le lit torse nu sans même m'essuyer. Il fait trop chaud pour envisager de me promener dans les rues de Tel-Aviv.

Malgré toutes les questions sans réponses, mon nœud au sternum se détend et mes paupières se ferment.

J'ai l'impression que quelques minutes seulement se sont écoulées lorsque la sonnerie de la porte d'entrée me réveille. Je titube jusqu'à l'interphone. C'est Christian de Pléneuf.

— J'arrive, dis-je.

— Non, je monte, me répond-il.

Je comprends immédiatement qu'il y a un problème. D'ailleurs, cela m'est confirmé dès que j'ouvre la porte du studio.

— J'ai une mauvaise nouvelle, annonce l'attaché d'ambassade en émergeant du petit sas sombre.

Comme je ne réagis pas, il continue.

— Vous avez été déclaré *persona non grata*. Vous devez quitter le territoire israélien dès demain matin.

Je suis incapable de prononcer la moindre parole. Je crois que, de ma vie, je n'ai jamais connu un tel affront.

— Nous vous avons pris un billet sur le premier vol pour Paris. Vous décollez à 8 h 45. Je passerai vous prendre à 6 heures demain matin.

L'attaché culturel a parlé très vite pour délivrer son message. Puis il laisse passer quelques secondes embarrassées avant d'ajouter :

— Je suis désolé.

Il a l'air sincère. C'est la première fois que je décèle un semblant de compassion chez lui.

— Et mon passeport ?

— Quelqu'un du ministère de l'Intérieur israélien vous le remettra au moment de l'embarquement. Il s'assurera que vous montez dans l'avion.

Je hausse les épaules.

— C'est la procédure, dit Christian de Pléneuf. Ceci n'a rien d'inhabituel.

— Ça arrive souvent, alors ? dis-je sans dissimuler ma colère.

— Pas « souvent », non. Mais cela arrive.

J'acquiesce en serrant les mâchoires. Le rabbin de Saint-Étienne, Yad Vashem… Ils m'ont tendu un piège. Quant au Dr Mizrahi, elle m'a menti en me regardant droit dans les yeux. Dès le départ, elle savait comment les choses allaient se dérouler.

— Je ne me laisserai pas faire, dis-je.

— Vous n'avez pas le choix. Vous serez arrêté si vous n'obtempérez pas.

— L'honneur de mes grands-parents a été souillé.

— Ils n'ont pas accusé vos grands-parents. Ils ne vous reprochent rien non plus. Simplement, plusieurs de leurs experts ont établi que le tableau faisait partie d'un lot acquis de façon criminelle.

— Ça revient à affirmer que mes grands-parents étaient des criminels. Sans même m'accorder un droit de réponse, ou la possibilité de me défendre devant un tribunal. Je pourrais porter plainte contre l'État d'Israël.

L'attaché me dévisage avec indulgence. C'est la colère qui me fait dire de telles absurdités.

— À aucun moment ils n'ont mis en cause l'honnêteté de vos grands-parents, ni la vôtre.

— En ce cas, pourquoi m'expulser ?

Christian de Pléneuf a un geste d'impuissance.

— C'est Israël.

CHAPITRE 19

Me saouler. Je ne vois plus que cela. Je n'ai envie de rien d'autre. Me saouler au point de ne pas dessaouler avant demain matin. Arriver dans un tel état à l'aéroport que j'aurai le courage de cracher ma haine à la face du policier qui me remettra mon passeport et me fera escorter comme un malpropre jusqu'aux contrôles sous l'œil médusé de tous. J'imagine déjà le regard inquiet ou méprisant des passagers devant lesquels je passerai entre deux agents de sécurité. Les gens se demanderont ce que j'ai bien pu faire en espérant ne pas être sur le même vol que moi.

Me saouler et marcher dans les rues de Tel-Aviv, enfin devenues respirables grâce à un air marin qui a rafraîchi l'atmosphère. Me saouler tout en déambulant, et crier des insanités aux passants, aux commerçants. Pisser contre les façades des maisons, me faire interpeller par les habitants. Qu'ils préviennent la police et qu'on m'embarque ! Me saouler et faire un scandale. Histoire de leur montrer que si ce pays ne veut pas de moi, moi non plus je ne veux pas de lui. Allez vous faire foutre, tous autant que vous êtes !

Ne m'arrêter que pour acheter des cannettes de bière. Faire le plein et repartir.

— Rendez-moi mon tableau ! je crie.

Des rires me répondent en provenance d'un toit. Je lève la tête. Là-haut, sur une terrasse, des jeunes dansent au rythme d'une musique techno. Ils me saluent, pouce levé. Parmi eux, j'aperçois des garçons torse nu et des filles en T-shirt moulant. C'est quoi, ce pays schizophrène ? À quelques dizaines de kilomètres d'ici, des rigoristes en *talit* dictent depuis leurs kibboutz la politique du pays à des teufeurs imbibés de cannabis et d'ecstasy. À un jet de roquette, c'est la guerre, et ici c'est la décadence. Partout dans les rues de la capitale, à l'entrée des centres commerciaux, des gares et des administrations, des soldats en armes scannent les sacs de courses d'une population qui se laisse faire sans rechigner. La terreur comme chose acquise, intégrée dans les habitudes. Attachés-cases, sacs à main et mitraillettes se côtoient et tout le monde semble trouver la chose normale, tant que cela n'empêche pas les soirées sur les terrasses de la ville de se tenir. Un conflit permanent au milieu de la fête. Et vice versa.

Je fais encore quelques haltes dans des bars à cocktails où les étudiants et les jeunes cadres du pays ont pour intention de griller la nuit. Mais je n'appartiens pas à leur monde. C'est comme si j'étais invisible.

De toute façon, je n'aurais pas pu les accompagner très longtemps ; alors que les fêtards commencent à peine à se déchaîner, le cocktail « alcool, stress et contrariété » me fauche les jambes et m'envoie précocement au lit en titubant.

Je ne garde aucun souvenir de mon retour au 16, rue Levinski.

À mon réveil, je découvre que, dans le tumulte de la veille, j'ai manqué un appel de Kader, devenu porte-parole officiel de la famille, et un autre du Dr Mizrahi. Je n'ai pas non plus remarqué que cette dernière m'avait laissé un message. Je vais sur ma messagerie vocale avec un mélange d'appréhension, de colère, et d'espoir.

« Bonsoir, monsieur Milhas. C'est le Dr Mizrahi. Écoutez… Je voulais vous dire que je suis désolée. J'imagine votre frustration à l'heure qu'il est. Vous devez nous en vouloir terriblement. Même si je comprends que vous ne souhaitiez pas me parler, sachez que la décision du comité n'est absolument pas dirigée contre vous. Je suis même convaincue de votre sincérité. La confiance de votre grand-père aura été abusée. Mais nous ne pouvions pas agir autrement qu'en saisissant le tableau pour le restituer au peuple d'Israël. J'espère qu'un jour vous verrez les choses ainsi. Encore une fois, désolée. Faites un bon voyage. »

— Salope !

Elle est désolée ? Ils m'envoient les flics, ils m'interrogent pendant quinze heures d'affilée, je suis expulsé du pays comme un voyou, ils saisissent mon tableau sans me proposer le moindre dédommagement, et elle est désolée ? Elle espère qu'un jour peut-être je comprendrai ?

— Mon cul, oui !

Je jette le téléphone sur le lit. Dans un quart d'heure Pléneuf sera là et je ne suis même pas habillé.

— Salope ! je répète en me levant.

Je n'arrive pas fin saoul à l'aéroport comme je l'avais prévu, mais avec une magnifique gueule de bois. Je suis tellement mal en point que je ne trouve pas le courage de dire quoi que ce soit à l'officier qui nous attendait, Christian de Pléneuf et moi, au poste de police de l'aéroport.

Tout se déroule dans un silence plein d'animosité : les deux hommes échangent quelques mots en hébreu sans que l'attaché culturel juge nécessaire de les traduire pour moi. Des propos très factuels, apparemment. De toute façon, je m'en moque. Au point où j'en suis, il ne me tarde qu'une chose : monter dans l'avion et quitter ce pays maudit.

Le policier désigne mon bagage et je comprends qu'il veut que je l'ouvre. Je m'exécute. Puis il lève les bras en me demandant de l'imiter. Je me tourne vers Christian de Pléneuf, celui-ci acquiesce. J'obtempère à nouveau. Le policier me fouille sans ménagement. Enfin, il me tend mon passeport et ma carte d'embarquement. Puis il nous précède dans une série de couloirs sombres séparés par des portes à fermeture magnétique qu'il actionne grâce à son badge. Un dernier sas s'ouvre et je me retrouve en salle d'embarquement sans être passé par la sécurité.

Je me retourne, Christian de Pléneuf n'est pas autorisé à aller plus loin. Il me serre la main, me sourit en prenant un air qui se veut encourageant.

— Au revoir, monsieur Milhas. Bon retour.

Pris de court, je bafouille des remerciements. Le policier le presse. Déjà, il referme la porte derrière moi en me lançant un dernier regard haineux. « Du balai, petit Français collaborateur ! » semble-t-il penser. S'il ne tenait qu'à lui, je serais en prison, ou attaché à un poteau d'exécution. S'il n'était pas policier, il aurait pris mon poing dans la gueule.

Une heure plus tard, je survole la Méditerranée. Je n'ai même pas eu le temps de prévenir Irène que je rentrais.

La beauté des côtes que l'avion survole, celle des îles grecques, puis la majesté des montagnes albanaises et croates, me font sentir plus misérable encore.

Le bilan est pathétique : non seulement je reste un chômeur de plus de cinquante ans, mais j'ai perdu un tableau qui valait des dizaines, voire des centaines de milliers d'euros. Je voulais honorer la mémoire de mes grands-parents, mais tout ce que j'ai réussi à faire, c'est la souiller.

Pourquoi Irène voudrait-elle encore de moi ? Moi qui la regardais presque avec condescendance parce qu'elle vend des vêtements dans une galerie ! Quelle suffisance ! Est-ce ce à quoi le tableau aura servi ? À me rendre plus humble ?

Je ne vois pas comment je vais pouvoir me relever d'une telle mésaventure.

Nous passons au-dessus des Alpes. Slovènes ? Autrichiennes ? Qu'est-ce que ça peut bien faire ? L'aller s'est fait via Francfort, le retour par Munich. Nous amorçons enfin notre descente. Au fur et à mesure que nous perdons de l'altitude, je me sens plus lourd, plus las.

Je m'endors quelques minutes avant l'atterrissage. Je n'entends même pas l'appareil toucher le sol. Les hôtesses de l'air s'y mettent à deux pour me réveiller. L'une d'elles doit me secouer le bras. Je réagis en sursautant et en grognant, geste d'humeur qui les fait reculer.

Je quitte l'avion dans un état second ; le personnel de bord me dévisage d'un air méfiant au moment où je passe à leur niveau alors qu'ils sont censés me souhaiter une bonne journée. Le capitaine ou le copilote est sorti du cockpit, soi-disant pour me saluer lui aussi, mais je devine que la véritable raison est qu'ils ont peur que je ne fasse un esclandre au moment de descendre. Ils ont forcément été informés par les autorités israéliennes qu'ils comptaient un expulsé parmi leurs passagers.

Je remonte le faux plat du couloir articulé qui mène aux portes d'embarquement. Je ne suis pas censé quitter la zone internationale, puisque mon vol pour Lyon part de l'une de ces portes.

Je ne sais pas ce qui me prend. Une fois arrivé au bout du tunnel, comme un gamin qui décide de faire l'école buissonnière sur un coup de tête, je tourne à gauche en direction de « Way out » au lieu d'aller à droite vers « Connecting flights ». Je sors de la zone de sécurité et j'entre dans l'aérogare. Je passe la douane et j'emprunte une série d'escalators qui m'emmènent dans le hall central, entre les terminaux 1 et 2. J'aperçois des panneaux indiquant une gare ferroviaire permettant de rejoindre le centre-ville. J'hésite. Et si je restais ici, dans ce no man's land ? Je ne peux pas retourner auprès d'Irène. J'ai trop peur qu'elle ne soit plus là. Je ne peux pas faire face aux filles, ou à Annie et Kader. Je me sens encore moins capable de rentrer à Firminy. Pour quoi faire ? Me retrouver seul chez nous, sans le tableau ? Non, merci.

J'ai besoin d'un peu de répit. Je regarde autour de moi. Ce sera très bien ici. Il y a des douches dans les aéroports, des W.-C., des sandwicheries et des bars ouverts 24 heures sur 24. Ils doivent même vendre des bouquins et des journaux francophones ! Et puis si j'ai besoin de dormir, je m'allongerai sur un banc. On me prendra pour un voyageur dont le vol a été retardé. C'est ça.

J'aurai un peu de retard, juste le temps d'une pause.

10 janvier 1944

Un matin, vers 6 heures, alors qu'ils dormaient encore, les deux époux furent réveillés par le bruit pourtant discret d'une clef que l'on glissait dans la serrure. Elle fit mine de se lever, mais il l'en empêcha. Il plaqua un doigt sur sa bouche et fit signe à son épouse de ne surtout pas bouger. Sa poitrine tremblait.

Quelqu'un abaissa la poignée et entra dans la chambre.

— C'est moi.

Ils reconnurent la voix du gérant de l'hôtel.

— Levez-vous, habillez-vous et faites vos bagages. Vous partez dans une heure.

Il déposa deux billets de train sur la table de chevet.

— Ne faites pas de bruit. Descendez dès que vous serez prêts. Je vous ai servi une boisson chaude.

— Où va-t-on ?

— Saint-Gaudens. Vous prenez le 6 h 58. Là-bas, vous serez attendus par un jeune homme en culottes courtes. Le lacet de sa chaussure droite sera défait. C'est lui qui vous emmènera au point de rencontre avec votre passeur. Si son lacet n'est pas défait, ne vous arrêtez pas, ne lui adressez pas la parole, poursuivez votre chemin comme si de rien n'était, et rendez-vous au Café de France, à côté de la collégiale. Prenez une table près de l'entrée et attendez qu'on vous fasse signe.

Ils avalèrent un bol de chicorée amère en guise de café et n'eurent droit qu'à un quignon qu'ils se partagèrent.

— C'est tout ce que j'ai pu mettre de côté, s'excusa l'hôtelier.

Une heure plus tard, ils étaient installés dans un wagon de deuxième classe en direction de Saint-Gaudens.

Quand ils s'assirent, le compartiment n'était occupé que par une jeune fille dont le port et la tenue évoquaient une employée de maison, et un curé en soutane. Le couple prit place sur la banquette opposée.

La cohabitation avec leurs compagnons de voyage trouva tout de suite une espèce d'équilibre tacite entre défiance et indifférence qui convenait à chacun, jusqu'au moment où en gare de Saint-Agne, premier arrêt sur la ligne, monta un officier allemand. Il voyageait seul et vint justement s'asseoir dans leur compartiment.

La jeune fille ne lui adressa pas le moindre regard, et ce malgré les œillades répétées du militaire.

L'homme d'Église, en revanche, salua le soldat en se fendant d'un sourire.

Eux se contentèrent de hocher la tête courtoisement. Il ne fallait pas se compromettre, mais il ne s'agissait pas non plus de se le mettre à dos.

Le train filait à travers la plaine de la Garonne en longeant les contreforts des Pyrénées. Les volutes de vapeur de sa cheminée tentaient de percer le manteau de brume déposé par l'humidité du fleuve. Elles se confondaient avec lui. Le soleil levant le tirait vers le haut, lui donnant plus d'épaisseur, en attendant d'être assez fort, plus tard dans la journée, pour le dissiper.

Les arrêts en gare se succédèrent sans que plus personne ne prenne place dans leur compartiment. Certainement l'effet repoussoir de l'uniforme de la Wehrmacht.

Aucune parole ne fut échangée pendant le reste du trajet.

Quand le train parvint enfin à Saint-Gaudens, les deux clandestins en descendirent et attendirent qu'il fût reparti, emportant l'officier du IIIe Reich en direction de Pau et, peut-être au-delà, de la côte atlantique. Ils se laissèrent dépasser par les quelques passagers arrivés eux aussi à destination. Quand ils furent certains de ne pas être suivis, ils empruntèrent la galerie souterraine.

Dans le hall de la gare, près de la bascule du poids public, un gamin d'une quinzaine d'années, planté sur ses deux jambes écartées, leur faisait face. Il portait des culottes courtes et des godillots usés par plusieurs générations de frères et de cousins avant lui, et son lacet droit était défait.

La jeune fille aux allures de servante avec qui ils avaient voyagé se tenait à ses côtés, un peu en retrait. Ils comprirent qu'elle aussi avait rendez-vous avec le jeune homme ; elle aussi fuyait le pays par la montagne.

Un autocar attendait devant la gare, moteur tournant. Chacun acheta un billet pour Saint-Béat à un employé de la SNCF et monta à bord. Le couple s'installa à l'avant, les jeunes gens à l'arrière, tels des frère et sœur. L'autobus démarra peu après et gravit péniblement une côte en direction du centre-ville où il fit deux arrêts. Chaque fois, l'un ou l'autre se retournait, guettant une réaction ou une consigne de leur guide, mais celui-ci les ignorait, du moins en apparence. Puis l'autocar redescendit dans la plaine et fila vers les montagnes.

Le chauffeur semblait lutter contre la mécanique. Chaque passage de vitesse produisait des craquements inquiétants mais, une heure et dix arrêts plus tard, l'autocar franchit un pont sur la Garonne et se rangea le long de grandes halles au centre d'un bourg austère aux toitures de lauze appropriées à la neige.

Dès qu'ils furent descendus, le jeune homme en culottes courtes les entraîna dans une ruelle pavée et s'empressa de les faire sortir de l'agglomération pour pénétrer dans la forêt. De là, ils marchèrent à couvert jusqu'à un abri, sorte de cabane pour berger, où un repas chaud les attendait dans un chaudron suspendu au-dessus de l'âtre.

À peine leur pitance avalée, le jeune homme étudia la course du soleil et dit :

— On n'est pas en avance.

Et il s'élança sur le sentier, ses trois « clients » sur les talons.

Deux heures plus tard, ils atteignaient un chalet où d'autres voyageurs clandestins se trouvaient déjà. Ils étaient les derniers.

CHAPITRE 20

Ça va bientôt faire vingt-quatre heures que je suis dans cet aéroport. J'ai très mal dormi, mais de toute façon, je ne sais pas si j'aurais mieux dormi dans un hôtel. Je regarde les gens, les familles, ceux qui voyagent seuls, les jeunes couples, les vieux, les patrouilles de police, les militaires en permission, les groupes d'élèves en voyage linguistique…

Une équipe de sportifs s'avance vers moi, survêtements floqués aux couleurs de leur club ou de leur pays, nonchalance, *cool attitude*. Ils dégagent quelque chose d'animal, grands fauves sûrs de leur supériorité.

Quelque part, je les envie. Je pourrais les trouver risibles parce qu'ils sont tous sur leur smartphone avec un casque audio sur les oreilles. Pas un n'a un bouquin ou un journal à la main, pas un ne s'intéresse à ce qu'il se passe autour de lui. Pour moi, ils sont aussi ineptes que futiles, mais j'envie leur jeunesse, j'envie leur confiance, j'envie leur certitude que rien ne peut leur arriver. Tout ce qui me fait défaut.

Je me détourne d'eux.

On n'imagine pas à quel point un aéroport est bruyant ! Le niveau sonore n'est pas très élevé, mais il est constant. Tout comme les mouvements. Pas une minute de répit. Cette nuit, lorsque les halls ont été peu à peu désertés, le ballet des engins de nettoyage a pris le relais. Puis les commerces ont ouvert aux chariots de livraison. Il y a aussi les trains de Caddie que l'on ramène à leur point d'origine dans un grincement de ferraille enchevêtrée et de roulettes mal huilées.

Il se passe quelque chose en permanence. L'imagination et la curiosité ne sont jamais laissées en jachère.

Je n'ose plus regarder les SMS de Charlotte. « Quand est-ce que tu rentres ? », « Où es-tu ? », « Pourquoi tu n'appelles pas ? ». Je ne doute pas un instant qu'il y a Irène derrière tous ces messages.

Je fais le mort… Ce que je suis peut-être, un peu. Je me traite d'imbécile, de lâche, puis de salaud. Ce ne serait pourtant pas compliqué de lui écrire : « Je suis rentré d'Israël. Je suis en transit à Munich. Mais j'ai besoin d'un peu de temps seul. Ne vous inquiétez pas. »

Je devrais me secouer, me mettre en mouvement, mais c'est le contraire qui se passe : je suis comme paralysé.

Je sens mon estomac se nouer. Je ne vaux pas mieux qu'un ado qui, après avoir fait une énorme bêtise, préfère fuguer afin que ses parents se fassent tellement de souci qu'à son retour ils ne pensent plus à lui faire de reproches.

Je ne ressemble pas aux autres voyageurs. Un aéroport est un condensé d'humanité où se croisent toutes sortes de dégaines et de tenues ; je croyais pouvoir y passer incognito, mais les gens ici ont une chose en commun : ils attendent quelqu'un, ou ils sont en partance. Moi, je n'attends rien ni personne, et ça se voit. J'ai beau changer de hall régulièrement, de salle d'attente, mon comportement, mes allées et venues aux toilettes, mon attitude… tout me trahit.

La sécurité finit par m'envoyer deux de ses sbires. Ils m'apparaissent sous la forme de silhouettes immenses en uniforme. Je suis assis contre un poteau, dans l'angle mort d'une caméra de surveillance, en train de m'assoupir, lorsque la lumière autour de moi s'obscurcit. Je lève les yeux pour en comprendre la raison, et découvre les deux agents armés. Ils m'invitent poliment mais fermement à produire un document d'identité et une justification de ma présence en ces lieux. J'explique en franglais que je suis en transit pour la France. Ils me demandent ma carte d'embarquement. Je la leur tends.

— It's no longer valid, laisse tomber l'un des deux agents.

— Pardon ?

Je sais très bien ce qu'il me dit : cela fait vingt-quatre heures que l'horaire d'embarquement est passé. Mais je continue à faire l'innocent.

— Expired, essaie-t-il.

Je continue à faire celui qui ne comprend pas.

— Ex-pi-rée, fait l'autre dans un français approximatif, mais que je ne peux plus faire semblant de ne pas saisir.

— Ah ? je fais.

À ce stade, nous prenons tous trois conscience que nous avons un problème. Enfin, moi, j'en étais déjà conscient. Eux s'en doutaient ; ils en ont maintenant la confirmation. Et le problème, c'est moi.

À la façon dont ils me dévisagent, je comprends qu'ils considèrent une alternative – méthode douce ou méthode coercitive – et qu'ils me posent tacitement la question de l'option que j'ai décidé de prendre : vais-je coopérer et sortir de l'aéroport, ou faire un scandale en public ? J'ai senti leurs muscles se bander, constaté le petit pas en arrière qu'ils ont fait, parés à toute éventualité.

C'est le déclic que j'attendais.

— Je vais racheter un billet Munich-Lyon, dis-je. Pouvez-vous m'indiquer le comptoir de la Lufthansa, s'il vous plaît ? Lufthansa, *ja bitte* ?

Je les sens soulagés mais pas entièrement convaincus. Ils craignent peut-être que ma docilité ne soit que de façade, que je ne feigne de me résigner pour mieux tromper leur vigilance.

L'un d'eux me fait signe de le suivre. L'autre me pousse légèrement dans le dos. Je devine qu'ils m'y emmènent.

Ils se mettent en marche en m'encadrant. Ce n'est pas une escorte, mais ça en a tout l'air. Il ne me manque plus que les menottes pour ressembler à un détenu transféré d'une prison à une autre.

Trois heures plus tard, je suis installé dans le siège 6C d'un Boeing 737 à destination de Lyon. Ma ceinture est bouclée, ma tablette relevée, mon dossier redressé.

J'ai les mots, aussi. J'ai eu le temps d'y penser. Juste avant que nous décollions, j'envoie un texto à Irène : « Ils m'ont confisqué le tableau. Ils disent qu'il fait partie d'un lot d'art volé. J'ai été expulsé. J'atterris à Saint-Exupéry à 17 h 05. » M'attendra-t-elle à l'aéroport, ou vais-je devoir passer par le purgatoire ? Nous étions déjà en froid, j'ai du mal à imaginer comment nous allons pouvoir nous rabibocher.

J'active le mode avion pour ne pas lui donner le

temps de répondre, et je laisse ma tête retomber en arrière.

L'appareil roule sur le tarmac pour rejoindre la piste d'envol, destination Lyon. Temps de vol estimé : 1 h 20. Météo sur place : ciel couvert, fortes précipitations tendance orageuse, température 22 °C. « Attendez-vous à ce que ça secoue à l'arrivée », nous précise le commandant de bord.

Le passage des Alpes me réconforte un peu. Malgré tout, de l'autre côté, c'est mon pays. Puis c'est le massif du Mont-Blanc et, bientôt, le couloir rhodanien. Un steward annonce que nous venons d'amorcer la descente. L'appareil est violemment chahuté, comme promis. L'atterrissage se fait sous un déluge d'eau.

Le temps que mon téléphone se reconnecte au réseau français, je suis déjà à la douane. J'entends les sonneries successives au fur et à mesure que mon smartphone charge des messages, mais je ne les consulte pas. L'un d'eux est probablement d'Irène et j'ai trop peur de ce qu'il pourrait contenir.

Vérification des passeports. Encore des couloirs. Et puis, des portes automatiques qui s'ouvrent, et là… personne. Irène n'est pas venue.

Je marque un temps d'arrêt avant de franchir le dernier sas. Si je m'écoutais, je retournerais à l'intérieur de la zone de sécurité. Mais il est temps de cesser mes enfantillages.

Tout en me dirigeant vers la gare routière, je consulte mes messages. Une série de textos de Kader et des filles. Je les lis en diagonale sans réagir. Peut-être Irène m'attend-elle chez nous ?

Je m'adresse le conseil suivant : si elle est à la maison, si elle ne t'a pas quitté, sois reconnaissant. Partage tes sentiments, mais écoute les siens. Dis-lui à quel point ce qu'il s'est passé depuis ton départ a été douloureux et avilissant pour toi, mais à quel point tu es conscient que ça l'a été pour elle aussi.

Enfin, je remarque un appel manqué. C'est elle. Un seul appel. Passé pendant que j'étais au-dessus des Alpes. Un message. Mon doigt tremble alors que je suis les instructions de la voix féminine : « Pour écouter votre nouveau message, pressez la touche 2. »

Une autre voix féminine, réelle celle-là, bien connue. Dénuée de colère, mais pas de tristesse. Et fatiguée. Un rythme lent mais inexorable, et des mots aussi simples que rédhibitoires.

« Stéphane. »

Pas *chéri*, ou *mon amour*. Juste mon prénom.

« Le mépris, la méfiance, les engueulades qui ne servent à rien, les silences pleins de ressentiment… Tout ça, je n'en peux plus. Avec cet héritage, tu pensais avoir trouvé une solution à tes problèmes, un sens à ta vie, mais tu t'es leurré. Ce n'était pas ton histoire. Tu as cherché à t'approprier celle de tes grands-parents, à briller par procuration. Mais auprès de qui ? Que voulais-tu prouver ?

» J'imagine que tu es d'autant plus démuni après ce qu'il s'est passé là-bas, et j'en suis désolée. Sincèrement. Mais il est temps de te regarder en face. Tu te méprises parce qu'à tes yeux tu n'as pas réussi dans la vie. Pire encore, tu es en colère parce que tu considères que la vie ne t'a pas donné ce que tu méritais. Moi, je t'admirais. Tu étais un travailleur ambitieux, énergique, chaleureux, fiable, drôle. Un bon patron aussi, apprécié de ses employés et de ses clients. Quand nous travaillions ensemble à l'hôtel, toi et moi formions une sacrée équipe. J'ai aimé le chef d'entreprise que tu étais… Pas parce que tu réussissais socialement. Je l'ai aimé parce que je voyais en lui tes qualités ; avec ces qualités-là, tu aurais pu faire un tout autre métier, choisir un tout autre chemin de vie, ça n'aurait rien changé à mes sentiments. Je ne t'ai jamais reproché quoi que ce soit : l'hôtel, l'entreprise de transport… Tu as essuyé des revers, mais au lieu de t'en plaindre ou de te blâmer, tu devrais accepter que parfois les choses nous échappent, et te demander ce que tu veux faire maintenant, et qui tu veux être : un homme en colère qui subit son propre renoncement et en veut à la terre entière, sa femme et ses filles comprises ? Ou un homme assez courageux pour se rendre compte de ses qualités et de ce qu'il possède, et rebondir ? Parce que l'homme qui se permet de me regarder de haut, convaincu que je me suis résignée à une "petite" vie, cet homme-là est méprisable. Tu ne me vois plus. Tu ne t'es même pas aperçu que j'avais fait ma ménopause. Nous ne sommes plus capables de nous surprendre, de nous charmer, de prendre soin l'un de l'autre. Pourtant, pendant toutes ces années, j'ai travaillé avec courage à tes côtés, et j'ai continué avec le même courage quand nous avons tout perdu. Nous ! Car tu n'es pas le seul à avoir subi ces échecs. Je n'en ai pas conclu pour autant que j'étais une *loser*. C'est dans les yeux de mon mari que je l'ai vu. Cela a assez duré. Je ne peux pas répondre à ces questions pour toi, ni attendre plus longtemps que tu te les poses. Je dois envisager un autre avenir pour moi. Je pars. Bonne chance à toi de ton côté. Je t'embrasse. »

CHAPITRE 21

Dans la navette entre l'aéroport et Firminy qui file sous une pluie battante, je suis assis au premier rang, pas loin du chauffeur dont je vois le dos et la nuque, et je scrute la route, détaillant toutes les voitures que nous croisons, espérant ne pas reconnaître la nôtre.

J'essaie de joindre Irène. Une fois, deux fois, dix fois… En vain. J'envoie des SMS : « Rappelle-moi. » Sans plus de résultats.

On ne fout pas en l'air son mariage sur un coup de tête, on ne rompt pas après tant d'années par un simple message vocal déposé à 10 000 mètres d'altitude !

Pourtant, quand j'arrive enfin chez nous, je trouve la maison fermée et vide. Notre voiture est garée dans la rue. Irène est donc revenue, puis repartie. Elle a dû prendre des affaires, le strict minimum. Elle a dit « Je pars », et elle l'a fait.

Elle a raison, je me suis complu dans ma situation de victime pendant tous ces mois de chômage. Et pour être tout à fait franc, je ne me suis pas lancé dans cette reconnaissance du statut de Justes parmi les Nations pour mes grands-parents, mais pour moi. J'en suis conscient. Je suis plus lucide maintenant, l'électrochoc a fonctionné. Son départ est devenu inutile. Elle peut revenir, elle devrait revenir… Il faut qu'elle revienne ! Je suis prêt à mettre les choses à plat, nos relations… À recommencer à zéro. C'est trop bête de tout foutre en l'air aujourd'hui.

J'appelle Kader. Il connaît la raison de mon coup de fil, il va droit au but :

— Elle n'est pas ici. Mais elle se doutait que tu appellerais ; elle nous a demandé de te dire qu'elle ne souhaite pas te parler. Ne cherche pas à la retrouver. Elle t'appellera quand elle sera prête.

— Quand elle sera prête à quoi ?

— Écoute… soupire Kader. C'est votre histoire. Ne nous mêle pas à ça.

Il dit « nous » ; Annie ne veut donc pas me parler non plus. Mon beau-frère et ma belle-sœur sont du côté d'Irène, mais ils ne me mentiraient pas. Puisqu'elle n'est pas en Dordogne, et vu que la voiture est ici, c'est qu'Irène est hébergée à Firminy. Chez une collègue de travail, vraisemblablement.

La familiarité des lieux et des objets devrait avoir des vertus thérapeutiques : le vide-poche, sur la commode de l'entrée, qui déborde de gadgets inutiles dont on ne sait que faire depuis des années mais dont on ne se débarrasse jamais ; les journaux en retard qui s'entassent sur le guéridon ; le chat des voisins qui s'était abrité de la pluie sous notre cabane à outils et qui déguerpit en m'apercevant ; nos bouquins de cuisine d'où dépassent, insérées entre les pages, des recettes écrites à la main ; un chausse-pied qui traîne depuis toujours, sans raison apparente, près du râtelier à bouteilles de vin… Sans Irène, rien de tout cela n'a de sens.

Je laisse tomber mon sac à dos avant de m'effondrer dans le fauteuil club.

Repos de courte durée : mon téléphone sonne. C'est Charlotte.

— Papa ? Tu es revenu ?

— Oui, je…

— Qu'est-ce qu'il s'est passé ? Maman nous a dit qu'ils avaient gardé le tableau sous prétexte qu'il était volé !

Notre cadette a toujours été directe. Avant de me laisser ce message, Irène a pris le temps d'appeler les filles, évidemment. Est-ce qu'elle leur a aussi annoncé son intention de quitter leur père ? Charlotte ne semble pas avoir cette information.

— Ce serait un peu long.

— Vas-y, raconte !

Les filles, Kader et Annie… Ils ont eu peur. Tous ces messages auxquels je n'ai pas répondu. À présent, ils ont le droit de savoir. Alors, je fais le récit de mon arrivée en Israël, la chaleur, l'accueil de Dorit Serrour, ma joie naïve d'être là-bas, la route entre l'aéroport et Yad Vashem, la rencontre avec la présidente du comité des Justes parmi les Nations, mes déambulations dans Jérusalem, ma première nuit au mémorial, ma visite du musée pendant que les experts étudiaient le tableau, puis mon arrestation. L'interrogatoire. La soif, la peur, la colère, l'impuissance, la façon dont ils m'ont remis entre les mains de l'ambassade de France. Christian de Pléneuf. Mon errance dans Tel-Aviv… Je ne mentionne pas mon besoin de me saouler, mon retour à l'appartement dans un état semi-comateux après une marche de plusieurs heures. Je passe directement à mon renvoi en France via Munich où je suis sorti de la zone de transit.

Là, Charlotte fait le calcul : il y a un trou de vingt-quatre heures dans mon emploi du temps.

— Toute une journée dans l'aéroport de Munich ? Mais pourquoi ?

J'hésite un instant.

— … J'avais honte.

Long silence à l'autre bout du fil.

— Tu sais, on t'aime, papa.

Pourquoi me dit-elle cela ? Que répondre à une telle déclaration ? Je me sens stupide. Je suis tenté de lui demander si elle sait où est sa mère, mais je ne veux pas la mettre dans une position inconfortable. Les enfants n'ont pas à choisir un camp.

J'invoque la fatigue due au voyage pour écourter la conversation. Quand je raccroche, je laisse mon smartphone glisser au sol et garde les bras ballants de part et d'autre des accoudoirs. La nuit n'est pas tombée, pourtant je sens déjà son voile estomper la lumière du jour dans le salon. Cette fois, je suis bel et bien seul.

Je monte dans notre chambre en traînant les pieds. Le lit me paraît très vide, mais je m'endors comme une masse. Il y en a à qui la douleur fait perdre le sommeil ou l'appétit, moi elle m'abrutit.

Mais une heure plus tard, je me réveille en sursaut : Louise, Étienne ! Je dois informer mon oncle et ma tante de ce qu'il s'est passé. Je ne les ai prévenus ni de ma demande auprès de Yad Vashem, ni de mon départ en Israël. Ils auront toutes les raisons d'être furieux. De quel droit me suis-je investi d'une telle mission ?

« Demain. Je les appellerai demain. » Je me rendors aussitôt.

CHAPITRE 22

D'abord me laver. J'ai besoin de me décrasser, dans tous les sens du terme. La douche m'apporte un peu de réconfort, mais j'ai l'impression que la poussière et la sueur du voyage collent encore à ma peau. La colère, en tout cas, est toujours là.

En sortant de la salle de bains, au moment de passer dans la chambre, mes yeux s'arrêtent sur le côté du lit d'Irène. Elle s'asseyait souvent près de la fenêtre et regardait dehors en attachant ses boucles d'oreilles.

J'essaie de ne pas y penser. Je m'habille de propre, et je descends.

À la cuisine, je me fais un café. Enfin, j'appelle mon oncle et ma tante.

C'est Louise qui décroche. Je lui parle sans détour :

— C'est moi, Stéphane... Tata, je suis désolé... J'ai perdu le tableau. On m'a pris le tableau du peintre juif.

Ma tante ne mesure pas tout de suite la portée de ce que je suis en train de lui dire. Elle me laisse narrer mon périple au Moyen-Orient sans m'interrompre, sans me poser de questions, à l'instar de Charlotte hier. À tel point que je me demande si nous n'avons pas été coupés. Je suspends mon récit. Mais non, elle est toujours là, j'entends son souffle dans le combiné.

— Ils ont gardé le tableau ? demande-t-elle enfin.
— Oui.
— Et ils prétendent qu'il a été volé ?
— Oui.
Je lui pose alors la question que j'ai tellement de mal à formuler :
— Tu crois que grand-papa Alphonse aurait pu avoir quelque chose à se reprocher ?
À l'autre bout du fil, même le souffle de ma tante disparaît. Un instant, je crois qu'elle est en train d'avoir un malaise. Puis je l'entends tousser. Elle a dû confier le combiné à mon oncle, car c'est lui qui prend le relais.
— Tu ne parles pas sérieusement ? dit-il.
Jusqu'ici, Étienne et Louise n'avaient montré aucun ressentiment à mon égard. Je suis sûr qu'ils étaient prêts à me considérer comme plus naïf que coupable, au pire comme un imbécile vaniteux, mais ils m'auraient pardonné. Seulement, là, je suis allé trop loin. La remarque de mon oncle me prend de court. Je suis d'autant plus surpris par sa raideur qu'il est la douceur et la bonté incarnées. Quand j'étais petit, il était mon adulte préféré. À mon adolescence, il trouvait une excuse à tous mes débordements. Aujourd'hui, sa colère, palpable malgré la distance, me fait regretter d'avoir douté de mes grands-parents, ne serait-ce que quelques secondes. Ai-je perdu de vue ce qu'était mon grand-père ? Un résistant, un protestant animé par le seul sens du devoir. Ma grand-mère Alice partageait nécessairement cette conception de la vie ; mieux, ils l'avaient bâtie ensemble. Mon oncle vient de me signifier de façon cinglante qu'il est inconcevable qu'ils aient spolié le peintre juif et son épouse. Mais dès lors, cette certitude soulève une autre question : qui ?

Qui les a dénoncés ? Qu'est-il advenu du reste des œuvres du peintre juif ?

— Les gens de Yad Vashem sont formels, dis-je en bégayant presque, Eli Trudel et sa femme ont été dénoncés et arrêtés, puis déportés à la mi-décembre 1943. Leurs biens figurent sur la liste des œuvres d'art volées aux Juifs… L'aquarelle de grand-papa en fait partie.

Mon oncle commence à répondre mais j'entends ma tante s'agiter. J'en déduis qu'elle vient de lui arracher le combiné des mains, car elle se met à crier dans le micro :

— Eh bien, ils se trompent ! C'est impossible ! Les Trudel sont arrivés pendant les fêtes. J'allais au lycée à Nîmes à l'époque, j'étais pensionnaire, et j'étais rentrée à Génolhac pour les vacances. Une nuit, quelques jours avant la Saint-Sylvestre, j'ai été réveillée par des bruits dans l'escalier. Je suis sortie sur le palier et suis tombée nez à nez avec des gens que je ne connaissais pas. Mon père, ton grand-père, m'a interdit d'en parler à quiconque et m'a sommée d'oublier que je les avais vus. Des années plus tard, j'ai cherché à savoir qui ils étaient. Il ne m'a jamais répondu. À force de lui tirer les vers du nez, il a tout de même consenti à me révéler qu'ils étaient restés chez nous quelques semaines avant d'être exfiltrés par la Résistance.

Je ne lui fais pas remarquer que les dates qu'elle me donne contredisent celles fournies par Yad Vashem ; elle a dû associer deux événements différents.

— Je te crois, tata, mais le comité Yad Vashem ne prend pas en compte les témoignages émanant de membres de la famille. Ils ont besoin de preuves provenant de sources extérieures, objectives…

— Nous n'avons rien à leur prouver ! Nous avons notre conscience pour nous.

— Je sais bien, tata…

— Ton grand-père était un grand résistant, il a sauvé des dizaines de gens recherchés par la Gestapo, des aviateurs, des Juifs, il a alimenté les maquisards cachés sur le plateau des Bouzèdes pendant des mois, les jeunes du STO qui n'étaient pourtant pas des résistants de la première heure… Son propre frère est mort sous la torture. Je ne laisserai personne insinuer qu'il pourrait être mêlé à… à ce que tu me dis. Jamais !

Dans son dos, mon oncle, lui aussi, s'indigne :

— Les seuls qui auraient pu le renseigner sont les anciens camarades de ton père, dit-il à l'intention de ma tante, mais ils sont tous morts aujourd'hui.

— Il y en a un qui vit encore…

Ma tante ne finit pas sa phrase. Je n'entends plus qu'un grand vide dans l'écouteur. A-t-elle raccroché ou avons-nous été coupés ? Je ne suis pas certain d'avoir compris ses derniers mots : il resterait un survivant parmi les membres du réseau de mon grand-père ?

J'appuie fébrilement sur la touche « Raccrocher » puis « Bis ». Ça sonne occupé. Ils sont en train d'essayer de me rappeler.

Je raccroche à nouveau, laisse passer quelques secondes pour leur donner le temps de faire de même. Puis je renouvelle mon appel.

— Allô ? dit ma tante.

Sa voix tremble.

— C'est Stéphane. Qu'est-ce que tu me disais juste avant de raccrocher ?

— Écoute…

Tout à coup, je réalise que j'ai affaire à une dame âgée bouleversée, incapable de faire face à tant d'émotion.

— Nous sommes trop vieux pour… C'est trop de

tracas. Nous sommes désolés pour le tableau, mais c'était devenu le tien. C'était *ton* héritage.

— Nous ne pouvons rien pour toi, glisse mon oncle entre deux respirations de ma tante.

— Je sais ce que mon père a fait pendant la guerre, reprend-elle, et ce qu'il n'a pas fait. Il avait ses défauts, mais je sais l'homme qu'il était, et l'homme qu'il n'était pas.

— Je comprends, je suis désolé de vous infliger cela. Je n'aurais jamais dû… Je pensais bien faire.

— Nous savons, mais… C'est mieux si nous arrêtons là.

— Attends, tata, attends. Tu évoquais un ancien compagnon de grand-papa, qui vit encore ?

— Fernand Latapie. J'ai eu de ses nouvelles encore récemment par la nièce de Régine Jacquemin, qui travaille à l'Ehpad d'Alès.

— Alès ?

— C'est là qu'il est. Il était à peine plus âgé que moi, à l'époque. Il ne doit pas être beaucoup plus gaillard que nous aujourd'hui.

Dans son dos, j'entends mon oncle qui la houspille tendrement :

— Raccroche, maintenant, tu es fatiguée.

Puis il s'adresse à moi :

— Nous t'embrassons, Stéphane. Ta tante et moi devons nous ménager.

— Je vous embrasse. À nouveau, je vous demande par…

Ils ont raccroché.

Tout le monde se détourne de moi. Après Irène, mon oncle et ma tante se protègent de cet homme-enfant à qui on pardonne mais qui a déçu, dont il vaut mieux se tenir éloigné.

Depuis que j'ai écouté le message d'Irène, chaque instant qui passe est une douleur. Ça s'est niché au creux de mon ventre, comme un nœud, et ça ne me quitte pas. Mais je dois aussi me rappeler l'esprit que soufflaient ses mots : me battre ! Je ne suis pas un raté ! Mes déconvenues ne sont pas le résultat de la fatalité. Il me faut dépasser l'épreuve d'Israël. Le tableau est définitivement perdu, ceci est une évidence… Pour autant, je ne suis pas obligé de me ranger aux conclusions de Yad Vashem. Je peux encore trouver les réponses aux questions soulevées par ce tableau : que sont devenus les Trudel ? À quel moment leur chemin a-t-il croisé celui de mes grands-parents ? Comment ma famille est-elle entrée en possession de ce tableau ? À défaut de récupérer l'aquarelle, je peux rétablir la vérité sur mes grands-parents.

Au moment où je glisse mon téléphone dans la poche de mon jean, ma décision est prise : il faut que je rencontre ce Fernand Latapie. Je dois faire la lumière sur l'histoire de ce tableau.

Je me force à avaler un petit déjeuner copieux. Après cela, je partirai pour Alès.

CHAPITRE 23

Je consulte le site de la SNCF : Firminy-Alès, en train, c'est plus de cinq heures, et encore, si les correspondances s'enchaînent sans heurts ; alors que par la route, j'en ai pour trois heures. Sans compter que la départementale qui traverse le parc national des Cévennes est superbe. Je la connais bien ; c'est celle que nous empruntions, Irène et moi, lorsque nous nous rendions à Génolhac.

Je ferai donc le voyage en voiture.

Mais d'abord, il faut que j'informe ce M. Latapie de ma visite, ne serait-ce que pour lui demander à quel moment de la journée je peux passer sans le déranger. On n'apprécie guère les surprises à partir d'un certain âge. J'ignore aussi son état de santé ; j'espère qu'il n'est pas complètement grabataire.

Je trouve le numéro de l'accueil de l'Ehpad d'Alès et le compose sans plus tarder. Quelques sonneries plus tard, le standardiste transfère mon appel dans la chambre de Fernand Latapie. Dès que je me présente en tant que petit-fils d'Alphonse et Alice Jullian de Génolhac, j'entends le sourire dans la voix du vieux monsieur.

— Mais bien sûr que tu peux venir ! s'exclame-t-il

sans chercher à connaître mes motivations. Cet après-midi vers 15 heures, si tu veux. Après la sieste.

Et il raccroche. Décidément, le troisième âge n'a pas de temps à perdre au téléphone !

Je finis de manger à la hâte, puis je débarrasse la table et je fais la vaisselle. Si jamais Irène rentre pendant mon absence, je ne veux pas qu'elle trouve la cuisine en désordre. Je lui écris une note également, au cas où, pour lui dire où je suis et quand je compte revenir. D'aucuns diraient que je nourris un espoir insensé, mais il faut bien que j'y croie.

Enfin, je me mets en route.

Rouler en été a des relents de congés payés en bord de mer, surtout si, comme moi, on file cap au sud. Ça m'apporte un peu de légèreté, et j'en ai bien besoin.

La nationale 88 se faufile tant bien que mal entre pâturages, bosquets et vallons. Authentique plaisir de conduite quand on goûte l'exercice. Pour ma part, j'aime surtout ce que je vois ; ce que j'entends, aussi, lorsque je me livre à des exercices de prononciation toponymique : Saint-Ferréol-d'Auroure, La Rouchouse, Les Chabaneries… Ma préférence va aux noms de lieux qui excitent mon imagination : Le Rossignol, Les Âgés, Le Regard, Le Poux, Pont-Salomon… Quand nous étions jeunes et empruntions cette route, Irène et moi nous amusions de ces noms de villages. Mais nous ne sommes plus jeunes, et Irène n'est plus là.

Je me rappelle son message vocal dans lequel elle se plaignait, à raison, qu'on ne rigolait plus ensemble depuis longtemps.

Après Le-Puy-en-Velay, le relief est moins marqué. La campagne s'étale. Les champs de céréales affligent les paysages de leur monotonie. Les blés sont beaux sous les coups de vent quand ils sont verts, au printemps ; au mois d'août, les derniers épis secs qui attendent d'être fauchés déçoivent le promeneur. Heureusement, cette impression est réparée par ce que je devine au loin : les monts d'Ardèche à ma gauche et l'Aubrac à ma droite. Les Cévennes se tiennent droit devant. Déserts et ravins, promesses d'aventures, cette région est un bout d'Ouest américain sur le Vieux Continent.

C'est de là que je viens, et j'ai longtemps cru que j'étais le contraire des « trois t » qui définissent les gens d'ici : taiseux, têtus, tenaces. Or, ce que j'ai vécu ces dernières semaines semblerait prouver que je suis un peu de leur trempe, après tout. Seulement, mon grand-père ne le saura jamais.

Quand j'y pense, qu'il était dur avec moi ! Autant qu'avec lui-même. Il ne s'autorisait aucun plaisir gratuit, aucune futilité. Je me souviens d'un séjour à Paris avec lui. J'avais dix ans. Mes parents m'avaient confié à un Alphonse peu habitué à s'occuper d'un enfant, un garçon de surcroît, lui qui n'avait eu que des filles, et avant moi, que des petites-filles. Dans sa logique, il fallait rentabiliser mon séjour à la capitale ; que j'en retienne le plus d'informations possible. À cette fin, nous enchaînions visites de monuments et de musées au pas de charge. Jamais une pause, jamais un tour de manège, pas un après-midi patinoire ou piscine. Toute activité autre que culturelle aurait été une perte de temps.

Le soir, tandis qu'il regardait Pierre Bellemare à la télévision, je devais reprendre tout ce que nous avions vu et appris pendant la journée sous forme de notes dans un carnet de bord sans commettre de fautes d'orthographe, sans omettre le moindre personnage historique, le moindre maréchal napoléonien – et Dieu sait s'il y en a eu !

Dictionnaires à la main – *Le Petit Robert* pour l'orthographe et celui des noms propres pour les détails biographiques –, mon grand-père vérifiait tout. Je n'avais droit à une barre de chocolat noir qu'une fois ma corvée remplie – je préférais le blanc, mais il était jugé *décadent* par mon grand-père, et donc proscrit.

De toute ma jeunesse, je n'ai surpris mon grand-père en train de se laisser aller à une frivolité qu'à une occasion ! Une marque de faiblesse. La preuve, selon moi, qu'il était capable, lui aussi, de péché d'orgueil.

Nous étions sur la terrasse de sa maison de Génolhac. Alors que les adultes avaient fini de boire le café à l'issue du déjeuner, et qu'ils étaient tous montés faire la sieste, mon grand-père, qui dormait peu, a interrompu les mots croisés qu'il était en train de faire pour poser son journal. Il l'a fait de façon si ostensible qu'il a attiré mon attention. Puis, après s'être assuré que je l'observais, il a extrait de la poche de son gilet un minicanif dont le manche était recouvert de cuir noir. Il a déployé des petits ciseaux escamotables dissimulés dans le manche du canif et a entrepris de se couper les ongles sous mes yeux ébahis. On aurait dit un couteau suisse, mais noir et en plus petit.

Les bouts d'ongles sautaient dans tous les sens. Je voyais bien que c'était un résultat beaucoup plus irrégulier que celui obtenu avec un véritable coupe-ongles, mais j'étais estomaqué par l'apparition magique des ciseaux de camping.

Je n'ai posé aucune question et mon grand-père n'a fait aucun commentaire, mais il affichait un petit sourire satisfait.

J'aurais tant aimé qu'il me laisse essayer les ciseaux à mon tour, ou qu'il me coupe les ongles ! Je n'aurais pas osé imaginer, à l'époque, qu'il me l'offre.

Aujourd'hui, il trône sur mon bureau. Je te l'ai piqué, grand-papa. Comble de la honte : je te l'ai piqué sur ton lit de mort. Quand tu es décédé, j'ai ouvert les tiroirs de ton secrétaire, celui qui était dans ta chambre, celle-là même dans laquelle nous avions interdiction de pénétrer et où tu gardais le fameux tableau du peintre juif que j'ai découvert des années plus tard, et j'ai fouillé dans tes affaires. Lu ta correspondance, mis la main sur tes décorations pour faits de résistance… Et glissé ton briquet tempête et ton canif magique dans ma poche.

Tout à l'heure, pour aller à Alès, je passerai par Génolhac… Je ralentirai à la hauteur de la maison familiale. Aujourd'hui, elle appartient encore à une cousine de ma mère, mais elle est en permanence occupée par des étrangers qui louent pour la saison… Des Anglais ou des Hollandais qui n'ont aucune idée de ce que ces lieux représentent pour moi, des souvenirs qu'ils recèlent, et à qui je dois de ne plus pouvoir m'arrêter à l'improviste et pousser le portillon grinçant de la terrasse. Peut-être ne grince-t-il plus, d'ailleurs ? Peut-être a-t-il été enfin graissé ? Ou définitivement fermé à clef ?

Avant de gravir le flanc nord du massif cévenol, je compte faire une halte sur les berges du lac de Naussac. La commune éponyme n'existe plus. Vallée fantôme submergée par les eaux qu'un barrage artificiel retient depuis les années 1970.

Il y a là un camping. Ils ont une buvette qui, si mes souvenirs sont bons, sert un café tout à fait potable. Je m'y arrêterai pour regarder les pédalos caboter et admirer les planchistes les plus téméraires tenter la traversée du plan d'eau.

C'est une espèce de pèlerinage pour moi. Petit, mon grand-père m'avait amené sur le chantier et montré ces habitations, cette église et ces commerces, qu'on allait recouvrir de millions de mètres cubes pour que l'Allier et la Loire puissent continuer à couler en cas d'étiage.

Ce qui m'avait le plus perturbé, à l'époque, c'était le cimetière. Qu'allaient devenir les tombes ? Qu'allait-on faire des défunts ? Allait-on les noyer dans leur mort ?

Aujourd'hui, je ne peux m'empêcher d'établir un parallèle avec mon grand-père. Quand les autorités israéliennes ont saisi son aquarelle, c'est comme si on l'avait tué une deuxième fois, lui aussi. C'est pour moi le même sentiment de perte irrémédiable. Je ne serais pas moins désemparé si le tableau du peintre juif gisait dans une des maisons prisonnières des eaux, au fond de ce lac artificiel.

D'ailleurs, au fur et à mesure que j'approche de Naussac, un malaise se substitue à l'agréable nostalgie que ces lieux suscitent normalement en moi, troublée par des réminiscences de mon bref séjour en Israël.

J'accélère et lance la voiture à l'assaut des Cévennes sans m'arrêter ni à Naussac ni à Génolhac. Deux heures plus tard, j'entre dans l'agglomération d'Alès.

J'évite de traverser le centre par peur de la circulation et reste coincé dans un bouchon sur le périphérique qui contourne la ville. Le temps de m'en dépêtrer et je reprends ma progression plein sud en direction de Montpellier.

Quelques kilomètres plus loin, je quitte la route nationale pour entrer dans un quartier résidentiel. Enfin, je repère un panneau qui marque l'entrée de l'Ehpad Les Cigales – le nom me fait prendre conscience que les stridulations de ces insectes m'accompagnent depuis quelques kilomètres. Je me gare sur le parking visiteurs.

Le bâtiment ressemble davantage à un centre pénitentiaire qu'à une maison médicalisée. En revanche, la sécurité y est moins stricte car je traverse le hall – et j'aurais pu monter dans les étages – sans que personne ne s'en soucie. Je suis obligé d'appeler et d'attendre plusieurs minutes à l'accueil avant que quelqu'un daigne me renseigner.

— C'est pour quoi ? me demande enfin une jeune femme portant des Crocs bleu hôpital et une blouse d'aide-soignante.

— Je viens voir M. Latapie.

— Vous êtes de la famille ?

— Non. Mais il est au courant, il m'attend.

— Chambre 204, au deuxième étage. Vous avez l'ascenseur derrière vous.

J'ai déjà fait demi-tour.

— Attendez. Il faudrait que vous signiez le registre.

Elle m'indique un cahier Clairefontaine dans lequel elle a déjà inscrit la date et l'heure. Je le complète en précisant mes nom et prénom, et en gribouillant un paraphe dans la dernière colonne.

— Vous voulez vérifier mon identité ? dis-je en faisant mine de sortir mon portefeuille.

— Non, ça ira.

Vigipirate à la méditerranéenne. Cette fois, je me dirige vers l'ascenseur devant lequel attend un pensionnaire en déambulateur. Nous sommes rejoints au dernier moment par une autre résidente, en fauteuil roulant celle-là. Je fais figure de jeunot à côté de mes compagnons d'élévation. La dame en fauteuil roulant est aussi sous oxygène, elle est dispensée de parler ; d'ailleurs, elle ne répond même pas à mon salut. L'autre, celui qui pousse son engin à roulettes, est intarissable. En deux étages seulement, je sais tout du programme télé de l'après-midi et du menu du soir. En échange, je lui révèle le nom de celui que je viens voir, d'où je viens et pourquoi je suis là. Je lui donne la version officielle : je suis le petit-fils d'un ami de M. Latapie, à qui je paye une visite de courtoisie.

— Eh ben y en a qu'ont de la chance ! Moi, mes propres petits-enfants ne viennent pas me voir, alors ceux de mes amis…

En remontant le couloir, j'ai la confirmation que je suis bien dans une maison de retraite. Une odeur de faux propre flotte, l'odeur de la chair âgée.

Chambre 201, 202, 203…

La minuterie s'éteint mais j'imagine qu'après la 203 vient la 204. Je frappe trois coups à l'aveugle.

— Entrez !

Je reconnais la voix de celui que j'ai eu ce matin au téléphone. Ferme et tonique. Jamais je n'aurais parié qu'elle fût celle d'un papi de quatre-vingt-treize ans. Je suis attendu, cela ne fait aucun doute.

— Entre, entre, répète-t-il alors que je glisse ma tête dans l'entrebâillement de la porte.

— Monsieur Latapie ?

— Pas tant de chichis, appelle-moi Fernand.

Le vieil homme est assis dans un fauteuil, face à une télévision allumée, son en mode muet. Du cyclisme. Le Tour de France est pourtant terminé.

La porte-fenêtre, donnant probablement sur un balcon, est fermée ; les volets sont en croix, seulement retenus par l'espagnolette. On lutte contre la chaleur. Dans un coin, un climatiseur portatif. Constatant que mon regard s'est porté dessus, mon hôte dit :

— Ça vaut rien, ces appareils. Ça fait un boucan de tous les diables et c'est trop froid. C'est bon pour attraper la mort.

J'approuve du chef, même si je trouve qu'on étouffe dans son studio et qu'un peu d'air frais serait le bienvenu. Je lui tends la main.

— Bonjour, Fernand.

— Bonjour, *pitchou*.

Je souris. On ne m'a pas appelé comme ça depuis des lustres.

— T'es le petit d'Alphonse et Alice.

— Leur petit-fils, oui.

— Il paraît que t'es un bon gars. C'est ce qu'il dit ton grand-père.

— Ah ?

— Comment il va ?

J'ai un moment d'hésitation. Se moque-t-il de moi, ou perd-il la boule ?

— Mais… Il est mort, dis-je.

— Mince. Ça fait longtemps ?

— Euh, oui. En 1989.

— Ah, tout de même. Il me semblait aussi. Je t'ai posé la question au cas où. Je ne voulais pas donner l'impression de l'enterrer trop vite.

— Il aurait cent douze ans aujourd'hui, alors…

— Eh, oui, bien sûr. Il était plus âgé que moi. Le temps file, on ne se rend pas compte. Mais ne t'inquiète pas, ma mémoire trie pas mal de choses, mais ce qu'elle garde, c'est du solide.

J'espère qu'il dit vrai et que ses souvenirs de la période qui m'intéresse seront fiables.

— À propos, ça vous dérange si j'enregistre notre conversation ?

— Hein ?

Fernand Latapie détaille le téléphone portable que je dépose sur la table entre nous.

— Ah, ça ? Non, vas-y ! dit-il sans avoir l'air de comprendre quel usage je m'apprête à en faire.

— Je suis venu pour que vous me racontiez un épisode de la vie de mes grands-parents, dis-je.

— Des gens bien, les Jullian. Ton grand-père était mon chef de groupe, dans la Résistance. Réseau Donnadille.

— Justement, c'est de ça que je voulais vous parler.

— On a fait du bon boulot à l'époque…

— Est-ce que vous vous souvenez d'Eli et Jeanne Trudel ?

Fernand Latapie fait un effort pour se remémorer.

— Le peintre juif ? dit-il enfin.

J'acquiesce avec enthousiasme.

— Et comment ! On l'a fait passer en 44.

— Passer ?

— En Espagne. C'est même moi qui l'ai emmené jusqu'à Toulouse dans un des camions de ton grand-père. Officiellement, j'étais allé chercher des courroies aux ateliers Latécoère pour la tannerie.

— Vous êtes sûr que c'était en 44 ?

Fernand Latapie réfléchit à nouveau, puis hoche la tête.

— Certain. En janvier, juste après les fêtes.

— Il était seul ?

— Non, il était accompagné de sa femme… Et de tous ses tableaux ! Des dizaines ! Ils les avaient roulés et les portaient sous le bras. Ça les embarrassait, ça se voyait. Surtout que la dame n'était pas en forme ; elle tenait à peine sur ses jambes. On leur a proposé de les garder jusqu'à ce que ça se tasse, mais ils n'ont rien voulu savoir. Ils prétendaient qu'ils avaient de la valeur et que ça pourrait leur servir de monnaie d'échange. Je pense surtout qu'ils ne comptaient pas revenir en France.

Comment se fait-il que, pour Yad Vashem, Eli Trudel et son épouse ont été arrêtés le 12 décembre 1943, déportés et assassinés à Auschwitz dans la foulée ? Je ne peux pas croire que ma tante, et maintenant Fernand Latapie, deux témoins directs qui ne se sont pas concertés, qui n'ont même pas échangé depuis des décennies, puissent être victimes de la même confusion. Et si c'était Yad Vashem qui se trompait ?! Et si la version officielle n'était pas la bonne ?! Après tout, malgré leur efficacité et leur rigueur redoutables, les clercs des camps de concentration ont pu commettre une erreur, confondre deux noms… Je ne partage pas mes questionnements avec Fernand Latapie.

— Et après Toulouse ? je lui demande.

— Après, je ne sais pas. On ne nous disait rien de plus que ce que nous devions savoir.

— Mais… ils ont réussi à passer ?

— Tout ce que je peux affirmer, c'est qu'ils ont été pris en charge par un autre réseau le jour même.

— Vous ne savez pas ce qu'ils sont devenus ?

— Non, mais on l'aurait su s'il y avait eu un coup de filet.

— Ceux qui fuyaient la France allaient où, en général ?

— Certains, ceux qui avaient les moyens, passaient par Madrid ou le Portugal pour rejoindre l'Amérique en bateau ou en avion. D'autres allaient dans les Asturies où les communistes, malgré la répression de Franco, étaient encore assez nombreux et organisés. Ils gagnaient l'Angleterre depuis Gijón, ou bien ils poussaient jusqu'à La Corogne. D'autres encore rejoignaient les Français libres d'Afrique du Nord par le détroit de Gibraltar.

— Et les Trudel, d'après vous, ils auraient pu aller où ?

— Franchement, je n'en ai aucune idée. Ils n'étaient pas du genre combattants, donc je les vois mal être passés en Angleterre ou au Maroc. En Amérique peut-être, mais du Sud plutôt, parce que en 1944 ça faisait déjà belle lurette que les États-Unis refusaient du monde.

Avant de partir en Israël, pendant que je faisais des recherches sur Internet, je suis tombé sur un article qui expliquait que l'Argentine avait accueilli des tas de nazis fuyant l'Europe dès 1944, et ce jusqu'en 1946. Ironie de l'Histoire, de nombreux Juifs y avaient trouvé refuge dès la fin des années 1930. Bourreaux et victimes ont dû apprendre à cohabiter dans ce pays, nouveau pour tout le monde.

Je sens le regard de Fernand Latapie posé sur moi. Il ne bouge peut-être plus beaucoup de son fauteuil, mais il n'a rien perdu de ses capacités d'observation.

— Pourquoi tu me poses toutes ces questions ?

— Je ne sais pas. L'envie de savoir ce qu'ils sont devenus après que mes grands-parents les ont cachés, c'est tout.

— Et tu aurais fait tout ce chemin pour ça ?

Je hausse les épaules. L'ancien résistant me détaille par-dessus ses lunettes.

— Hum, fait-il, pas dupe.

Puis il m'offre un café réchauffé et des spéculos trop mous, et commence à me raconter des histoires de maquis. Les copains qui y sont restés. Le village de Génolhac autrefois. Il exprime son désarroi face au tournant individualiste pris par la société : ses valeurs, le rythme de la vie… Mais de toute évidence, il en vit retiré depuis trop longtemps pour avoir pleinement conscience de ce que nous sommes devenus ; il se plaint de la place prise par la télévision, de l'éclatement familial qu'elle a entraîné. « Les gens ne se parlent plus ! C'est pour ça qu'on s'est battus ? » regrette-t-il. S'il savait que les jeunes ne regardent même plus la télévision, que les parents consultent leur téléphone pendant les repas, que les uns mangent sans gluten, les autres sans viande… Pauvre Fernand qui me parle des veillées d'antan au coin du feu, ça le tuerait.

Puis il se tait et finit par s'assoupir. Je me retrouve un peu désemparé dans cette pièce plongée dans la pénombre. Je regarde l'ancien compagnon d'armes de mon grand-père ; j'observe sa poitrine se soulever et s'abaisser ; j'ai l'impression de le veiller comme on veille un malade.

Je m'installe plus confortablement sur ma chaise. Je m'empare d'un tabouret et le mets à bonne distance pour y poser mes jambes. Je me prends à fermer les yeux à mon tour et à écouter la respiration de mon hôte endormi, cet homme qui a connu mon grand-père, qui a combattu à ses côtés. Peut-être ont-ils été de garde, la nuit, ensemble ? Peut-être mon grand-père a-t-il entendu, avant moi, ce même souffle profond ? J'espère que l'enregistreur du téléphone, qui tourne toujours, aura réussi à le capter.

Je prends enfin conscience que j'ai connu mon grand-père, mais pas Alphonse Jullian, l'homme. Ça me manque d'un coup, et c'est un regret.

Je me décide alors à quitter Fernand Latapie sur la pointe des pieds. Mais d'abord, j'attrape un Post-it et griffonne un « Merci beaucoup. Prenez soin de vous. Amitiés, Stéphane ». Je précise entre parenthèses « petit-fils d'Alphonse Jullian », au cas où il aurait déjà oublié qui je suis à son réveil.

Avant de refermer la porte derrière moi, je lui jette un dernier regard. Je ne le reverrai sans doute jamais.

CHAPITRE 24

Et maintenant, quoi ? Deux témoignages laissent entendre que les renseignements détenus par Yad Vashem au sujet d'Eli et Jeanne Trudel sont erronés : le couple n'a pas péri à Auschwitz en décembre 1943. Il y a eu confusion entre le peintre et son épouse, et un autre couple ; ce qui est tout à fait plausible en temps de troubles. On ne saura jamais ce qu'il s'est passé exactement, qui étaient les gens avec lesquels les Trudel ont *échangé* leurs identités, le cas échéant. Quoi qu'il en soit, mes grands-parents n'étaient pas des collabos et il faudra bien que les autorités israéliennes l'admettent.

Une chose m'aiderait à obtenir gain de cause : être en mesure d'établir de façon irréfutable ce qu'Eli et Jeanne sont devenus *réellement* ; ce qui leur est arrivé une fois qu'ils ont été pris en charge par la Résistance à Toulouse. Ont-ils réussi à traverser les Pyrénées ? Ont-ils été appréhendés en Espagne ou plus loin au cours de leur périple ?

Je suis comme tout le monde : j'ai entendu parler de Franco et de son régime, mais je n'ai jamais compris par quel miracle, alors que la guerre était mondiale, l'Espagne a réussi à demeurer soi-disant neutre ; ni pourquoi le dictateur n'a pas été déboulonné par les Alliés en 1945.

La Guardia Civil chassait-elle les Juifs comme elle avait chassé les communistes et les anarchistes pendant la guerre civile ? Les livrait-elle aux Allemands ? Je n'ai jamais entendu parler de convois en partance d'Espagne pour les camps de la mort, mais je ne suis pas expert en la matière.

De toute manière, que Yad Vashem se trompe sur l'identité des deux personnes gazées à Auschwitz ou sur la date de leur déportation, les choses ont forcément mal tourné pour les Trudel, car s'ils s'en étaient sortis, on aurait entendu parler d'eux. Que ce soit en Amérique ou en Europe, la renommée du peintre était telle avant guerre que la presse, les critiques d'art, les musées auraient mentionné son nom s'il avait refait surface. Or, c'est comme si le couple s'était volatilisé.

Vers qui me tourner ? Auprès de quel organisme, de quel historien puis-je trouver de l'aide ? Je ne vais tout de même pas partir en Espagne sur leur piste. En temps normal, j'en aurais parlé à Irène ; je lui aurais fait part de ce que j'ai appris… Je lui aurais demandé conseil.

Dehors, un vent descendu des Cévennes atténue l'effet d'étuve de l'appartement de Fernand Latapie, et vient sécher ma chemise collée à mon dos par la sueur. Je respire un peu malgré la chaleur qui a fait fondre le goudron du parking.

Une fois dans la voiture, je réfléchis quelques instants. Je pourrais rentrer directement mais je suis crevé. Je préfère dormir ici ce soir avant de reprendre la route. Surtout que personne ne m'attend à la maison.

Et si je montais sur le plateau cévenol pour y dormir

à la belle étoile ? Ou tout au moins dans la voiture, toutes fenêtres ouvertes. Là-haut, au pied du mont Lozère, c'est presque la montagne. Il y fera frais, il y aura des odeurs de garrigue et de sous-bois, des cris d'animaux… Avec un peu de chance, je pourrai apercevoir des bêtes sauvages.

C'est décidé, je me paye une escapade en pleine nature.

Avant de démarrer, je vérifie que l'enregistrement de Fernand Latapie a fonctionné. Le son n'est pas terrible, mais audible. Je réécouterai la conversation plus tard, quand je serai posé là-haut, sur le toit du monde, et que je souffrirai moins de la chaleur. On ne sait jamais, ce fichier audio peut un jour m'être utile et étayer un dossier visant à contredire la thèse de Yad Vashem.

Enfin, je lance le moteur. Avant d'enclencher la première, pendant que la clim s'efforce de faire retomber la température, je *google* « Franco et les Juifs ».

Il s'avère que le régime franquiste, pourtant connu pour ses diatribes antisémites et son alignement sur la politique des forces de l'Axe, n'en a pas moins sauvé des milliers de Juifs. Franco a réussi à entretenir de bonnes relations avec les deux parties belligérantes. Il semble que tout le monde avait intérêt à ce que la péninsule ibérique ne prenne pas part directement au conflit.

Je repense aux Trudel. Le plus déroutant, c'est que les informations fournies par Yad Vashem les concernant sont précises. Il s'agit de dates inscrites dans des registres de l'administration allemande : arrestation le 12 décembre 1943, déportation cinq jours plus tard, arrivée à Auschwitz le 22 décembre. Selon les spécialistes du mémorial de la Shoah, les Trudel sont tombés aux mains de la Gestapo en France.

Pourtant, ça ne colle pas.

Je me répète l'agenda macabre. Je le confronte aux affirmations de ma tante : « Les Trudel sont arrivés au moment des fêtes. Avant la Saint-Sylvestre. » Puis à celles de Fernand Latapie : « C'est moi qui l'ai emmené jusqu'à Toulouse dans un des camions de ton grand-père. C'était en janvier, juste après les fêtes. Il était accompagné de sa femme. »

Les deux versions s'opposent. Quelle est la bonne ?

Je roule en écoutant un morceau d'opéra diffusé par Radio Classique. Je n'en connais ni le compositeur ni l'interprète, mais ça tirerait des larmes à un camionneur. Je change vite de station pour quelque chose de plus joyeux.

Lors d'une halte dans un des supermarchés en périphérie d'Alès, je fais le plein d'essence et j'achète deux sandwichs et une bouteille de bière au rayon « Produits locaux » pour mon repas du soir.

Une fois sorti d'Alès, dès que je laisse Les Crèses derrière moi, commence la longue route sinueuse qui gravit les contreforts des Cévennes.

Moins d'une heure plus tard, je traverse Génolhac pour la deuxième fois de la journée, dans le sens inverse. Sans plus m'attarder dans le village de mes ancêtres qu'à l'aller, j'entame l'ascension du plateau lozérien.

Dans un tournant surplombant le Gard cévenol, je découvre la mer Méditerranée, au loin.

Je suis content de constater que ma mémoire ne me trahit pas. En effet, au détour d'une épingle, je reconnais le départ de piste que je cherchais. Dos au mont Ventoux et aux Alpilles que l'on aperçoit par beau temps comme aujourd'hui, je m'engage sur le chemin terreux, en plus mauvais état que dans mon souvenir. Autrefois, les genêts faisaient office de haies. Aujourd'hui, ils semblent occuper tous les champs abandonnés et menacer d'envahir le passage pour les voitures également.

Au siècle dernier, les gens montaient à pied ou à dos d'âne. D'ailleurs, un 4 × 4 ferait mieux l'affaire pour franchir certaines ornières ; le châssis de la C3 racle à plusieurs reprises. J'hésite à pousser plus loin. « Encore une centaine de mètres », me dis-je tous les cent mètres.

Je suis sur le point d'abandonner lorsque j'aperçois enfin les trois chênes qui me servaient déjà de repère quand j'étais enfant, et qui ont servi de repère à des générations d'enfants avant moi.

Je me gare sous l'un des arbres, en surplomb de l'Homol dans lequel nous nous baignions, faisions la vaisselle et notre toilette pendant nos séjours aux Bouzèdes.

L'ascension à travers la garrigue et les éboulis granitiques était un pèlerinage familial auquel nul ne pouvait déroger ; la veillée sur le Trenze, ce rocher qui domine la vallée du Luech – ici, on donne des noms aux cailloux –, était un passage obligé. Nous n'avions pas le droit de faire du feu à cause des risques d'incendie mais devisions jusque tard dans la nuit à la lueur des étoiles. On distinguait les lumières de Nîmes, au loin. Nous étions les maîtres du monde, au-dessus de la mêlée.

Les aînés nous racontaient des histoires de camisards et de bête du Gévaudan ; ils prétendaient que la bergerie des Bouzèdes avait été une espèce d'*auberge rouge* au XVIIᵉ siècle ; puis qu'un Allemand avait été pendu dans le petit bois par les maquisards réfugiés dans la ferme. Son fantôme hanterait encore les lieux, les soirs de pleine lune. Malgré notre crânerie de façade, nous n'en menions pas large lorsqu'il fallait rentrer dans l'obscurité.

Je fais quelques pas dans le hameau, puis je m'installe sur un muret, face à l'horizon blanc. J'allume mon smartphone, sélectionne le dernier document dans la bibliothèque sonore, et lance l'enregistrement. La voix de Fernand Latapie sonne de façon singulière, sous cette immensité.

L'accent du vieux Cévenol semble plus marqué que lorsque je l'avais en face de moi. Je souris en l'écoutant, lorsqu'un mot retient mon attention. J'interromps la lecture, fais retour en arrière et remets le passage en question.

« On l'a fait passer en 44.

— Passer ?

— En Espagne. C'est même moi qui l'ai emmené jusqu'à Toulouse dans un des camions de ton grand-père. »

Toulouse. Évidemment ! C'est par là qu'il faut commencer ! Je dois emprunter la même piste que les Trudel soixante-quinze ans plus tôt, la remonter et voir où cette prochaine étape me mènera.

L'avantage, c'est que la Ville rose n'est pas loin – moins loin que Saragosse ou Barcelone.

Je reviens vers la voiture et m'assieds à l'ombre d'un arbre. Puis je tape « Toulouse » et « Résistance » dans le moteur de recherche de mon smartphone. Apparaît une flopée de pages dédiées à un certain Marcel Langer et à de nombreux réseaux : réseaux Morhange, Bertaux, Prunus… D'après Wikipédia, la Haute-Garonne en a compté jusqu'à soixante ! Je survole les articles de presse. Tous renvoient au musée de la Résistance et de la Déportation, un organe du conseil départemental. Leur site Internet est en lien un petit peu partout. Je clique dessus et leur page d'accueil apparaît : jours et horaires d'ouverture. On est dimanche et il est 18 heures. Mais demain, ils seront ouverts.

CHAPITRE 25

Je dors très mal, évidemment. Le souvenir que j'avais gardé des nuits à la belle étoile sur le plateau était largement enjolivé.

Je suis moulu des cervicales aux lombaires, j'ai les fesses en compote et je suis frigorifié parce qu'à 1 200 mètres d'altitude les nuits sont aussi fraîches que les journées sont chaudes. Pour couronner le tout, je me suis fait dévorer par je ne sais quels insectes. Quant au ruisseau qui court à travers les genêts, la faune nocturne et le ciel étoilé… tous ces plaisirs de la vie en plein air m'ont empêché de fermer l'œil avant 1 heure du matin. Cela n'aurait pas été un problème si je n'avais pas été réveillé vers 5 heures, quand les premiers rayons du soleil sont sortis pour caresser les causses.

Maintenant, mon estomac m'engueule parce que je n'ai pas pensé à prendre de quoi petit-déjeuner. Je le fais taire en allant me dégourdir les jambes. Je traverse ce qui fut la zone de battage pour le blé qu'on cultivait encore avant guerre, et je m'engage sur ce qu'il reste d'un sentier, en direction du rocher de Trenze.

Une fois assis au bord du promontoire, je demeure un long moment à regarder le soleil tirer la plaine hors de l'ombre. Je vois des cheminées se rallumer dans le village de Vialas, au pied du plateau. En plein été ! C'est dire si la nuit a été froide !

Vers 7 heures et demie, j'estime que les commerces ont rouvert et décide de redescendre sur Génolhac pour m'offrir une boisson chaude et des viennoiseries.

Installé à la terrasse du Bar de la Place, je déguste mon croissant et mon pain au chocolat en les trempant dans un grand café au lait.

J'ai acheté *L'Indépendant* du jour, dont je survole les titres. Une fois les deux ou trois articles qui m'intéressaient lus et un deuxième café avalé, je consulte ma montre. 9 heures. Le musée de la Résistance de Toulouse est en train d'ouvrir ses portes. J'attrape mon smartphone et retourne sur leur page Web. Leur numéro de téléphone y figure. Je presse le lien actif et, cinq secondes plus tard, je suis en communication avec le standard.

— Musée de la Résistance et de la Déportation, bonjour.

Par quel bout commencer ? Je téléphone en qualité de quoi ? Un instant je suis tenté de me faire passer pour un journaliste ou un écrivain amateur qui fait des recherches sur la Résistance, mais pourquoi mentir ?

— Voilà, mon grand-père était résistant, et il a caché des Juifs pendant la guerre. En creusant un peu ces événements, ma famille et moi sommes tombés sur une zone d'ombre que nous aimerions éclaircir.

— Oui ?

Le type ne m'a pas envoyé bouler, c'est plutôt bon signe. Il donne même l'impression de trouver mes propos complètement normaux.

— Je voudrais savoir comment mon grand-père

s'y serait pris s'il avait voulu faire passer un couple en Espagne depuis Toulouse. Quelqu'un pourrait me renseigner ?

— Moi, peut-être.

— Mais…

— Nous sommes une petite structure, voyez-vous ?

— Ah ? Parfait.

Je me racle la gorge. Je l'avais pris pour un standardiste.

— Quel réseau se chargeait de ce genre d'opération ?

— Ça dépend de la période, m'explique-t-il. Plusieurs réseaux aidaient les gens à passer la frontière.

— Il n'y en avait pas un qui s'occupait des Juifs en particulier ?

— Les passeurs s'en moquaient. Ils apportaient leur aide à tous ceux qui en avaient besoin.

— Et donc, si je vous dis que ça s'est passé en janvier 1944 ?

Il a un moment de réflexion.

— Début 1944… Voyons voir… Le réseau Françoise était très actif à ce moment-là, le réseau Bertaux également… Ainsi que le réseau Prunus. Ce dernier, notamment, a fait passer beaucoup de monde via le Haut-Comminges.

— Le Haut-Comminges ?

— La partie piémontaise de la Haute-Garonne, si vous préférez. Ils transitaient par Montréjeau puis le val d'Aran.

— Et ensuite ?

— Ensuite, soit ils étaient pris en charge par un réseau espagnol qui les emmenait en Afrique du Nord, ou en Angleterre ; soit ils se faisaient arrêter par la Guardia Civil. Malheureusement, ils ont été nombreux dans ce deuxième cas.

— Et après ? Déportés ?

— Pas nécessairement. Rarement, en fait. Franco a collaboré avec les Allemands, certes, mais il ménageait la chèvre et le chou. Il y a eu très peu de déportations. À tel point qu'il s'est targué d'avoir été un *sauveur de Juifs*, après la guerre. Ce qui est largement discutable. Ceux que la Guardia Civil interpellait finissaient en camp. Il y en avait un à Lerida, notamment, et un autre à Miranda de Ebro, mais également à Saragosse… Ce sont les principaux. Il y en a eu d'autres, mais je ne les connais pas tous.

Je note les noms des villes qu'il cite. J'hésite à mentionner les Trudel et à lui révéler ce que je cherche véritablement.

— Et… il y a moyen de tracer l'itinéraire de quelqu'un en particulier ?

— Que voulez-vous dire ?

— Si je souhaite suivre le trajet emprunté par un clandestin depuis Toulouse jusqu'en Espagne, est-ce que je peux savoir par où il est passé et s'il est arrivé à destination ?

Nouveau temps de réflexion à l'autre bout du fil.

— Je ne peux pas préjuger des résultats d'une recherche. On ne sait jamais sur quoi on va tomber. Tout ce que je peux vous dire, c'est que les résistants ne tenaient pas un registre des évasions vers l'Espagne, et ce pour des raisons évidentes de sécurité. Cela dit, bizarrement, malgré les consignes et le bon sens qui auraient appelé à davantage de prudence, on a quelques traces écrites. François Verdier lui-même par exemple, le chef de la Résistance dans la région toulousaine, un haut responsable, représentant de De Gaulle, bras droit de Jean Moulin… eh bien, figurez-vous qu'on a retrouvé des tas de notes dans son agenda : lieux et horaires de réunions, noms de personnalités avec qui il avait rendez-vous, *et cætera*.

— Et ces informations sont accessibles au public ?

— Bien sûr, mais elles ont été largement étudiées et exploitées. Vous n'y trouverez rien qui ne soit déjà connu. Qui plus est, il vous faudra venir consulter les documents sur place. Nous ne faisons pas de recherches pour les usagers. Les horaires d'ouverture du musée sont sur notre site.

— Oui, j'ai vu. Je peux donc venir dès aujourd'hui ?

— Bien sûr. C'est relativement calme, en ce moment. Nous aurons le temps de nous occuper de vous.

— Parfait. Il ne me reste plus qu'à vous remercier.

— Mais je vous en prie.

— À plus tard, en ce cas.

— À tout à l'heure.

En raccrochant, j'ai déjà pris ma décision : un déplacement à Toulouse constitue un détour de vingt-quatre heures, tout au plus. Je ne peux pas en faire l'économie. S'il y a la moindre chance de dénicher une preuve du passage des Trudel en Espagne, et donc qu'ils étaient en vie en janvier 1944, je ne peux pas la laisser filer… Parce que le témoignage de Fernand Latapie ne suffirait pas à convaincre les Israéliens. Bien qu'il soit un résistant reconnu, ses souvenirs demeurent ceux d'un vieillard. Qui plus est, les événements qu'il décrit se sont déroulés il y a soixante-quinze ans ! Quant au témoignage de ma tante Louise, les gens de Yad Vashem m'ont déjà expliqué qu'ils ne le considéreraient pas comme recevable : conflit d'intérêts, ou juge et partie.

Je consulte ma montre : je peux être à Toulouse en début d'après-midi.

CHAPITRE 26

Malgré la fatigue, je suis monté sur ressort et je roule à vive allure jusqu'à Nîmes pour attraper l'A61.

Le soleil et moi faisons la course le long de la côte méditerranéenne jusqu'à Narbonne où je quitte la grande bleue pour filer entre Corbières et Minervois.

L'air se débarrasse petit à petit de son iode, et quand commence le Lauragais, à partir de Carcassonne, il est saturé d'odeurs des champs que l'on vient de moissonner. La garrigue s'efface au profit des tournesols et le ciel se charge de nuages, retenus par les Pyrénées qui leur font barrage. L'atmosphère devient plus lourde. D'ailleurs, un orage éclate au niveau du seuil de Naurouze. Un panneau touristique signale que c'est ici que se fait le partage des eaux entre les versants méditerranéen et océanique ; cela se voit moins que le partage du ciel qui me dégringole dessus.

J'entre dans l'agglomération toulousaine sous une pluie chaude comme seuls les étés en produisent, libérant dans les rues des effluves d'asphalte. De quoi fabriquer des souvenirs aux petits citadins.

Le musée de la Résistance et de la Déportation n'est pas difficile à localiser mais je dois naviguer un moment avant de repérer une place de parking dans une rue adjacente.

Au moment où je coupe le moteur, il est 13 heures. Le musée a fermé ses portes pour la pause-déjeuner. Autant chercher un restaurant et revenir à 14 heures.

Mon smartphone indique une pizzeria dans la rue où je me situe, à vingt mètres derrière moi. Je me retourne sur mon siège, étonné de ne pas l'avoir vue, et effectivement, à travers l'eau qui dégouline sur la lunette arrière, j'en distingue l'enseigne verte et rouge aux couleurs de l'Italie.

La carte ne propose rien de plus original qu'une Margherita ou l'incontournable quatre-fromages. Pas même une spécialité locale à base de canard !

Je commande une simple napolitaine. Au moins, l'endroit a le Wi-Fi et mon tabouret est confortable.

Je lance pour la énième fois une recherche Internet afin de traquer d'éventuels renseignements contredisant ceux avancés par Yad Vashem. Mais, quel que soit le contributeur, je ne trouve rien de plus que ce qu'indique la page Wikipédia dédiée au peintre. Pas un site ne fait mention de leur interpellation ou d'un éventuel délateur !

Si je ne découvre rien de plus dans les archives du musée de la Résistance et de la Déportation, aucun élément qui diverge de la version de Yad Vashem, alors tout s'arrêtera. Je devrai me faire une raison et passer définitivement à autre chose comme me le suggère Irène.

En attendant, je fais défiler les photos des œuvres d'Eli Trudel. Quelques-unes ressemblent à mon aquarelle. Je me rends compte que je continue à dire « mon aquarelle ».

Certaines photographies en noir et blanc datent du vivant d'Eli Trudel. Il y a même des reproductions de quelques œuvres du père de Jeanne, André Fredon. Celles-ci relèvent plus de l'expressionnisme allemand que le travail de son gendre, davantage dans la mouvance postimpressionniste à la Cézanne. Étonnant regard croisé, vu que le premier était français et le second autrichien.

Le pizzaiolo commence à me reluquer de travers ; je suis en train d'abuser de son hospitalité. Je commande un dessert et un café pour avoir le droit de rester à ma table jusqu'à l'ouverture du musée.

J'explore ensuite le site Internet du musée de la Résistance, plutôt bien fourni et clair. Quelques ouvrages prometteurs dans l'inventaire de leur fonds consultable sur place mais aucun formulaire de recherche en ligne ; impossible de mouliner les données contenues par les documents des réserves. Le site répète ce que le conservateur m'a expliqué ce matin au téléphone : il faut se déplacer en personne.

Plus que dix minutes avant l'ouverture.

Je lève le nez de mon ordinateur portable et regarde dehors. La pluie a cessé, laissant les façades maculées de ruissellements. J'essaie de me souvenir mais je ne crois pas être venu en Haute-Garonne auparavant, à part peut-être pour le mariage d'une amie, il y a longtemps, mais c'était dans un village à la campagne, au sud de Toulouse en direction des Pyrénées. Irène et moi avions longé la ville sans quitter le périphérique, et nous étions juré de revenir pour passer quelques jours dans la patrie du bel canto français. Me voici, trente ans plus tard, seul dans un restaurant italien tenu par un individu aussi peu aimable que ses pizzas, avec vue sur un mur gris ciment, dans une rue lessivée par les ondées orageuses, attendant l'ouverture d'un musée consacré à la Résistance et à la Déportation…

Je me décide à partir. Remonter l'allée des Demoiselles où se trouve le musée me donne l'occasion de découvrir une architecture art déco et art moderne que je ne soupçonnais pas. Sur cet axe principal qui relie le canal du Midi au jardin des Plantes, pas une propriété sans jardin, pas une façade plus récente que la fin du XIXe siècle ou le début du XXe, pas une surface habitable de moins de 400 mètres carrés.

Le musée a élu domicile dans l'une de ces grandes demeures bourgeoises. D'immenses kakemonos signalent sa présence aux passants qui, sans cela, pourraient le confondre avec un hôtel particulier. En temps normal, j'aurais admiré plus longuement le bâtiment, mais aujourd'hui, pas une minute à perdre ; les renseignements qui innocenteront mes grands-parents m'attendent peut-être là.

J'avale la volée de marches qui mènent à l'entrée du public et me présente à l'accueil.

— Je suis venu faire une recherche dans les archives, dis-je lorsque l'hôtesse m'indique le sens de la visite.

— Vous avez pris rendez-vous ?

— J'ai eu un monsieur au téléphone ce matin. Il m'a dit que je pouvais venir cet après-midi.

— Ce devait être le directeur, M. Blanchard.

— Je pense que c'était un archiviste, plutôt.

— M. Blanchard est directeur et archiviste. C'est le seul homme parmi le personnel, de toute façon.

— Ah. Je vois.

— Je vais le prévenir. Vous pouvez patienter en faisant le tour de l'exposition permanente, si vous le souhaitez.

— D'accord. Merci, dis-je en espérant que le sieur Blanchard ne me fera pas poireauter trop longtemps.

Je jette un rapide coup d'œil aux photos présentées dans la première salle, ainsi qu'au bâtiment. Il donne l'impression d'avoir été rénové récemment. La scénographie est moderne mais sobre, simple et relativement complète. Elle fait aussi bien référence à des événements nationaux qu'à des scènes locales qui ne peuvent parler qu'aux Toulousains. Parmi les artefacts, une authentique Underwood, un pistolet-mitrailleur Sten comme je n'en avais vu que dans les films, des tenues de prisonnier d'époque, des manuscrits originaux… Les documents sont présentés sous la forme d'îlots entre lesquels le visiteur est censé naviguer, chaque îlot étant consacré à une personnalité marquante des réseaux principaux dans la région. J'ai à peine le temps de me plonger dans les explications ; quelqu'un m'interpelle depuis l'autre bout de la salle.

— Monsieur Milhas ?

C'est la voix de l'homme au téléphone. La cinquantaine, lui aussi. Je m'étais imaginé un austère fonctionnaire territorial, mais je lui trouve un look plutôt « à la cool » pour quelqu'un qui travaille sur la mémoire et l'Histoire. Il est en bras de chemise et ne porte pas de cravate. Je me dirige vers lui d'un pas décidé.

— Monsieur Blanchard ? dis-je quand je suis assez proche pour lui serrer la main.

— C'est moi que vous avez eu au téléphone ce matin. Vous souhaitez peut-être terminer la visite avant que nous parlions de ce qui vous intéresse plus particulièrement ?

— Non, je poursuivrai plus tard. C'est très intéressant, mais je viens de loin et j'ai peu de temps. Je préférerais me mettre au travail aussi vite que possible.

— Veuillez me suivre.

Nous descendons d'un niveau et parvenons dans un *open space* lumineux où sont alignés étagères basses et matériel de reprographie, massicot, plastifieuse… au centre duquel on a regroupé quatre tables de travail, donnant sur un jardin où s'affairent des ouvriers d'entretien.

— C'est là que vous consulterez les documents.

— Où se trouve la salle des archives ?

— Le public n'y a pas accès.

— Mais comment vais-je procéder ?

— Vous nous faites part des documents qui vous intéressent et nous allons les chercher pour vous dans les réserves. Nous les remontons, et vous les consultez ici.

J'ai du mal à dissimuler ma déception. Comment saurai-je quel carton ouvrir si je ne peux pas fouiner, accéder à tel ou tel classeur, en étudier rapidement le contenu avant de passer à un autre ? Le directeur du musée semble avoir perçu mes réserves.

— Grâce à ce poste informatique, vous avez accès au listing de tout notre fonds. On est facilement décontenancé au début. C'est la raison pour laquelle je vais vous aider à y voir plus clair. Pour cela, j'ai besoin que vous me disiez ce que vous cherchez exactement, et je vous orienterai.

Comme il devine mon scepticisme, il ajoute :

— Je vous assure que cette méthode va vous faire gagner du temps. Si vous vous lanciez dans une fouille des réserves sans avoir consulté la base de données préalablement, il s'écoulerait des jours, des semaines, avant que vous tombiez par hasard sur quelque chose.

Je regarde le bonhomme droit dans les yeux. Il sait de quoi il parle ; c'est son travail.

Je décide de jouer la carte de la franchise. Je raconte

toute mon histoire à ce parfait inconnu, comptant sur son professionnalisme pour ne pas me juger et comprendre l'enjeu de ma démarche. Il réfléchit, visiblement intrigué par mon récit, et peut-être même excité ! J'imagine que, pour un spécialiste de la Résistance, une affaire de peintre juif peut-être déporté mais peut-être pas, de grand-père au mieux résistant dupé, au pire collabo, et de petit-fils dépossédé par Israël de son bien potentiellement mal acquis, ça ne manque pas de sel !

Quand j'ai fini de parler, il baisse les yeux, comme s'il consultait ses pieds. Je remarque qu'il porte des espadrilles. Surprenant, pour un directeur de musée départemental. Mais on est à Toulouse, c'est le Sud, c'est peut-être accepté ici.

— Commençons par le commencement : quelle période exactement ?

— Janvier 1944.

Les mots de Fernand Latapie me reviennent.

— Première ou deuxième semaine de janvier, je crois.

L'archiviste retourne à ses espadrilles.

— Un couple, vous dites.

Ce n'est pas une véritable question ; je me contente de hocher la tête.

— Quel âge avaient-ils à peu près ?

Je me souviens de la fiche Wikipédia consacrée à Eli Trudel : né en 1889.

— Cinquante-cinq ans.

C'est au tour de M. Blanchard d'opiner. Puis de faire non de la tête.

— Le problème, c'est qu'il y avait pléthore de groupes de résistants dans la région. Toulouse était au carrefour du bassin méditerranéen, des maquis du Massif central et du versant aquitain et donc de l'Atlantique… La dernière grande ville avant la péninsule ibérique neutre.

Il se donne un temps de réflexion avant de poursuivre son exposé :

— Cela étant, puisque vous me dites que les Trudel ont été véhiculés jusqu'ici par le réseau Donnadille, on peut partir du principe qu'ils les ont confiés à un autre réseau officiel, organisé, pas à des particuliers inexpérimentés et sous-équipés. En 44, les réseaux s'étaient « professionnalisés » si l'on peut dire.

Je suis son raisonnement sans l'interrompre.

— Ça ne peut pas être le réseau Morhange, poursuit-il, il ne faisait passer que des aviateurs anglais ou des combattants. Probablement le réseau Prunus, à nouveau très actif à ce moment-là après avoir été démantelé en avril 43 à la suite de l'échec du sabotage de la cartoucherie.

— Les Trudel étaient peintres, et ils avaient emporté un certain nombre de toiles roulées, sans les cadres… C'est peut-être un élément qui vous rappellera quelque chose.

L'archiviste, toujours en contact visuel avec ses pieds, fait signe que non, cela ne lui dit rien.

— Il n'y aura pas grand-chose dans les archives elles-mêmes. Mais dans notre documentation, par contre… Les ouvrages d'Émilie Duchenne, par exemple, devraient vous donner du grain à moudre.

— Émilie Duchenne ?

— Une enseignante en histoire-géographie au lycée de Saint-Gaudens. Dans les années 1970 et 1980, elle a recueilli les témoignages de tous les résistants et sympathisants du Comminges encore vivants, afin de faire l'inventaire du plus grand nombre de passages en Espagne, réussis ou pas.

— Le Comminges, c'est le piémont pyrénéen dont vous me parliez ce matin au téléphone ?

— C'est cela. En gros, reprend-il en haussant la voix comme s'il faisait un exposé devant un amphithéâtre plein d'étudiants, depuis Toulouse, il y avait deux zones principales de franchissement des Pyrénées : le Haut-Comminges en Haute-Garonne, et le Couserans en Ariège. Mais étant donné la période et la saison – les cols sont plus hauts en Ariège et donc plus vite enneigés, notamment autour du mont Valier, qui était privilégié par les passeurs – j'orienterais mes recherches vers Saint-Béat et le val d'Aran… via Saint-Gaudens, donc, précise-t-il en voyant ma mine interrogative.

— Et qu'est-ce que je fais, moi, concrètement ?

— Installez-vous. Pour commencer, je vous apporte les ouvrages d'Émilie Duchenne.

L'archiviste tourne les talons. Je consulte ma montre : déjà 14 h 30.

À 16 heures, j'en suis à mon deuxième aller-retour entre le musée et ma pizzeria préférée, à l'occasion de pauses-café. Je devine chez l'une des employées du musée la tentation de me proposer d'utiliser la machine réservée au personnel, mais elle y renonce après avoir regardé en direction de son chef ; celui-ci a dû leur donner des instructions à cet égard : pas de fraternisation avec les usagers du musée.

L'après-midi est déjà bien entamé et j'en suis seulement à deux ouvrages survolés sur les quatre signés par Émilie Duchenne.

— Des livres précieux, à l'usage des spécialistes, me précise l'archiviste qui vante son fonds. Publiés à très petits tirages, épuisés aujourd'hui, introuvables en librairie.

Mes recherches sont infructueuses pour l'instant : aucune mention d'un couple israélite ou d'un passage en Espagne en particulier pour le mois de janvier 1944.

L'archiviste n'attend pas que je finisse pour apporter trois boîtes de documents en carton flanquées d'un code de référencement et de la mention « Fonds Duchenne ».

— Ce sont des interviews non publiées, précise l'archiviste. Non pas qu'elles ne soient pas dignes d'intérêt, mais je crois qu'Émilie Duchenne n'a pas eu le temps de les traiter.

Je ne suis pas rapide en matière de lecture, je n'aurai pas assez de l'après-midi pour lire toutes les productions susceptibles de m'intéresser.

— Nous avons aussi des enregistrements sonores qu'elle a réalisés dans les années 1980, mais vu qu'ils n'ont pas encore été numérisés, il faut que je remette la main sur notre lecteur de cassettes.

— Je crois que j'ai suffisamment de pain sur la planche, dis-je en tapotant le couvercle d'une des boîtes qu'il vient de déposer devant moi.

Sans me décourager, je m'attaque au troisième livre de la professeure d'histoire. Ainsi, j'apprends que chaque franchissement des Pyrénées était unique, assujetti à la météo, à l'état de santé de ceux qu'il fallait faire évader : on ne déplace pas une famille de citadins affaiblis par des mois de malnutrition sur les flancs d'une montagne de la même façon qu'un équipage d'aviateurs anglais dans la force de l'âge et entraînés.

La saison jouait beaucoup également, ainsi que la lune, la façon dont les gens étaient vêtus et chaussés, les ordres qu'avaient reçus les douaniers allemands, s'ils venaient de se faire remonter les bretelles par leurs supérieurs ou d'être livrés en schnaps…

Mais à part ces critères qui évoluaient en fonction des semaines, le schéma d'évasion, lui, ne variait guère. Il existait trois itinéraires principaux : par le val d'Aran, par le secteur de Luchon, et par la vallée d'Aure… Un point commun cependant : le trajet en train depuis Toulouse jusqu'à Saint-Gaudens ou Montréjeau selon la route choisie. À la gare, on se signalait grâce à un code – un lacet défait au soulier droit par exemple – et on était pris en charge par quelqu'un, un adolescent ou un commerçant – le boulanger de Montréjeau est connu pour avoir servi de relais à des dizaines de fuyards –, qui vous emmenait à vélo, en charrette ou en autocar, jusqu'à un passeur. Cela aussi dépendait des risques du moment.

On faisait une pause-déjeuner dans une auberge peu regardante qui ne demandait pas de tickets d'alimentation et qui pratiquait des prix raisonnables, c'est-à-dire sans abuser de la situation inconfortable de ces clients particuliers.

Enfin, on montait à pied dans la montagne où on attendait la nuit pour traverser une série de cols avant d'arriver en Espagne, en évitant les axes trop proches des postes-frontières.

Il arrivait qu'on soit rejoint par une ou deux autres équipes, mais le groupe n'excédait jamais vingt personnes, et dans tous les cas, les passeurs l'abandonnaient à la frontière.

Il y a de grandes chances pour que les époux Trudel, à l'instar des fugitifs qui étaient sous la responsabilité d'un réseau, aient été hébergés quelques jours à Toulouse en attendant un créneau favorable. Dans ces cas-là, la Ville rose disposait de l'organisation nécessaire ; les hôtels autour de la gare Matabiau, tel Le Clocher de Rodez, offraient le gîte et le couvert. Les milieux universitaires comptaient de nombreux intellectuels, et la ville était traditionnellement une terre de gauche radicale-socialiste rompue à la clandestinité par des années d'aide aux républicains espagnols. Militants italiens antimussoliniens et espagnols antifranquistes avaient posé les jalons d'une résistance structurée. Mais évidemment, nulle trace écrite des clandestins dans les registres hôteliers ! Impossible de prouver qu'Eli et Jeanne Trudel ont bénéficié de l'aide de ces canaux.

Naturellement, lorsque sonne l'heure de la fermeture du musée, j'ai à peine fini d'éplucher les livres d'Émilie Duchenne, et je n'ai ouvert aucune des trois boîtes d'archives. Je pensais trouver une réponse à mes questionnements d'un coup de baguette magique ; je suis bon pour prendre une chambre dans un hôtel et revenir demain matin à la première heure.

— Il y a moyen d'emprunter une partie des documents ?

L'archiviste sourit à la naïveté de ma requête.

— Si je vous signe une décharge ? Je peux même vous laisser une caution.

— Ce n'est pas possible. Les archives ne sortent pas de notre enceinte, me répond-il.

— Tant pis, c'est dommage. Cela m'aurait fait gagner du temps.

— Je suis certain que vous en prendriez grand soin, mais imaginez que vous vous fassiez cambrioler ou qu'un feu se déclare dans votre chambre ? Ou si, tout simplement, un orage éclatait au moment où vous sortiez du musée ? Vous n'imaginez pas tout ce qui peut arriver à des documents aussi précieux.

— En effet, je n'avais pas pensé à cela. À ce propos, je suis surpris que vous n'exigiez pas que je porte des gants pour les manipuler.

Nouveau sourire de l'archiviste, visiblement coutumier de ce genre de remarques ignorantes.

— Les gants altèrent la sensation de préhension. Du coup, les lecteurs ont tendance à exercer une traction plus forte que nécessaire quand ils saisissent les pages pour les tourner, ce qui est source d'une incidence accrue de déchirures de pages.

— Je vois. Vous ouvrez à quelle heure, demain matin ?

— Au public, 10 heures, mais je serai là dès 9 heures. À titre exceptionnel, je veux bien vous faire entrer en même temps que moi, mais vous devrez passer par l'entrée de service, et vous n'aurez pas accès aux salles d'exposition.

— Je vous remercie, vraiment. J'avais sous-estimé la masse d'informations à lire, ou surestimé mes capacités de travail.

— Ce genre de recherche prend du temps, en effet. Vous comprenez maintenant pourquoi nous refusons de les mener nous-mêmes et demandons aux gens de venir sur place.

Pendant que je remets un peu d'ordre dans mon espace de lecture, je m'enquiers d'un hôtel à proximité. Il se tourne vers ses collaboratrices. Aucune n'a d'adresse à me recommander. Il est vrai que si l'une d'elles répondait spontanément « Oui, j'en connais un très calme à deux pas ! », cela pourrait prêter à confusion.

Qu'à cela ne tienne, je me laisserai guider par

Google. J'entre « Hôtel Ibis » dans le moteur de recherche de mon smartphone. Les prix qui s'affichent me rappellent l'état de mes finances. Ils me rappellent aussi que ce n'est pas moi qui fais bouillir la marmite, surtout depuis que mon couple est officiellement « séparé ». J'efface « Hôtel Ibis » et tape « Formule 1 ». Le motel le moins cher et le plus proche se trouve à trois sorties d'autoroute de celle que j'ai empruntée pour venir ici, en bordure du périphérique.

Je souhaite une bonne fin de journée à l'archiviste et à ses collègues, puis je file récupérer ma voiture.

Il n'est que 18 heures, c'est l'été, la perspective de rester dans ma chambre à regarder la télévision sur un écran de 12 pouces ne m'enchante guère. Malgré un ciel toujours très couvert, il reste plusieurs heures avant que le soleil se couche ; je vais en profiter pour flâner dans le centre-ville.

J'appelle le Formule 1 pour réserver une chambre. Ensuite, je repère un arrêt de bus, juste en face du musée, et traverse l'avenue pour consulter les horaires de la ligne 7 affichés sous l'abribus. Dans exactement douze minutes, un bus m'emmènera jusqu'à la place Esquirol, à cinq minutes de marche du fleuve et de la fameuse place du Capitole. Pourquoi me compliquer la vie en prenant la voiture ?

Il y a quelques jours à peine, j'errais dans Tel-Aviv. Le parallèle – mais surtout le contraste – me saute aux yeux : contraste des villes, mais également contraste de mes humeurs… Et de statut marital ! À Tel-Aviv, j'avais encore une femme et un foyer. Aujourd'hui, dans Toulouse, je suis un type qui vient de se faire larguer. Je marche dans le vieux centre-ville sans personne à appeler, personne à qui faire part de mes impressions.

La Ville rose, vidée de ses étudiants, ressemble à un gros village somnolant dans la torpeur quiète de l'été, certaine d'inscrire son destin enviable dans le temps, quand Tel-Aviv grouillait et vibrait sous la fugacité de la vie, donnant l'impression de marcher à la fois sur des charbons ardents et sur une fine couche de glace.

Alors que je déambulais dans les rues de la capitale israélienne dans un état de fébrilité, ici je me sens aussi lourd mais d'autre chose. Le ressentiment, la honte, l'indignation... Ces sentiments existent toujours, mais ils ont été occultés par le chagrin provoqué par la rupture d'Irène. Au cours des semaines qui ont précédé mon départ en Israël, l'atmosphère à la maison était devenue irrespirable au point que partir m'a apporté une bouffée d'oxygène. À présent, c'est tout le contraire : Irène me manque et j'ai l'impression d'étouffer.

Les hôtels pasteliers du XVIe siècle et les façades florentines, tant vantés par le site Internet de l'office de tourisme, parviennent à me séduire, certes, mais j'aime surtout les berges de la Garonne et ses frontons de briques roses. Même par temps gris, le spectacle du coucher de soleil sur ce grand miroir d'eau est somptueux. Le gros village révèle des atours élégants que je ne soupçonnais pas. Dans mon esprit, j'associais le chef-lieu d'Occitanie aux rustres Pyrénéens, au rugby et au cassoulet ; je n'imaginais pas une telle grâce.

La pluie ayant cessé, et bien qu'il fasse frisquet, je choisis une table à la terrasse d'un bar à tapas où des autochtones prennent l'apéritif en partageant des plateaux de charcuterie. Le serveur me laisse à peine le temps de m'asseoir.

— Qu'est-ce que ce sera ?

— Vous faites des vins au verre ?
— Bien sûr. Rouge, blanc, rosé ?
— Vous avez quoi, comme vins locaux ?
— Fronton et gaillac.
— C'est quoi, la différence ?
— Le fronton, c'est pas bon. Le gaillac, c'est mieux.

J'éclate de rire.

— Eh bien, gaillac en ce cas.
— Rouge, blanc ?
— Un blanc, s'il vous plaît.
— Sec, moelleux, perlé ?
— C'est quoi, perlé ?
— C'est comme du pétillant, mais pas vraiment.
— Sec, alors.
— Un gaillac blanc sec, c'est parti.

En attendant d'être servi, j'étudie le ciel, espérant une météo plus clémente pour demain. Dans les platanes qui bordent les remparts Vauban, des milliers d'étourneaux piaillent et bombardent les piétons qui s'aventurent sur la promenade.

Quelques verres plus tard, j'ai goûté au perlé comme au moelleux, au fronton comme au gaillac ; le serveur avait raison : le premier est moins bon que le second.

Mes voisins de table sont bruyants mais sympathiques. Ils finissent par m'adresser la parole et me demander ce que je suis venu faire dans leur ville. Quand je leur révèle que je viens de Saint-Étienne, on parle de foot, bien entendu. Pourtant, ils n'étaient pas nés à la grande époque des Verts. Ils m'invitent à manger un morceau de leur saucisse de foie pour éponger le mélange des vins. Je commande une autre assiette, que nous partageons.

Quand je me lève de ma chaise un peu plus tard dans la soirée, je tangue sur mes jambes mais je me sens bien. Dans les platanes, les étourneaux se sont tus. Arrivé à l'arrêt de bus, place Esquirol, je réalise trop tard que le service s'est arrêté à 23 heures. Il est minuit. Ma voiture est garée là-bas, devant le musée de la Résistance et de la Déportation.

J'estime mon état d'ébriété et me dis qu'il ne serait de toute façon pas prudent de prendre le volant : autant appeler un Uber qui m'amènera directement au Formule 1 et en commander un autre pour me rendre au musée demain matin. Tant pis si je fais une entaille supplémentaire dans mon livret A.

Vingt minutes plus tard, je suis dans la chambre glauque d'un hôtel glauque, mais ce soir, rien ne m'empêchera de m'endormir comme un bébé.

CHAPITRE 27

Toutes les conditions étaient réunies pour que je passe l'une des plus mauvaises nuits de ma vie : odeur de cigarette froide incrustée dans les draps et les taies d'oreiller ; allées et venues incessantes dans les couloirs qui me laissent penser que le Formule 1 est en fait un hôtel de passe ; circulation infernale à l'extérieur – tous les jeunes des cités se sont donné rendez-vous dans cette rue pour faire des *runs*. J'ai dû fermer la fenêtre, mais la climatisation a hésité toute la nuit entre tomber définitivement en panne et agoniser bruyamment.

Pourtant, grâce à l'assemblage gaillac-fronton, je me réveille reposé, à 8 heures. J'ai tout juste le temps de faire mes ablutions – rapides, parce que les douches sur le palier sont dans un état minable après une nuit d'ébats tarifés –, d'avaler un petit déjeuner sous Cellophane et un café pris à la machine dans l'entrée qui ne valait guère plus que les 30 centimes qu'il m'a coûté, et de sauter dans l'Uber qui m'attendait.

Le directeur du musée de la Résistance ne m'a pas oublié. Lorsque je sonne à l'interphone, il m'ouvre tout de suite et me fait passer par la porte de service à l'arrière de la bâtisse.

Sur la table de travail, les trois cartons d'hier m'attendent toujours. À leur côté trônent un vieux lecteur de cassettes audio type Walkman, et une vulgaire boîte à chaussures. J'en soulève le couvercle et découvre une trentaine de bandes magnétiques dans leur boîtier, numérotées, datées et classées par noms de personnes interviewées. L'écriture au stylo-plume est d'une graphie parfaite, comme on l'apprenait au début du siècle dernier.

Cette fois, pas de pause-café, pas de visite du musée. Je m'attelle à la tâche avec l'objectif de terminer avant ce soir pour pouvoir retourner chez moi. Évidemment, j'espère surtout ne pas rentrer bredouille. Si je trouvais la preuve du passage des Trudel par Toulouse en janvier 1944, ce serait la démonstration que les registres de Yad Vashem sont erronés, que mes grands-parents n'ont pas spolié le couple Trudel, et encore moins été à l'origine de leur assassinat.

Alors, ce n'est pas le moment de flancher ! Aujourd'hui est peut-être la dernière ligne droite avant le dénouement de ce mystère.

Je me lance dans la lecture des interviews menées trente ans plus tôt par Émilie Duchenne et jamais publiées. Certaines sont rédigées à la main, d'autres sont tapées à la machine à écrire, toutes sont bouleversantes. Ce sont des morceaux d'héroïsme ordinaire et discret.

Je lis plus vite aujourd'hui qu'hier parce que je sais ce que je dois repérer : les mots « peintre », ou « couple », ou « Juifs »... Je ne suis pas naïf, je ne vais pas tomber sur « M. Eli Trudel, de confession israélite, artiste peintre de profession, arrivé à Toulouse avec son épouse tel jour à telle heure dans un camion des usines Jullian de Génolhac dans le Gard, a demeuré à l'hôtel Machin jusqu'au tant, et franchi les Pyrénées grâce à tel réseau de résistance tel jour via tel col », mais je suis quand même frustré de voir une heure s'écouler sans résultat.

— Alors ? me demande l'archiviste en passant.

— Rien jusqu'à présent, mais je ne désespère pas.

Avant de m'attaquer aux enregistrements sonores, je lui demande s'il pense avoir dans ses archives des documents concernant les différents hôtels ayant hébergé des candidats au passage clandestin en Espagne. Il m'affirme que non. Les établissements en question ont fait l'objet de nombreux témoignages concordants mais, bien entendu, leurs propriétaires ne tenaient pas un registre des clients recherchés par la Gestapo ou les autorités françaises. Quant à de possibles entretiens après la guerre avec les intéressés, ils n'ont malheureusement pas pu avoir lieu dans la mesure où la plupart de ces hôteliers sympathisants se sont fait arrêter et assassiner avant la fin des hostilités. De toute façon, qu'auraient-ils révélé, eux à qui on ne donnait jamais la véritable identité de leurs « invités » ? C'est là mon problème : je suis à la recherche d'individus dont je ne connais pas le nom d'emprunt à partir de Toulouse, et qui ont eu affaire à des complices soucieux d'effacer leurs traces.

D'après l'archiviste, la piste des hôtels toulousains est un cul-de-sac et représenterait une perte de temps précieux pour moi.

Au moment du déjeuner, je commande une quatre-fromages à la pizzeria d'en face et la mange sans traîner dans le jardin du musée. Un quart d'heure plus tard, je suis de retour à ma table de travail, écouteurs sur les oreilles, stylo à la main. C'est comme si j'avais embarqué à bord d'une machine à remonter le temps.

Une pression sur le bouton « Play » et je pars trente ans en arrière.

Immédiatement, je suis happé par les voix de personnes que je devine déjà d'un certain âge. Si elles avaient entre vingt et quarante ans pendant la guerre, elles avaient entre soixante et quatre-vingts ans au moment où elles ont été interviewées par la professeure d'histoire.

La simplicité, l'humour parfois, la modestie tout le temps, avec lesquels ces hommes et ces femmes racontent les actions qu'ils ont menées, sont touchants. Ils présentent leur engagement comme quelque chose d'évident, presque banal, naturel en tout cas. Ils ne parlent même pas d'engagement, d'ailleurs. Je les ai toujours considérés comme des héros, alors qu'ils expliquent à leur interlocutrice qu'ils n'ont fait que ce qu'il y avait à faire sans y réfléchir davantage. « Quand on a besoin de bois pour le feu, on va en chercher dans la forêt ; quand des gens en danger frappent à votre porte, on l'ouvre et on les accueille, et après coup, on n'en fait pas tout un plat. »

Le danger était réel et ils en étaient conscients, mais qui aurait été mieux placé qu'eux pour cette besogne : faire traverser les montagnes à ces pauvres bougres ? Alors, ils s'y sont attelés.

Émilie Duchenne n'élude pas la question des tarifs. La plupart affirment l'avoir fait sans arrière-pensées, sans but lucratif.

— On faisait payer, pour sûr ! Nous avions des dépenses, et puis il fallait bien vivre, nous autres aussi. Mais j'appliquais le tarif minimum, pas comme certains.

Aucun nom n'est donné. Les « certains » resteront anonymes ; ces comptes-là n'ont jamais été réglés, ou alors, hors micro. On sait, aujourd'hui, que « certains » abusaient de la situation critique des fuyards… Des familles entières de Juifs en danger de mort qui devaient se départir de tous leurs biens, de gré ou de force, contre la menace d'être abandonnés de nuit à 2 500 mètres d'altitude, ou dans une forêt inextricable. Cela n'empêchait pas « certains » passeurs de vendre leurs clients aux Allemands ou à la Guardia Civil espagnole, une fois qu'ils les avaient dépouillés.

L'accent du Sud-Ouest, parfois incompréhensible pour moi – heureusement, l'enseignante qui les interviewe reformule parfois leurs propos –, ne cache pas l'âpreté de l'époque dans ces zones montagneuses.

J'apprends énormément. Les entretiens contiennent une multitude de détails passionnants que je n'avais pas trouvés dans les ouvrages publiés d'Émilie Duchenne, parce qu'à la marge, anecdotiques, sans intérêt historique peut-être, mais qui rendent le récit tellement vivant : la spécialité culinaire de telle auberge, le souvenir de l'amertume de la bière brassée sur place qui y était servie, la couleur du vélo de tel passeur, l'obscurité totale dans laquelle on devait franchir les ruisseaux, le vacarme d'une cascade qui étouffait le bruit des pas des fuyards mais pouvait aussi bien dissimuler ceux des patrouilles allemandes… J'arrive presque à imaginer les Trudel en train de marcher derrière leur guide, emmitouflés dans leurs manteaux.

L'après-midi avance, je ne faiblis pas mais mon inquiétude grandit au fur et à mesure que diminue le nombre de cassettes que je n'ai pas écoutées.

Je suis justement en train de me demander ce que sera la prochaine étape en cas d'échec lorsque deux mots que j'espérais entendre résonnent enfin dans mes oreilles.

« Peintures ».
« Tableaux ».
Je fais « Pause », puis « Stop », puis « Rewind », puis « Play ».

Baptiste Hennart, vingt-huit ans en 1944, instituteur à Saint-Béat en Haute-Garonne et fils de berger, a accompagné avec son père une trentaine de groupes entre septembre 1942 et avril 1944. Leur itinéraire de prédilection longeait la route qui relie Saint-Béat côté français à Vielha côté espagnol, en passant par le pont du Roi. M. Hennart père s'arrêtait à la frontière, mais son fils amenait ses clients jusqu'au village espagnol de Canejan, puis retournait à pied chez lui pour ouvrir sa classe unique à l'heure. Cette double activité était sa meilleure couverture : qui aurait soupçonné un maître d'école, fonctionnaire de l'État vichyste, tout ce qu'il y a de plus docile, de passer ses nuits sur les sentiers pyrénéens pour faire évader des ennemis du régime ?

Baptiste Hennart était communiste et ne travaillait qu'avec des réseaux de résistance reconnus : Morhange, les FTP-MOI, Françoise… Il a « transféré » de tout : des aviateurs britanniques aux militaires français, en passant par des réfractaires au STO et des « civils en fuite »… termes qu'il utilise pudiquement dans l'enregistrement, trente-cinq ans plus tard, pour désigner les Juifs victimes de persécutions.

Il plaisante sur les aptitudes à la marche en montagne de ceux qui appartenaient à cette dernière catégorie :

— Des gens des villes, pour la plupart. Il fallait voir dans quel accoutrement ils débarquaient du train : habillés comme pour aller à l'opéra. Sauf que sur les sentiers qu'on leur faisait prendre, ce n'était pas ce genre de musique qu'on jouait ! Je me souviens même d'un couple qui trimballait ses peintures. C'était en 44, en plein hiver, janvier ou février, je ne sais plus, mais il faisait un froid de canard. Quel spectacle ! Un paquet énorme rien qu'avec des tableaux roulés et enveloppés dans des bâches étanches. Oh, malheureux ! Quel fardeau, en plus de leurs valises ! Il fallait voir ça. Et puis, ils ne voulaient rien savoir. Pas question que quelqu'un les aide. C'est étonnant, tout de même. Les gens se raccrochent à de drôles de choses quand ils ont tout perdu.

CHAPITRE 28

« Pause » à nouveau.

Je me redresse, ôte les écouteurs de mes oreilles, regarde autour de moi et découvre la pièce baignée de lumière. Dehors, le ciel s'est dégagé et je ne m'en étais pas aperçu.

Je cherche l'archiviste des yeux, mais il n'est pas dans son bureau. Ses collaboratrices sont occupées devant leurs écrans d'ordinateur ; je ne peux partager ma joie avec personne. J'aimerais pouvoir au moins envoyer un texto à Irène. Je lui écrirais : « J'ai la preuve que les Trudel étaient vivants en janvier ou février 44 et qu'ils sont passés en Espagne. » Évidemment, je m'abstiens.

De toute façon, je dois réfréner mon enthousiasme car je n'ai pas de « preuve » à proprement parler. Tout ce que je peux affirmer, et encore, sur la seule foi d'un passeur, information qui n'est corroborée par aucune autre source, c'est qu'un couple transportant des toiles a fui la France en janvier ou début février 44. Je fais un rapide calcul mental : Baptiste Hennart avait vingt-huit ans à l'époque, ce qui lui ferait… cent trois ans aujourd'hui ! Il y a peu de chances pour qu'il soit encore en vie.

J'écoute l'interview jusqu'au bout mais il n'est plus fait mention de ce convoi. Je n'apprends rien sur ce qui a pu arriver aux Trudel par la suite.

À ce stade, je suis dans une impasse. Le musée de la Résistance et de la Déportation de Toulouse détient tout ce qui compte de publications, articles et livres d'historiens sur la question des réseaux d'évasion. Si je n'ai rien trouvé de plus probant ici, il n'y a pas de raison pour que je le trouve ailleurs.

Ma seule consolation est d'avoir la confirmation de ce qu'affirmait Fernand Latapie : mes grands-parents ont effectivement hébergé les Trudel et organisé leur fuite.

En revanche, pour ce qui est de récupérer mon tableau, je suis au point mort. Les éléments dont je dispose ne suffisent pas pour étayer une argumentation opposable à la direction de Yad Vashem.

Je me lève et m'étire. Je suis vidé. J'ai encore en tête la galerie de personnages contenus dans la boîte à chaussures de Mme Duchenne, professeure d'histoire-géographie au lycée de Saint-Gaudens. Je retourne l'un de ses ouvrages et prends le temps de lire sa biographie, chose que je n'avais pas faite plus tôt. Il est dit qu'elle aussi a pris part à la Résistance.

— Elle passait des messages codés dissimulés dans le guidon de son vélo.

Je me retourne. M. Blanchard est penché par-dessus mon épaule.

— Elle n'avait que quinze ans quand elle a été recrutée par son propre frère, ajoute-t-il. D'ailleurs, elle lui a survécu. Il a été dénoncé et il est mort en déportation à Dora.

— Vous la connaissez ?

— Je l'ai rencontrée à plusieurs reprises, notamment

lorsque nous avons ouvert les portes du musée en 1996. Une dame charmante, très touchante.

— Elle est décédée ?

— Non, mais elle est très âgée. Elle ne se déplace plus et a cessé toute activité de recherche.

M. Blanchard et moi nous dévisageons un instant.

— Vous en avez terminé ? me demande-t-il.

Je lui explique brièvement ce que j'ai trouvé, et ce que je n'ai pas trouvé.

— S'ils sont passés en Espagne, ils ont peut-être laissé des traces là-bas ? dit-il.

— Autant chercher une aiguille dans une botte de foin.

— Certes, mais s'ils ont été arrêtés, ce qui a été le cas de la majorité des Juifs, parce qu'ils n'avaient ni l'entraînement requis ni les réseaux dont bénéficiaient les militaires souhaitant rejoindre Londres ou l'Afrique du Nord pour continuer le combat, c'est forcément consigné quelque part.

Je soupire. Le chantier serait tellement vaste !

Constatant mes hésitations et comprenant que je ne sais pas par quel bout aborder le problème, l'archiviste s'assied en face de moi.

— Le musée a des contacts institutionnels en Espagne. Nous collaborons avec certaines associations sur le thème des républicains espagnols réfugiés en Haute-Garonne qui ont pris part à la Résistance ici – ça, c'est dans un sens – mais également sur celui des Français réfugiés en Espagne, résistants ou Juifs – dans l'autre sens. Ils ont des archives abondantes et très riches. Elles ont récemment été ouvertes au public.

J'acquiesce en silence, pesant ce qu'il est en train de me dire.

— Je pourrais vous recommander auprès de

l'Association pour la récupération de la mémoire historique, par exemple, ou du Centre de documentation de la mémoire historique de Salamanque. Nous avons beaucoup travaillé ensemble lors de la commémoration des soixante-dix ans de la Retirada. Ils ont des préoccupations très hispano-hispaniques, mais ce seraient quand même deux mines d'informations. On trouve dans leurs fonds des procès-verbaux d'interrogatoires, des listes entières de noms de personnes interpellées, la date et les circonstances de leur arrestation… C'est incroyable ce que le régime de Franco était organisé et minutieux. Ils notaient tout !

Un voyage de plus ! Déjà que mes finances sont à sec.

— Vous pensez pouvoir vous rendre en Espagne dans les prochains jours ? me demande Blanchard. Vous avez peut-être d'autres obligations ?

Machinalement, je fais oui de la tête, puis non. Oui, il a raison, il faudrait que je parte en Espagne depuis Toulouse directement, ce serait logique ; non, je n'ai pas d'autres obligations. Je suis au chômage, ma femme m'a quitté, je n'ai plus qu'une seule occupation dans la vie : chercher des peintres juifs en Israël, en Espagne… À travers toute l'Europe !

Je ne lui fais pas part de mes réticences : non seulement je ne roule pas sur l'or, et une telle aventure nécessite un budget, mais je ne connais personne là-bas. La langue aussi risque d'être un obstacle, même si je maîtrise mieux l'espagnol que l'anglais. Et puis, je ne sais pas par où commencer.

— Vous ne pensez pas que je devrais d'abord chercher du côté des camps d'internement le long de la frontière ?

— Ils ont été définitivement fermés à la fin des

années 1940, et leurs archives transférées à la direction générale de la Sûreté, à Madrid… Qui elle-même a été démantelée après l'avènement de la démocratie.

Je hoche la tête tout en demeurant muet.

— Notez votre adresse mail ici, dit l'archiviste en me tendant un Post-it. Je vais vous faire suivre les coordonnées des responsables avec qui je suis en contact. Si vous vous décidez à les solliciter, dites-le-moi et je leur enverrai un mot pour les informer de votre démarche. Ils sont très serviables, ils vous recevront à bras ouverts, et ils vous guideront.

Il parle au futur, mais moi, je crois que l'aventure s'arrête ici.

Je ne lui en dis rien. Je le remercie et prends congé de lui, un peu sonné. Des semaines de recherches, un jour et demi de travail intense, une belle découverte mais je dois stopper net.

Me voici dans la rue, devant le musée qui avait nourri en moi tant d'espoirs. Je regarde l'allée des Demoiselles comme si je la découvrais ; je cherche ma voiture du regard. J'y croyais dur comme fer. J'étais si près du but. C'est comme si j'avais frôlé la manche du manteau d'Eli Trudel sans réussir à l'agripper. Je les ai laissés filer, lui et sa femme, à travers les Pyrénées.

Je consulte ma montre : il n'est pas encore 18 heures. En roulant bien, je peux être chez nous avant minuit.

Je remonte le trottoir jusqu'à la voiture. Les réflexions se bousculent dans ma tête : Irène est partie parce que je me méprisais et je la méprisais, et qu'au lieu de voir que je rendais notre vie insupportable, je me suis égaré dans cette quête. Elle considérerait l'idée de pousser mes recherches en Espagne comme une marque d'aveuglement. Sauf que je ne poursuis plus la même chose ! Je ne désire plus apporter à mes grands-parents une reconnaissance qu'eux-mêmes n'ont pas souhaitée de leur vivant, je veux réhabiliter leur nom parce qu'à cause de moi il est désormais associé à une infamie. Je veux réparer ce que j'ai brisé. Je ne suis pas seulement sur la piste du peintre, je cherche à me retrouver, moi. Et j'espère que ça me mènera à Irène.

J'appelle immédiatement Blanchard pour lui annoncer ma décision : j'accepte sa proposition. S'il est toujours d'accord, qu'il prévienne ses collègues espagnols de ma démarche.

Il me promet de s'en occuper tout de suite ; il me mettra en copie du mail.

Puis je décide de trouver un hôtel moins bruyant, toujours à proximité d'une sortie de périphérique.

Une heure plus tard, je suis installé dans un B&B Hôtel nettement plus luxueux que celui de la veille. En me connectant au réseau Wi-Fi, je constate que ma boîte de réception contient déjà les deux mails envoyés par le conservateur à ses contacts. Il a raison, autant battre le fer tant qu'il est chaud.

Il me présente comme un ami et qualifie mes recherches de très importantes. Cela me touche autant que ça m'effraie.

J'écris aux deux organismes en passant par un traducteur automatique – converser en espagnol est une chose, l'écrire en est une autre. Je leur explique que je recherche un couple de Juifs, les Trudel, dont lui était peintre, censés avoir traversé les Pyrénées en janvier 1944 par le val d'Aran.

Je reçois immédiatement une réponse automatique du Centre de documentation de la mémoire historique de Salamanque. Je comprends que, pour toute requête, il faut d'abord remplir un formulaire en ligne pour s'assurer que la personne recherchée figure dans leur base de données. En cas de résultat positif, je serai invité à prendre contact avec un archiviste aux horaires d'ouverture indiqués.

Je suis la procédure décrite et, quelques secondes plus tard, je reçois une réponse négative. Aucune correspondance pour le nom de Trudel.

Cinq minutes s'écoulent avant que je reçoive un deuxième courriel, de la responsable de l'Association pour la récupération de la mémoire historique, cette fois. Eux sont basés à Madrid, mais sa réponse est sans appel : outre qu'elle me demande de saluer *el señor* Blanchard de sa part, elle me précise que son association ne s'intéresse qu'aux républicains disparus. Elle a pour vocation de localiser les fosses communes et d'exhumer les cadavres avant d'essayer de les identifier. Puisque je soupçonne une arrestation à la frontière et un séjour dans l'un des camps situés le long de la chaîne pyrénéenne, elle me suggère de contacter les Archives militaires d'Ávila où sont centralisées toutes les informations concernant les camps de prisonniers, alors gérés par l'armée, et non pas par la Guardia Civil.

Sur la page d'accueil du site Internet des archives militaires, il est indiqué en gros caractères que leur fonds n'est consultable que sur place. Ma première étape sera donc Ávila.

Je meurs de faim mais, avant de sortir, je repère la ville sur Google Maps. C'est à huit heures de route, à mi-chemin entre Salamanque et Madrid. Je clique sur « Ávila » dans Wikipédia, et je découvre un gros bourg au milieu de nulle part, dans la province de Castille-et-León, à 1 200 mètres d'altitude.

Je continue mes recherches. Il faut bien que je dorme quelque part demain soir, mais je ne trouve pas un seul

Airbnb de libre. Cependant, je parviens à dégotter un hôtel pas cher à deux pas des archives militaires.

Au téléphone, la réceptionniste, pensant bien faire, se met à me parler en anglais dès qu'elle devine mon accent étranger, ce qui me vexe et ne me facilite pas la tâche, au contraire.

Je finis tout de même par comprendre qu'elle me propose une chambre « with a view on the wall ». Vue sur un mur ? Je décline, arguant que je préférerais avoir un autre spectacle, mais l'incompréhension s'installe, car la réceptionniste insiste : elle tient à ce que je prenne la vue sur le mur ; elle me propose même de m'accorder le même tarif qu'une chambre donnant sur la rue. Je ne vois pas en quoi c'est une faveur, mais ne trouvant pas les mots pour le lui faire entendre, je m'incline.

Je comprends ma méprise plus tard en découvrant sur le site de l'hôtel la muraille médiévale, *the wall* donc, qui ceint la vieille ville. On vient de partout en Espagne pour l'admirer !

J'en souris encore quand je m'endors, prêt à rêver de Don Quichotte s'élançant à l'assaut de moulins à vent. Mais sans mon Sancho Panza, la bataille aura moins de saveur.

Nuit du 10 au 11 janvier 1944

Les fugitifs s'entraidaient comme ils le pouvaient, mais tout se liguait contre eux : la température particulièrement basse – on n'avait pas vu un tel froid depuis l'hiver 16-17... Pendant une autre guerre, déjà ! À croire qu'un malheur ne pouvait arriver seul –, la neige tombée récemment et en abondance sur le massif montagneux, leurs chaussures inadaptées qui glissaient, leurs vêtements pas suffisamment chauds, la nuit noire qui les protégeait des patrouilles mais rendait leur ascension d'autant plus périlleuse. En effet, les gendarmes ne représentaient pas le seul danger ; il y avait aussi les précipices, les versants abrupts, les trous dissimulés par l'épaisse couche blanche, le poids excessif de leurs bagages... Et les toiles, qui certes ne pesaient pas énormément, mais constituaient un encombrement supplémentaire. Sans compter la fatigue ; ils étaient debout depuis 6 heures du matin et il n'était pas loin de minuit.

La colonne s'étirait sur une vingtaine de mètres pour autant de candidats au passage en Espagne. Elle progressait lentement. La consigne était de marcher dans les traces de celui ou celle qui vous précédait sans chercher à doubler, mais sans ralentir le rythme non plus. Il fallait se caler dans les pas du chef de file, un homme d'une trentaine d'années, habillé d'un long manteau de laine et coiffé d'un béret, avec des lunettes rondes de pharmacien. Pas du tout une tête de berger ! Celui qui fermait la marche était plus âgé, et rustre pour le coup. Ils avaient entendu le premier l'appeler *papa*, mais c'est à peu près toutes les paroles qu'ils avaient prononcées. À les voir évoluer de nuit dans la montagne, on pouvait en déduire qu'ils la connaissaient par cœur.

Les deux autochtones avaient rejoint leurs clients au chalet où le jeune homme en culottes courtes rencontré à la gare de Saint-Gaudens les avait menés. C'est là que chacun et chacune avait payé son passage.

Les gens ne parlaient pas ; à peine quelques mots échangés à la va-vite entre deux membres d'une même famille, entre deux compagnons d'infortune. Certains voyageaient seuls. On ne savait pas qui était qui, qui venait d'où, allait où, ni surtout pourquoi. On ne voulait pas savoir. On ne voulait entendre que le bruit de sa propre respiration et de ses semelles sous lesquelles crissaient les flocons compactés dans ces pentes raides. Les moments de répit étaient rares. Les deux époux étaient habillés de façon inappropriée pour une expédition pareille.

Ils avançaient sans qu'aucune information ne leur soit communiquée sur l'endroit où ils se trouvaient ni combien de temps il leur restait à marcher.

Sur le coup de minuit, après avoir franchi un col battu par un vent colérique qui les avait poussés à l'abri d'un bosquet, le passeur fit signe de s'arrêter. La colonne s'immobilisa en silence. On n'y voyait presque rien. La lune parvenait difficilement à éclairer le sous-bois et la moindre lumière avait été proscrite dès le départ. Fumer, même, était interdit.

On devinait le passeur en train de tourner la tête en tous sens pour mieux entendre. Quand il fut rassuré, il dit : « On est en Espagne. Cinq minutes de pause. »

Son père leva son bâton en l'air pour saluer.

— Bonne chance, souffla-t-il pour être entendu de tous.

Puis il fit demi-tour.

— Il va où ? s'inquiéta un quinquagénaire à l'allure athlétique.

— Il s'en retourne chez nous. Mon père ne s'aventure jamais au-delà de la frontière.

— Mais… on ne sait pas où on est !

— Ne vous inquiétez pas, je vous mènerai jusqu'à Canejan, en bas dans la vallée. Mais après, il faudra vous débrouiller. Et surtout, il faudra vous méfier de la Guardia Civil qui patrouille jour et nuit.

— Qu'est-ce qu'ils font aux gens qu'ils arrêtent ?

— Ça dépend de votre situation administrative, ici, en France.

Le passeur s'était arrêté sur le mot « administrative », sachant pertinemment que ses clients étaient des Juifs ou des résistants recherchés, des aviateurs abattus sur le sol français ou des criminels lambda en délicatesse avec la justice de Vichy… Des indésirables. Il dévisagea son interlocuteur. Celui-ci lança sur le ton du défi :

— Moi, ils ne me choperont pas !

Le montagnard haussa les épaules. Tant d'assurance le laissait indifférent, ou peut-être dubitatif. Mais surtout, ce qu'il adviendrait de lui après ne le regardait pas.

Le couple observait la scène, et ce drôle de bonhomme qui avait tout l'air d'un militaire. Le genre de type à rejoindre les rangs de l'armée française en Afrique du Nord ou à Londres. Ou un prisonnier en cavale qui allait se mettre au vert à l'étranger.

Quoi qu'il en soit, ils n'étaient pas comme lui : la présence de la Guardia Civil dans les montagnes ne les rassurait pas. Ils se voyaient mal bondir de rocher en rocher ou se cacher dans les fourrés pour échapper aux gendarmes espagnols ! Il y avait certainement un moyen de les soudoyer, mais ils devaient conserver leurs liquidités afin de tenir le temps qu'un acheteur s'intéresse à leurs toiles et qu'ils puissent organiser leur départ vers l'Amérique. Une fois à Madrid, leur pécule fondrait plus rapidement que la neige qu'ils avaient en ce moment jusqu'aux genoux.

Le passeur les guida jusqu'à l'orée d'une forêt de frênes. À 2 heures du matin, il faisait nuit noire. Et de ce côté des Pyrénées, le froid était d'autant plus mordant que le ciel était dégagé.

— Canejan, dit le passeur en désignant un toupet de fumées de cheminée. Il y a un autocar pour El Pont de Suert tous les jours à 10 heures. Je vous conseille de ne pas y aller tous ensemble. Il s'arrête dans chaque village qu'il traverse, et même en rase campagne si vous le hélez. Si vous voulez mon avis, ceux d'entre vous qui le peuvent encore devraient continuer à marcher pendant un jour ou deux, histoire de vous disperser et de ne pas tous monter dans le même car au même endroit.

— Comment allons-nous tenir ? protesta une mère qui portait sa fillette sur le dos. Les nuits sont trop froides, et nous n'avons plus rien à manger.

— Faites comme vous voulez, mais la Guardia Civil est partout, et un groupe de vingt personnes…

Si vous ne vous séparez pas, vous vous ferez rapidement remarquer.

Ils se dévisagèrent, tous. Après un long silence, une dispute éclata entre le couple et les autres membres du groupe.

— Mon mari et moi sommes les plus âgés, nous partons les premiers, dit-elle.

— Et moi j'ai une enfant en bas âge, rétorqua une jeune mère, le visage ulcéré.

— Nous aussi avons un bébé, s'énerva un gaillard au fort accent slave.

Le passeur coupa court à la querelle :

— Mettez-vous d'accord, mais faites vite, et surtout, parlez plus doucement ! Vous n'avez pas fait tout ce chemin pour échouer bêtement si près du but.

Après une discussion froide mais dans le calme, il fut décidé que les gens avec enfants partiraient les premiers, puis les plus âgés. Les hommes seuls viendraient en dernier.

Une fois tout le monde d'accord, le passeur déclara qu'il était temps pour lui de rentrer.

— J'embauche à 8 heures. Je ne dois pas traîner.

— Vous ne serez jamais à l'heure ! déclara un homme aux allures de bûcheron.

— Si. J'irai bien plus vite sans vous.

Il ne se moquait pas. Il énonçait une simple vérité.

— En me dépêchant, j'aurai même le temps de piquer un roupillon, ajouta-t-il. Bon courage et bonne chance, vous aurez besoin des deux aujourd'hui.

Il leur serra la main, un par un, et s'en fut. Tous ressentirent un immense vide après son départ. Ils étaient seuls désormais, dans un pays inconnu, dont ils ne parlaient pas la langue. Ils ne pouvaient plus compter sur l'aide de personne.

Les familles avec enfants restèrent donc à Canejan alors que le gros de la troupe se remettait en mouvement.

Le couple marcha quelques kilomètres supplémentaires pour gagner un arrêt d'autobus en aval de Canejan, comme suggéré par le passeur. Ils profitèrent de ce qu'il restait de nuit pour longer la Garonne jusqu'au lieu-dit Dera Lana. Le fleuve ressemblait davantage à un ruisseau, si près de sa source, mais il était vif et bruyant.

Le reste de la troupe continua pendant qu'eux s'installaient dans une cabane destinée à protéger des intempéries les clients de la compagnie d'autobus. Ils apprécièrent de pouvoir demeurer à l'abri du vent jusqu'au lendemain. Autre avantage de leur « cachette » : en s'asseyant de part et d'autre de l'unique banc, ils étaient presque invisibles depuis la route.

Malgré le froid qui demeurait mordant, c'était l'endroit idéal pour attendre le passage de l'autocar.

Ils se recroquevillèrent en se faisant face. À travers la buée qui s'échappait de leurs écharpes à chaque expiration, les deux époux se regardaient. Ils y étaient presque ! Une fois à Madrid, le plus dur serait fait.

Un moment, ils parvinrent à oublier ce qu'ils avaient dû accomplir pour arriver jusque-là.

CHAPITRE 29

Je dors douze heures d'une traite. Cela ne m'était pas arrivé depuis l'adolescence !

Je me lève tard, consacre un long moment à mon petit déjeuner, et rends la clef de ma chambre d'hôtel en fin de matinée seulement. Il est près de midi lorsque je laisse Toulouse dans mon rétroviseur.

Deux heures plus tard, en vérifiant où j'en suis de mon trajet sur Google Maps, je réalise que l'aire du Comminges, où je viens de m'arrêter, se trouve au niveau du val d'Aran. C'est par là que les Trudel sont passés, il y a soixante-quinze ans.

Je fais le plein d'essence et prends un café au distributeur de la station-service. Puis je m'installe dans l'herbe pour admirer les cimes des montagnes. J'imagine l'effet de cette vue sur ceux qui, pour sauver leur peau, devaient franchir la barrière rocheuse en plein hiver avec la Gestapo à leurs trousses.

Je consulte ma montre. 14 heures, je suis à peine au quart de mon trajet. Grâce à mon petit déjeuner tardif et copieux, je n'ai pas encore faim. Je reprends la route.

Tout en roulant, j'étudie les nuages qui se concentrent au fur et à mesure que j'approche de l'océan, puis qui virent du blanc au sombre.

Je conduis en mode automatique tout en écoutant la radio. Je me branche sur FIP et laisse mon esprit divaguer. J'essaie de ne pas trop penser à Irène, ni à ce qui m'attend à Ávila. Je me dis que j'aurais peut-être dû prévenir les filles. Qu'au moins quelqu'un sache où je me trouve. Mais non, c'est mieux ainsi. Il est important que je fasse ce voyage sans fil, sans semer de cailloux. Me retrouver seul avec moi-même. Le tableau, mon séjour en Israël… c'était peut-être ma crise de la cinquantaine. Ce périple en Espagne pourrait y mettre un terme.

Du côté de Biarritz, je suis sorti de mes rêveries par la colère d'une pluie d'orage contre le pare-brise. Je me redresse dans mon siège et rétrograde de deux rapports. On n'y voit pas à cinquante mètres. Un panneau indique la dernière aire de service avant l'Espagne ; ça tombe bien, je commence à avoir faim. Je m'arrête pour acheter un sandwich et laisser passer la tempête.

Le mauvais temps m'accompagne jusqu'à ce que je quitte la côte atlantique, après Saint-Sébastien, pour virer plein sud-ouest, en direction de Salamanque.

Petit à petit, la route abandonne la plaine pour s'élever sur des plateaux de plus en plus arides. La pluie ne me suit pas jusqu'ici. Elle cède la place au vent et à des éclaircies qui se transforment en grand soleil.

Sur le coup de 18 heures, je profite d'un ravitaillement en essence pour faire une pause. C'est l'occasion d'éprouver mon espagnol autrement qu'au téléphone.

Moi qui pensais n'avoir plus que quelques notions, je constate qu'elles ne se sont pas entièrement évaporées. Quand je demande au type derrière le comptoir, protégé par une batterie de tapas, où sont les toilettes, je comprends à peu près tout ce qu'il me répond.

Je bois mon café debout au bar, où je retrouve les

distributeurs de serviettes en papier de mon enfance qui m'avaient marqué lors d'un voyage en Espagne avec mes parents. J'en tire une et la frotte entre mes doigts ; le papier est toujours aussi rêche et peu absorbant. Ça me revient maintenant : je détestais m'essuyer avec ça.

Je paye ma consommation, salue à la cantonade et m'installe à nouveau derrière le volant. Encore deux heures et demie de route.

Le dernier tronçon de mon voyage est l'occasion de découvrir de vastes étendues décharnées d'une Espagne que je ne soupçonnais pas, loin de l'image d'Épinal que j'en avais, des photos vantant les eaux transparentes des criques de la Costa Brava, l'art de toréer et les ors de la monarchie. Ici, tout est nu, la terre est cuite et les rochers plus nombreux que les brins d'herbe. Ça ressemble au Maghreb. Une petite Afrique en Europe, époustouflante et inquiétante à la fois. Par moments, je lève le pied pour profiter du désert qui s'ouvre devant moi et se referme immédiatement dans mon dos. Les automobilistes qui me suivent klaxonnent, ne comprenant pas ma conduite erratique. Je les aperçois râler derrière leurs lunettes de soleil, le temps qu'ils me dépassent.

J'arrive à Ávila aux alentours de 20 h 30 et trouve les rues dépeuplées. Moi qui croyais que les Espagnols vivaient la nuit !

Je prends possession de ma chambre et ressors dîner. J'aimerais profiter de l'occasion pour manger une paëlla dans un de ces pièges à touristes, mais je me laisse convaincre par le propriétaire d'un boui-boui pittoresque près de la gare. Il est sorti sur le trottoir pour alpaguer le client et vanter les mérites de sa cuisine « folklorique ».

Le sol de son bar-restaurant est jonché de coques de graines de tournesol et de billets de loterie perdants. Il n'empêche, le patron n'a pas menti à propos des qualités de sa table, car je déguste un ragoût de mouton fait maison qui vaut bien celui de ma grand-mère. D'ailleurs, l'*abuela* qui l'a préparé n'a rien à envier à l'autoritarisme de mon aïeule. À de multiples reprises elle vient se planter sur le pas de sa cuisine pour s'assurer que je ne laisse rien au fond de mon assiette.

Quant au noctambulisme espagnol, ce n'est pas une réputation usurpée ; je comprends mon erreur d'appréciation une heure plus tard, lorsque je quitte le restaurant pour rentrer à l'hôtel en flânant. Je croise des centaines d'autochtones, sortant de chez eux par tribus entières – grands-parents, parents et enfants, jusqu'aux nouveau-nés –, tous endimanchés pour se rendre en famille dans un des nombreux bars de la ville.

Celui qui se trouve en face de l'hôtel ne désemplit pas jusqu'à 23 heures, moment de passer à table pour tous ces Ibériques aussi grégaires qu'expansifs. J'ai bien fait d'accepter « the room with a view on the wall » !

CHAPITRE 30

L'Espagnol est bruyant et se couche tard, mais il est surtout très catholique… Un détail qui m'avait échappé, comme m'avait échappé le fait que nous sommes aujourd'hui le 15 août.

Or, le mot « férié » prend tout son sens à cette date dans la péninsule ibérique. Les gens ne se contentent pas de chômer en restant chez eux – ce qui me vaut de trouver porte close aux archives militaires – mais ils manifestent leur dévotion en organisant de grandes processions dignes de celles de la Semaine sainte.

Le lendemain de mon arrivée, la ville est envahie de défilés colorés en hommage à la Vierge Marie. Sur le chemin de retour à mon hôtel, je suis bloqué par une foule amassée pour voir passer une colonne de pompiers en uniforme, coiffés de casques rutilants, devançant une statue dorée de la Sainte Vierge grandeur nature, portée par une dizaine de fidèles en tenue de ville, suivie d'une ribambelle de prêtres et d'enfants de chœur vêtus d'aubes blanches.

Le cortège est aussi imposant que sobre. Sa ferveur semble se diffuser parmi le public, comme par osmose : pas de selfies stupides sur son passage. Moi-même, je suis gagné par une espèce de zèle : j'envisage un instant de filmer cette scène de piété – chose qu'on ne voit plus en France – mais j'en abandonne l'idée ; je n'ai pas envie de passer pour un vulgaire touriste en short.

Comment occuper son temps dans une ville de la taille d'Ávila quand tout est fermé et qu'on n'y a aucune relation ? Je pourrais visiter la région mais mon dos me supplie de ne pas ajouter une journée de conduite à celle d'hier.

Pour commencer, je retourne à l'hôtel afin de prolonger d'une nuit ma réservation, les archives militaires devant rouvrir le lendemain. J'en profite pour me renseigner sur les célébrations religieuses auprès du concierge.

Celui-ci s'enthousiasme. Il me conseille les processions, bien sûr, mais je ne dois surtout pas manquer la célébration de la messe à 16 heures en l'église romane San Vicente… « Une messe comme on n'en voit plus dans le monde chrétien ! » Quand il évoque les décorations du cénotaphe, j'ai l'impression qu'il me parle d'un concert des Rolling Stones.

Il y en a pour tous les goûts, me rassure-t-il, pas besoin d'être un catholique très pratiquant, ni même un catholique tout court : les fêtes du 15 août célèbrent la montée au ciel de la Sainte Vierge, certes, mais elles sont aussi l'occasion de bals populaires, de kermesses… Des spectacles sont donnés par les écoles de danse locales et des rassemblements géants ont lieu au pied de la muraille, à la nuit tombée. Tout le monde y est le bienvenu, même les étrangers.

— C'est très convivial ! lance le concierge comme s'il m'invitait à un barbecue chez lui.

Je passe donc une journée faite d'un mélange de foi, de bigoterie et de divertissement, au milieu d'une foule de fervents admirateurs de la mère de Dieu, auxquels se sont mêlés des fêtards moins convaincus de sa sainteté mais tout aussi attachés aux traditions de leur pays.

Le soir venu, exténué par trop de chaleur, je m'allonge nu sur mon lit, je coupe la clim et j'éteins la lumière. Par les fenêtres ouvertes, l'éclairage des lampions rampe le long des murs et s'étire jusqu'au plafond. Bras et jambes en croix, j'écoute les flonflons de la fête jusque tard dans la nuit, les chants liturgiques des chorales et le répertoire des fanfares, les mêmes probablement qui animeront les corridas ce week-end. Je m'endors en souhaitant très fort revenir ici, un jour, avec Irène.

Le lendemain, je me réveille affamé. À peine douché, je descends prendre mon petit déjeuner. J'avale des viennoiseries imbibées de gras que je trempe dans du café au lait, et je file aux archives militaires pour m'y présenter dès l'ouverture.

Alors que je m'attendais à un bâtiment austère, une sorte de bunker gardé par des gens en armes et un accès strictement contrôlé, je découvre avec étonnement un palais de type Renaissance doté d'un patio à colonnes doriques et de plinthes carrelées.

Je longe les colonnades pour entrer dans la zone réservée à l'accueil du public. Un garde en uniforme me fait signe d'entrer dans un bureau qui n'a pas dû être rénové depuis le coup d'État franquiste en 1936. Ils sont trois, là-dedans. Seul l'un d'entre eux remarque ma présence. Les deux autres continuent à faire ce qu'ils étaient en train de faire : l'un rafistole la reliure d'un vieux grimoire, l'autre saisit des cotes sur un ordinateur. On dirait que l'expression « rat de bibliothèque » a été inventée pour eux.

Le troisième employé, celui qui m'accueille, ressemble au bâtiment : il est dans son jus avec son costume gris, sa chemise jaunasse, et sa cravate constellée de taches d'huile d'olive. Il se cache derrière d'épais verres de lunettes et une frange douteuse pour me demander une pièce d'identité. Il ne tique pas alors que j'annonce ma nationalité française ; les archives ne sont visiblement pas réservées aux seuls sujets de la couronne d'Espagne.

Il s'adresse à moi dans un français impeccable.

— J'ai longtemps travaillé en France, à Bordeaux, m'explique-t-il quand je m'en étonne.

Après m'avoir enregistré et que je lui ai expliqué le motif de mes recherches, il me confirme que les camps de prisonniers le long de la frontière étaient sous la responsabilité de l'armée, et que si M. Trudel est passé par l'un d'eux, il figure dans leurs registres. Il me redit également ce que je sais déjà par le conservateur du musée de la Résistance et de la Déportation à Toulouse : sans l'appui d'un réseau combattant, les civils qui tentaient la traversée des Pyrénées se faisaient quasi systématiquement coincer par la Guardia Civil. À partir de là, ils étaient emmenés dans l'un des camps bordant la frontière, à Lerida, Saragosse ou bien encore Miranda de Ebro. Ces camps de prisonniers ont fonctionné jusqu'en 1946.

— Les militaires ont tout conservé ! Et ils savent tenir des répertoires ! dit-il non sans une pointe d'admiration.

— Vous n'êtes pas militaire vous-même ? je demande.

— Non, répond-il. Je suis un civil, comme tous les archivistes. Et vous avez bien fait de vous déplacer, car nous n'effectuons pas de recherches pour les particuliers, comme spécifié sur notre site Web.

— Je vois.

— Par contre, vous ne trouverez rien sur Mme Trudel, poursuit-il.

— Comment pouvez-vous en être aussi sûr ?

— Les femmes n'étaient pas internées dans les camps. Soit elles étaient envoyées directement en prison, auquel cas cela relève des archives du ministère de l'Intérieur, mais là, vous n'aurez pas les informations, soit elles étaient remises aux bons soins de la Croix-Rouge.

— Pourquoi dites-vous que je n'aurai pas les informations au ministère de l'Intérieur ?

— Parce que ce sont des cons. Pardonnez mon langage, mais il n'y a pas d'autre mot. Ils refusent systématiquement d'aider les gens dans leurs recherches, sauf s'ils y sont contraints par un juge. La loi les y oblige, mais ils font de la rétention.

— Comment est-ce possible ?

— La torture, les disparitions, les enlèvements… Ils ont tellement de choses à se reprocher. Certains hauts fonctionnaires, même décédés, bénéficient toujours de la protection de leur ancienne administration. Leurs descendants veillent à ce que leur nom ne soit pas sali. Ceci est facilité par le fait qu'au ministère de l'Intérieur les archivistes sont tous des policiers.

Malheureusement, quelques clics suffisent pour déterminer qu'il n'y a pas trace d'Eli Trudel parmi les milliers de fiches signalétiques générées par les camps franquistes pendant ces années noires.

— Normalement, le nom du détenu figure dans le descriptif de chaque entrée numérique, mais il arrive que des fiches nous aient échappé. Je vais faire une recherche manuelle et vous apporter les caisses correspondant aux mois de janvier et février 1944. Cela ôtera tout doute.

L'archiviste sort du bâtiment et disparaît dans un hangar réservé au personnel. Je l'attends en feuilletant les ouvrages reliés, des pièces de collection, mis à la disposition du public.

Il refait surface une demi-heure plus tard, poussant un chariot chargé de boîtes.

— C'est marrant, j'aurais imaginé de vieux classeurs pleins de poussière sentant le renfermé, dis-je.

L'archiviste s'offusque.

— La poussière, c'est l'ennemi des archives ! Toutes sortes de bestioles y nichent. Et si vous sentez la moindre odeur dans un lieu de stockage, il est déjà trop tard. Non, je vous assure, nos archives sont mieux entretenues que ma propre cuisine… Et vous ne connaissez pas ma mère !

Je me retiens de pouffer de rire : le vieux garçon vit encore chez sa maman.

Lorsqu'il se retire dans son antre, je m'attelle à la tâche. Mais une heure plus tard, après avoir dépouillé les trente classeurs extraits des rayonnages, je suis obligé d'admettre que c'est un coup d'épée dans l'eau.

Je referme le dernier portfolio, dépité, et retourne à l'accueil pour remercier l'employé.

— Je n'ai rien trouvé, lui dis-je.

— Avez-vous essayé le Centro Sefarad à Madrid ?

— Le quoi ?

— Les Trudel étaient juifs, c'est bien ce que vous m'avez expliqué ?

— Oui.

— Le Centro Sefarad-Israel s'occupe de tout ce qui touche à la culture judaïque en Espagne, et à la mémoire de la Shoah. Ils possèdent un fonds documentaire impressionnant.

— J'imagine que si les Trudel ont été arrêtés en tant que Juifs, ils ont fini déportés.

— Rien n'est moins sûr. Contrairement aux idées reçues, les Juifs étrangers ont été relativement épargnés par Franco. Celui-ci ne tenait pas à déplaire aux Allemands, mais il cherchait aussi à s'assurer les bonnes grâces des Alliés en prévision de l'après-guerre. Les migrants de confession judaïque étaient confiés au Joint, un organisme financé par la diaspora juive américaine, ce qui arrangeait Franco qui, ainsi, n'avait pas à débourser une peseta pour des gens qu'il ne portait pas dans son cœur, mais qu'il ne pouvait pas ouvertement persécuter.

— Le Centro Sefarad, vous dites ?

— Oui. Ils ont leurs bureaux à Madrid, sur la calle Mayor, en plein centre.

Le fil n'est donc pas rompu. J'en tiens encore entre les doigts un bout infime qui va peut-être me permettre de le dérouler. J'aurais tant aimé pouvoir confier cette bonne nouvelle à Irène ! C'est dans des moments comme celui-ci que j'ai des remords. Je réalise ce que notre relation a signifié, à quel point nous avons été complices.

Évidemment, je rentre tout de suite à l'hôtel où je récupère mes affaires et ma voiture. Avant de reprendre la route, cependant, je retourne au bistrot à côté de la gare. Le patron et son *abuela* se réjouissent de me revoir. Cette fois, la vieille dame m'appelle carrément *niño*.

Je commande le même ragoût d'agneau que la veille. Réchauffé, il est encore meilleur. J'ai presque envie de demander un *doggybag*, mais je ne suis pas certain que ce soit une pratique courante dans ce pays.

Je regarde autour de moi. À la télé, la rediffusion d'un match de foot fait encore parler si j'en crois deux des hommes au comptoir. Plus loin, une femme ajuste ses lunettes avant d'ouvrir un magazine féminin… En terrasse, un vieux termine son demi de bière. Les gens ont l'air de se sentir bien dans cette *cantina*. En m'appuyant contre le dossier de ma chaise, je prends conscience, à ma grande surprise, que moi aussi.

Dommage qu'il me faille partir, je serais bien resté quelques jours de plus.

CHAPITRE 31

La capitale est une cuvette. Il y fait au moins dix degrés de plus qu'à Ávila.

Pendant que je roulais, j'ai trouvé un Airbnb avec parking dans une petite rue sans intérêt mais très bien située, contre la Plaza del Callao, pas très loin du Centro Sefarad. Cette fois, j'ai dû littéralement puiser dans mon épargne pour couvrir ces dépenses supplémentaires.

Malgré les horaires espagnols, leurs bureaux sont déjà fermés quand je prends possession du studio. Heureusement, j'ai eu la bonne idée de les appeler un peu plus tôt sur la route ; ils m'ont affirmé qu'il y aurait quelqu'un pour me recevoir jusqu'à 19 heures… Une certaine Romana Shefari. C'est la directrice en personne. Non pas que le centre accorde à ma requête une importance particulière, mais ils ne sont pas nombreux et elle seule parle français.

À peine installé dans l'appartement, je ressors et me rends au Centro Sefarad. Chaque minute compte, d'autant que nous sommes vendredi ; à partir de ce soir, tout sera fermé jusqu'à lundi.

Le GPS indique une marche de neuf minutes. Je traverse la Plaza del Callao, sorte de nœud névralgique noir de monde où se croisent lignes de bus, de métro et de tramway, et m'enfonce dans une venelle qui compte toutes sortes de boutiques : un cordonnier, un antiquaire, un caviste, un magasin liturgique, et bien sûr, des bars et des restaurants.

Je croise d'autres rues, puis une autre place, moins imposante que le Callao, et j'emprunte une voie plus grande, puis encore une autre, véritable artère cette fois : la calle Mayor.

Je presse le pas. Entre les pièges à touristes où des taureaux en plastique *made in China* le disputent à la Sagrada Familia – qui est pourtant barcelonaise –, je passe devant toujours plus de chocolateries, marchands de glaces, brasseries…

L'hôtel particulier qui abrite le Centro Sefarad se situe dans une partie plus calme de la calle Mayor. Le bâtiment, tout en briques roses et pierres de taille, possède les atours de ce qu'ils appellent ici un *palacio* : porte cochère, armoiries en médaillon, balcons à balustrade en fer forgé et tourelles de plaisance.

À l'intérieur, les locaux sont déserts. Il ne reste plus qu'une femme à son bureau, séparé du reste de l'*open space* par une paroi de verre. La cinquantaine, longue chevelure blanche, taille fine… Un port aristocratique ! Elle m'identifie tout de suite et me fait signe d'entrer.

Elle se lève pour m'accueillir, me tend la main et me prie de m'asseoir en face d'elle, le tout dans un français à peine accentué.

L'impression qu'elle m'a faite de loin est confirmée par un regard noir intense, sans concession.

— Merci de me recevoir si tard, je dis.

Romana Shefari consulte sa montre et balaie mes scrupules d'un geste aérien.

— Il est vrai que l'accueil au public est fermé

à cette heure, mais j'avais du travail de toute façon, et ton histoire m'a intriguée.

Je note le tutoiement typiquement espagnol.

— Ah ?

— Ce n'est pas tous les jours que nous recevons ce genre de requête. Quelqu'un des archives militaires d'Ávila m'a contactée, une heure avant ton appel, pour m'expliquer ton cas. Je lui ai dit que s'il y avait la moindre information sur Eli Trudel dans les archives du Joint, Yad Vashem serait au courant.

C'est logique, j'aurais dû y penser.

— Je me suis tout de même lancée dans des recherches avant ton arrivée, par acquit de conscience.

— Et ?

— Malheureusement, comme je le craignais, je n'ai rien trouvé au nom de Trudel.

C'est la douche froide. Mais j'ai du mal à accepter une issue négative.

— Le Joint était-il la seule organisation humanitaire impliquée dans l'aide aux Juifs ? je demande.

— Non. Il y avait également la Hicem – dissoute en 1943, donc les Trudel n'ont pas pu être en contact avec eux –, les Quakers américains, qui ont joué un rôle au moins aussi important que le Joint, et enfin, l'Emergency Rescue Society de Varian Fry. J'ai consulté les bases de données de chacune de ces quatre organisations.

— Et les Trudel n'apparaissent dans aucune ?

— Non. Mais, tu sais, la traversée des Pyrénées était périlleuse. Ils ont pu se faire arrêter avant de passer en Espagne. Je te rappelle qu'entre la police des frontières, les chasseurs alpins, les gendarmes de campagne et les agents de la SIPO, la police de sûreté, il n’y avait pas moins de 2 000 Allemands déployés entre Cerbère et Hendaye.

— Ce n’est pas possible. J’ai un témoignage qui certifie qu’ils ont réussi à passer.

Romana Shefari prend un temps de réflexion.

— Certes, ils ont pu transiter par l’Espagne sans être pris en charge par l’un des organismes officiels… Mais c’est peu probable. C’était le meilleur moyen de gagner les États-Unis, la Palestine ou l’Amérique du Sud en toute sécurité. À moins qu’ils aient préféré cacher leur judaïté en prenant une fausse identité.

— Pourquoi auraient-ils fait ça, sachant que les Juifs n’étaient pas persécutés par le régime franquiste ?

Haussement d’épaules de mon interlocutrice.

— Peut-être qu’ils se sont méfiés ? Ou qu’ils ont voulu prendre un nouveau départ après ce qu’ils avaient vécu ? La peur, l’instinct de survie… On ne réagit pas toujours de façon rationnelle dans de telles circonstances.

S’ils n’apparaissent ni dans les archives militaires, ni dans celles du Joint, c’est foutu, je me dis. J’insiste tout de même pour la forme :

— Il n’y avait pas d’autres filières, plus clandestines ? je demande.

— Si, mais par définition, elles ne gardaient aucune trace écrite de leurs activités.

Je suis dans une impasse. Romana Shefari ne peut plus rien pour moi. Je l’observe et constate que cette pensée a aussi fait son cheminement dans son esprit, mais que, comme moi, elle ne renonce pas. Il semble qu’elle ait pris mon histoire à cœur.

— Eli Trudel était peintre, tu m’as dit ?

Je hoche la tête.

— Il était coté ?

— Oui, je dis. Il était assez connu, à l'époque. Pas mondialement, mais tout de même…

— Ses tableaux avaient une réelle valeur vénale ?

— Tout à fait. Encore aujourd'hui…

Irène confirmerait volontiers cette information si elle était là : 100 000 euros… que j'ai laissés filer ! Je me traite de con intérieurement.

— À quoi pensez-vous ? je demande sans parvenir à la tutoyer en retour.

— Ils sont nombreux à s'être intéressés aux œuvres d'art des Juifs. Madrid était le repaire de marchands d'art, trafiquants en tous genres… pour qui tous ces gens qui fuyaient l'Europe via le seul pays neutre, avec la Suisse, représentaient des proies faciles. Dès le début du conflit, mais surtout à la fin, quand la défaite allemande a commencé à être une évidence pour tout le monde, ils ont acheté des œuvres au quart de leur valeur pour le compte de collectionneurs privés, parmi lesquels des dignitaires nazis qui préparaient l'après-IIIe Reich. Même les services de renseignement allemands, comme l'Abwehr, avaient ordre de repérer les œuvres d'intérêt et de faire tout ce qui était en leur pouvoir pour les rapatrier en Allemagne.

— Spoliation ?

— C'est arrivé, bien sûr. Mais les autorités espagnoles, qui ne tenaient pas à froisser les Alliés, contenaient les velléités des Allemands de dépouiller les Juifs étrangers sur leur sol. Donc, la plupart du temps, il y avait transaction en présence d'un avocat ou d'un notaire, ce qui, techniquement, rendait la chose légale. Cela n'empêchait pas certains hauts fonctionnaires ou policiers espagnols corrompus de toucher une commission au passage, mais c'est une autre histoire.

Dès 1944, ces ventes ont été considérées comme nulles parce que établies sous la contrainte, et elles sont tombées sous le coup de la résolution VI des accords de Bretton Woods. C'est un principe qui a été rappelé par les différentes lois passées dans les années 1950 sur la restitution des œuvres d'art spoliées aux Juifs.

— Pourquoi Franco se souciait-il à ce point de ne pas déplaire aux Alliés ?

— D'après toi, qui fournissait l'Espagne en blé et autres matières premières ? Les Alliés ! Ceux-ci imposaient leurs conditions par la même occasion. Il faut bien comprendre que le pays était en proie à la famine ; et l'Allemagne concentrait toutes ses ressources sur son effort de guerre. Par ailleurs, dès l'ouverture du front russe, Franco a senti le vent tourner et prévu la chute du IIIe Reich.

— Vous croyez que les Trudel auraient pu vendre certains de leurs tableaux pour payer leur passage en Amérique ?

— Tu m'as bien dit qu'ils transportaient des toiles roulées, à leur départ de Toulouse ?

— En effet.

— Ils ont très bien pu s'en servir comme monnaie d'échange contre de nouveaux passeports au nom de sa femme et lui.

— Mais alors… ?

Je sens l'espoir renaître. Cela voudrait dire qu'ils ont survécu ! Qu'ils ont refait leur vie ailleurs, sous une nouvelle identité !

Romana Shefari tempère mon enthousiasme :

— Tu n'es pas plus avancé. Tu perds leur trace de toute façon. Je vois mal le faussaire qui aurait fabriqué leurs nouveaux passeports noter ses petits délits dans un carnet.

Elle a raison, je suis revenu à la case départ : je ne peux rien démontrer à Yad Vashem.

— Je suis désolée, dit la directrice du Centro Sefarad. J'aurais voulu t'être utile.

— Vous m'avez déjà beaucoup aidé.

Je me lève.

— Attends, je viens de penser à autre chose... Sebastian !

— Sebastian ?

— Sebastian Torre-Martín.

En dernier ressort, elle propose de s'adresser en mon nom à un journaliste d'investigation spécialiste de la période, et plus particulièrement des œuvres d'art disparues après avoir appartenu à des familles de Juifs.

— Il a passé les quarante dernières années à inventorier et localiser ces œuvres, et à constituer des dossiers assez solides pour que les ayants droit des propriétaires originaux puissent réclamer qu'elles leur soient restituées. À défaut, il les décrit et les fait déclarer « manquantes » dans un registre d'œuvres recherchées par Interpol. Il pourra peut-être t'aider.

— Merci de faire tout cela pour moi.

— Je te l'ai dit : ton histoire m'intrigue. Tu vas devoir rester un peu sur Madrid, le temps de rencontrer Sebastian. Tu as un endroit où dormir ?

— J'ai pris un Airbnb près de la Plaza del Callao.

— Ah, c'est bien, c'est central. Il y a plein de choses à faire dans Madrid, même l'été. Tu sais où aller, quoi visiter ?

J'hésite, ne voulant pas abuser de son hospitalité.

— J'ai le *Guide du routard*, ça ira, merci.

Je sors du Centro Sefarad et retrouve la canicule. Le contraste avec la fraîcheur et l'obscurité qui régnaient à l'intérieur du Centro Sefarad est saisissant. Je n'ai qu'une envie : rentrer à l'appartement pour me réfugier sous la clim. Cependant, je me force à explorer la ville.

La marche aide mon taux d'adrénaline, monté en flèche au cours de la journée, à retomber. Alors que j'ai espéré très fort avoir une piste, je commence à y croire de moins en moins. Avec ce journaliste, il y a peut-être encore un espoir, mais il est mince.

J'arpente les Austrias et le Lavapiés jusque tard, m'arrêtant pour boire des *vermuth de grifo* ici, manger des *croquetas y buñuelos de bacalao* là. J'imite les clients locaux en consommant debout sur le trottoir.

À chaque coin de rue, les gens s'interpellent, s'arrêtent, entament une conversation ; les façades renvoient des bruits de cuisine, des notes de musique et des éclats de voix. Au pied des immeubles, des épiceries, drogueries, boulangeries…

Je regrette à chaque instant l'absence d'Irène. Que ne lui ai-je proposé une escapade madrilène plus tôt ! Cela fait des années que nous ne sommes pas partis tous les deux. Décidément, ce voyage me redonne des envies d'elle, de nous.

Plus loin, je découvre une école, fermée à cette heure, donnant sur un square rempli d'enfants qui jouent, escaladent et s'époumonent de joie ; un papi, assis sur un banc public, observe un chien en train de pisser contre un arbre ; des églises ouvertes d'où sortent des vieilles, les bras chargés de fleurs séchées… La vie, peut-être pas si éloignée de celle que les Trudel ont découverte il y a soixante-quinze ans, juste avant de disparaître des radars.

11 janvier 1944

Lorsque le bus stoppa enfin devant l'abri où ils avaient trouvé refuge, ils eurent toutes les peines à monter à bord tellement leurs membres étaient gourds.

À l'intérieur, on ne leur fit aucune réflexion, mais personne n'était dupe. D'ailleurs, le chauffeur eut un hochement de tête complice.

Sans se concerter, ils s'installèrent à l'arrière, comme si un instinct les poussait à s'éloigner de l'entrée principale. En remontant l'allée centrale, ils reconnurent les deux couples avec enfants avec qui ils avaient franchi la frontière la veille mais ne leur adressèrent pas la parole, chacun jouant son rôle. Lui se cala contre la vitre, elle contre lui, et ils s'endormirent aussitôt.

Ils se réveillèrent en sursaut à El Pont de Suert lorsque le chauffeur coupa le moteur et cria « ¡El Pont de Suert, aquí se acaba. Bajen todos! » d'une voix de stentor.

Deux agents de la Guardia Civil étaient présents à la descente de l'autobus, mais ils ne les regardèrent même pas. À croire qu'ils avaient réussi à ressembler à un couple d'autochtones en partance pour la ville.

Pourtant, il aurait suffi qu'on s'adresse à eux en espagnol pour qu'ils soient aussitôt démasqués.

Les deux familles avec enfants, celle de la maman en colère qui s'en était prise à eux et celle de l'homme avec un accent slave, quittèrent la gare routière à pied. Séparément mais dans la même direction.

— Je suis sûre qu'ils ont un tuyau.

— Bon vent ! Ça faisait trop de monde dans le même bus, de toute façon. Nous serons moins visibles sans eux.

— Tu as raison. Allons acheter nos billets pour Huesca.

Juste avant de partir, ils virent leur premier chauffeur échanger quelques mots avec celui de l'autocar qui faisait la navette entre El Pont de Suert et Huesca ; ils eurent alors l'impression de bénéficier d'une certaine protection.

D'ailleurs, ils ne posèrent pas de questions lorsque ce même chauffeur les fit descendre juste avant d'arriver en gare de Huesca, à l'angle du boulevard qui y menait. Ils ne comprirent pas le détail de ses explications, mais ils saisirent qu'il était préférable pour eux de gagner la gare à pied. Ils regardèrent le bus redémarrer et se mirent en marche. Après la chaleur relative de l'autobus, le froid était d'autant plus méchant. Les deux cents derniers mètres leur semblèrent des kilomètres, leurs valises des chargements de plomb.

Quand ils atteignirent la gare, ils virent les gendarmes de la Guardia Civil en train de vérifier les papiers d'identité et fouiller les bagages de chaque passager du bus qu'ils venaient de quitter. Le chauffeur les aperçut aussi et leur fit un geste discret de la tête. Ils purent pénétrer dans la gare par le hall des départs sans être inquiétés.

Pour le dernier tronçon de leur voyage, de Huesca à Madrid, le rail remplaça la route. Les voyageurs autour d'eux se firent plus nombreux et, là aussi, le couple réussit à ne pas se faire remarquer. Hormis le contrôleur de la RENFE, ils ne rencontrèrent plus le moindre uniforme. Même pas à Saragosse où ils avaient une correspondance.

Pourtant, ils demeurèrent sur leurs gardes jusqu'à Madrid, leur destination finale. Mais dès qu'ils posèrent un pied sur le quai, la tension qui les accompagnait depuis des semaines s'évanouit. Ils eurent la sensation qu'on ôtait un lourd manteau de leurs épaules. Ils se regardaient, levaient les yeux vers le chapiteau de métal qui recouvrait la gare, souriaient bêtement, des larmes aux yeux. Ils avaient réussi ! Ils étaient enfin libres !

L'ambiance qui régnait à Madrid était celle d'une cité ouverte. Les rues, les vitrines, l'éclairage public, les voitures… tout donnait à la ville l'aspect d'une capitale européenne en temps de paix. L'atmosphère de Madrid ne ressemblait en rien à celle, pesante, qui régnait en France depuis bientôt quatre ans.

Ils choisirent un hôtel modeste à proximité de la gare, dont le propriétaire accepta des francs comme caution pour le premier soir. Cependant, le bonhomme aboya « Mañana, pesetas » à plusieurs reprises, et pour s'assurer qu'ils avaient bien saisi, il répéta en français « Demain, pesetas ».

Trois étages sans ascenseur plus tard, elle se laissa choir sur un lit grinçant. La chambre était aussi petite que miteuse, aussi chère que mal chauffée, mais c'était leur premier lit depuis deux jours. La dernière fois qu'ils avaient pu s'étendre sous des couvertures, c'était à Toulouse.

Son mari et elle avaient enfin atteint Madrid ! Le plus dur était fait ; ils avaient déjoué toutes les embûches que leur réservait le trajet entre Dieulefit et Toulouse, puis entre Toulouse et la capitale espagnole. Les Pyrénées, qui, il y a quelques jours encore, leur paraissaient une barrière infranchissable, avaient été vaincues.

L'homme se débarrassa de ses couches de vêtements, trouva la force d'aller remplir le broc d'eau froide au robinet qui se trouvait sur le palier, se débarbouilla et fit une toilette intime rapide. Quand il rejoignit sa femme entre les draps humides, elle était déjà assoupie.

CHAPITRE 32

De façon étrange, je me réveille reposé. Je fixe le plafond au-dessus du lit. Sous le drap, il fait bon, mais mes bras, qui dépassaient pendant que je dormais, sont froids à cause de la climatisation. Je les glisse le long de mon corps. Tout de suite, je me sens mieux malgré la lumière grise, à cause du mur de l'immeuble en face, qui entre dans la chambre par le vasistas. Je me rappelle que je suis à Madrid.

Mes pensées vont immédiatement vers les Trudel. Je ne comprends toujours pas comment ils ont pu être déclarés officiellement morts dans un camp de concentration fin 43. Ce n'est pas logique.

Les leds du radioréveil indiquent 9 h 15. Une grasse matinée selon mes critères.

Je rêve d'un café, mais j'ai la flemme de me lever.

Je récapitule ce que je sais pour la énième fois en essayant d'y trouver un sens : ils ont pu se tromper, là-bas, à Auschwitz. D'après Yad Vashem, les deux noms d'Eli et Jeanne Trudel sont inscrits dans les registres du camp au 22 décembre. Il n'y a pas de confusion possible sur la date vu que les préposés à l'enregistrement remplissaient les cahiers au fur et à mesure. Ils ne laissaient pas de blanc entre deux lignes.

Ou alors, il y a eu erreur sur leur identité : les gens morts à Auschwitz n'étaient pas Jeanne et Eli Trudel. C'est une idée extravagante, mais ce serait la seule explication.

Trois sources différentes contredisent les affirmations de Yad Vashem : tout d'abord, ma tante, qui certifie que les Trudel ont été cachés par mes grands-parents pendant les fêtes de fin d'année ; ensuite, Fernand Latapie, qui affirme les avoir transportés jusqu'à Toulouse en janvier 1944. Enfin, Baptiste Hennart, qui a fait passer un couple correspondant à leur description en Espagne « en janvier ou février ». Les Trudel ne seraient donc pas morts à Auschwitz, en tout cas pas en décembre 43. Par conséquent, mes grands-parents seraient accusés à tort.

— Alors qui ? je m'exclame tout haut.

Qui sont les gens gazés à Auschwitz le 22 décembre sous le nom d'Eli et Jeanne Trudel ? On ne le saura jamais. Sauf si je parviens à remonter jusqu'aux véritables Trudel et que j'exhume des documents, dans leurs affaires ou chez leurs descendants, qui permettent d'élucider ce mystère. Autrement dit, il y a très peu de chances pour que j'apprenne un jour la vérité. Je dois commencer à me faire une raison. L'exemple des Trudel n'est malheureusement pas unique. C'est le propre des guerres que de provoquer le chaos ; ce sont des périodes propices aux disparitions. Au cours d'un conflit, des milliers de victimes meurent dans l'indifférence, finissent enterrées à la hâte dans des lieux non répertoriés et dans le plus grand anonymat.

J'ai un temps de réflexion. Et si… ?

Ai-je bien exploré toutes les pistes ? Une petite voix essaie de se faire entendre, mais mon esprit résiste parce que admettre qu'elle ait raison aurait des implications dramatiques… Et si les Trudel avaient envoyé d'autres gens à la mort, à leur place ?

Pourquoi ne pas considérer cette éventualité ? Yad Vashem a bien suggéré que mes grands-parents étaient des salauds ! Supposons que les Trudel soient les salauds potentiels ?! Après tout, on ne sait rien d'eux, de leur vie privée, de leurs convictions ou de leur moralité… Lui était peintre et renommé, mais rien n'empêche un artiste d'avoir du talent et des mœurs douteuses. Rien ne dit non plus que le fait d'être juif protège de l'infamie.

Je risque une explication : ils ont peut-être été contraints de faire certaines choses malgré eux. Imaginons qu'ils se soient trouvés dans une de ces situations où, pour sauver sa peau, on doit sacrifier un innocent… On ne sait pas ce qu'ils ont traversé. Rappelons-nous ce qu'était la vie d'un couple de Juifs dans un pays occupé, avec les collabos, les dénonciations, les gens qui mouraient de faim, de peur… Tout est envisageable.

Si les Trudel ont été poussés à faire une chose aussi horrible, je ne les retrouverai jamais, parce qu'ils ont alors volontairement disparu sous une fausse identité. Auquel cas, je n'ai plus rien à faire ici. Il ne me reste plus qu'à rentrer à Firminy et tirer un trait sur cette aventure.

« Attendons de voir ce que ce journaliste en pense », me dis-je sans trop y croire tout de même, car si le couple avait vendu certaines de ses toiles, on aurait mis la main dessus depuis longtemps, et Yad Vashem en connaîtrait l'existence. Or, ils m'ont affirmé qu'il n'y a eu aucune acquisition d'œuvres d'Eli Trudel après la Deuxième Guerre mondiale. Ni par un collectionneur privé, ni par une institution publique.

Pourtant, je suis bien obligé de me raccrocher à ce dernier espoir. Je me décide enfin à sortir du lit pour me faire un café.

Je prends mon petit déjeuner à la terrasse ombragée de la *Chocolatería San Ginés*, le temple du *churro* et du chocolat chaud. J'entends jouir des derniers courants d'air frais avant les chaleurs intenables de l'après-midi. Entre deux beignets, je me pose la question de savoir ce que je vais faire de ma journée. Je ne vais tout de même pas me morfondre en attendant le coup de fil de ce Sebastian Torre-Martín.

Et s'il n'appelait pas ? Je fixe une limite butoir : s'il n'a pas donné signe de vie d'ici demain matin, je rentre en France.

Cela dit, rien ne justifie un tel empressement. Qu'est-ce que je ferais de plus à Firminy, à part me ronger les sangs en attendant Irène ? Il faudra bien qu'elle reprenne contact. Même si elle décide de me quitter de façon définitive, nous ne pourrons pas faire l'économie d'une explication… *Surtout* si elle décide de me quitter de façon définitive. Car nous devrons alors envisager de vendre la maison, partager nos biens… Je soupire et j'essaie de me convaincre que tant qu'elle ne se manifeste pas, c'est bon signe. C'est qu'elle réfléchit. Elle pèse le pour et le contre. J'ai encore mes chances.

Comme s'il avait senti que j'espérais un appel, mon téléphone choisit ce moment pour vibrer au fond de ma poche.

— Allô ?

— Stéphane ?

C'est Romana ! J'espère qu'elle a les informations que j'attendais !

— Bonjour, Romana.

— J'ai une bonne nouvelle pour toi. Je viens d'avoir une longue conversation avec Sebastian, le journaliste dont je t'ai parlé.

— Il accepte de me rencontrer ?

— Il a commencé par me dire qu'il ne sait rien des tableaux d'Eli Trudel. Il ne connaît pas son œuvre. Mais ce dont il est sûr, c'est qu'elle a disparu en même temps qu'il a été arrêté et déporté avec son épouse.

— Vous appelez cela une bonne nouvelle ?

— Attends ! Il est convaincu d'avoir déjà lu son nom dans un document officiel au cours de ses recherches.

— Quel genre de document ?

— Il ne se rappelle plus. Mais il affirme pouvoir le retrouver.

Le type a vu passer le nom d'Eli Trudel, un jour, parmi les milliers de documents qu'il a compulsés pendant sa carrière – je ne sais même pas quel âge il a – et il faudrait que je me réjouisse ? Je ne fais pas part de mon scepticisme à celle qui se démène pour moi.

— Et il pense pouvoir le retrouver rapidement ?

— Il a promis de faire le maximum et de t'appeler d'ici demain soir.

Demain soir ? Qu'est-ce que je vais faire en attendant ?

Romana me rappelle que Madrid est une capitale culturelle :

— Tu vas avoir le temps de visiter les musées de la ville.

Je pense immédiatement au Prado et au musée de la reine Sophie, qui recèle le fameux *Guernica* de Picasso. Je ne le connais qu'au travers de photos dans des livres d'art. C'est l'occasion de le voir en vrai.

— En plus, les musées sont climatisés, ajoute

Romana. Tu souffriras moins de la chaleur qu'en traînant dehors.

Non seulement ils sont climatisés, mais ils ferment à 21 heures. Ainsi, j'ai toute la journée pour me faire une orgie d'El Greco, de Goya, des contemporains aussi bien que des peintres des XIIIe et XIVe siècles… Irène et moi traînions beaucoup dans les musées lorsque nous étions jeunes mariés. Cela fait des années que nous ne l'avons plus fait. Quel dommage que nous ayons oublié ces plaisirs en cours de route !

Justement, Madrid et ses musées figuraient sur la liste des voyages que nous nous étions promis d'entreprendre. Irène aurait adoré arpenter les salles du Prado ; et moi, j'aurais tant aimé admirer le célèbre *Dos de Mayo* avec elle !

Je finis cette journée émerveillé par toutes les toiles que j'ai pu voir, mais un peu triste de l'avoir passée seul. Je la finis surtout sur les rotules. Je me promets de lever le pied demain. « Je ferai le Palais royal et basta. » Après ça, je prévois de me promener dans le parc du Buen Retiro où je m'affalerai sur un banc et regarderai les gens passer.

Sauf si le journaliste m'appelle d'ici là.

CHAPITRE 33

Le lendemain matin, je suis en train de faire la queue devant le Palais royal quand mon téléphone sonne. Le numéro qui s'affiche m'est inconnu. En tout cas, ce n'est pas celui de Romana, car je l'ai enregistré. L'indicatif étant celui de Madrid, j'en déduis que c'est « lui ».

— Allô ?

— Stéphane Milhas ?

— Lui-même.

— C'est Sebastian Torre-Martín à l'appareil. Romana Shefari me dit que vous cherchez des renseignements à propos de l'œuvre d'Eli Trudel.

J'ai de la chance, mon interlocuteur parle comme dans les cassettes audio de mes cours au lycée, je comprends tout.

— C'est exact, je dis.

— Ce nom ne me disait rien de précis, mais je l'avais déjà lu quelque part, Romana a dû vous l'expliquer.

— En effet…

— Je pense avoir trouvé quelque chose qui peut vous être utile.

— Formidable, je vous suis très reconnaissant de vous être donné…

— Est-ce que vous pourriez venir chez moi ?
— Bien sûr !
— Dans une heure.
— Très bien…
— J'habite au 14 calle del Pez, dans Malasaña.
— 14 calle del Pez…
— À tout à l'heure, alors.
— C'est cela, à tout à l'heure. Merci…

Il a raccroché. Décidément, c'est une manie chez les gens !

Malasaña. C'est tout près. Le journaliste veut me voir dans une heure ! C'est forcément positif. Sinon, il ne se donnerait pas la peine de me rencontrer un dimanche.

Je sors de la file d'attente. Le GPS de mon smartphone m'indique que le 14 calle del Pez se trouve au nord de la Gran Vía, à quinze minutes à pied. Trois quarts d'heure à tuer. Parfait, ça me laisse le temps de boire un café.

La calle del Pez est une rue discrète et fraîche, grâce à une enfilade d'arbres qui occupe un côté de la chaussée. J'ai remarqué que de nombreuses rues de Madrid en possédaient, bien qu'elles soient plutôt réservées aux artères plus larges. Ici, on dirait que les riverains ont décidé de se payer une allée d'érables, quitte à sacrifier l'un des deux trottoirs.

Le numéro 14 est un vieil immeuble de trois étages avec une dizaine d'appartements. C'est en tout cas le nombre de sonnettes alignées à l'entrée. L'une d'entre elles est au nom de Torre-Martín. J'appuie une première fois.

Sous les fenêtres du deuxième étage s'étire une banderole annonçant « Escuela Flamenca Juan-Paolo

Rafît ». Des notes de piano et les instructions d'une professeure de danse viennent confirmer qu'on enseigne ici les pas de sévillane.

Pas de réponse. Je renouvelle mon coup de sonnette. Un peu plus long, cette fois. Le vieux doit être sourd. Je l'ai *googlé* ; il a au moins quatre-vingts ans. Je n'aime pas me moquer des personnes âgées parce qu'on y passera tous, mais il faut une troisième pression sur le bouton pour qu'un léger bruit métallique annonce le déverrouillage de la serrure. En même temps, une voix d'homme dans l'interphone m'invite à monter au premier.

— Appartement 1C à droite.

Ce n'est pas un vieux mais un vieillard qui m'accueille sur le palier. Le type est en pyjama et robe de chambre, pas rasé, cheveux en bataille. Clairement, il sort de son lit.

— Excusez ma tenue. Je ne quitte pas mon domicile le dimanche. Entrez, entrez, dit-il.

Je le précède dans un appartement immense, avec des plafonds de quatre mètres de haut ornés de gypseries. Les murs sont recouverts d'étagères. Sur les étagères, des milliers de livres, bibelots, photos encadrées. D'autres ouvrages, revues, encyclopédies… sont étalés sur le sol. Des feuilles volantes s'échappent de dossiers à même le plancher. C'est un bazar innommable. Au centre de la pièce dans laquelle Sebastian Torre-Martín me pousse, trône un tableau blanc sur roulettes, tapissé de portraits anthropométriques et de Post-it reliés par des flèches, flanqués de points d'interrogation ou d'exclamation. On se croirait dans un film policier, au moment où on découvre l'antre de l'enquêteur obsessionnel.

Mon hôte débarrasse une chaise des cartons qui

étaient stockés dessus et s'installe dans son propre fauteuil, derrière un bureau où ne subsiste plus beaucoup d'espace libre pour poser ses coudes. Si je ne me tenais pas droit sur ma chaise, je ne distinguerais pas le visage du journaliste tellement les piles de documents et de bouquins devant lui sont hautes.

— Merci de vous être déplacé, me dit-il.

Je note qu'il utilise le *usted* du vouvoiement que j'ai appris au collège, ce que personne n'a fait depuis mon arrivée en Espagne.

— Merci à vous de me recevoir, je réponds.

— Puis-je vous offrir quelque chose ? Café, thé ? Un apéritif, peut-être ? Je dois avoir du xérès quelque part.

Je lève la main pour dire que tout va bien, je n'ai besoin de rien. Je meurs surtout d'impatience qu'il me dévoile enfin ce qu'il sait.

Comme s'il venait de lire dans mes pensées, le vieux monsieur croise les mains sur son ventre et prend un air espiègle avant de déclarer :

— Avant toute chose, si vous me racontiez ce qui vous amène à Madrid ?

Lui n'est pas pressé de me faire des révélations. Tout ce qu'il veut, c'est entendre une bonne histoire.

Je reprends donc le film depuis le début. Je lui raconte mon oncle et ma tante, les Trudel cachés par mes grands-parents dans les Cévennes, le tableau en « héritage », mes premières démarches auprès de la synagogue de Saint-Étienne, puis de Yad Vashem, mon voyage en Israël, la saisie du tableau par les autorités israéliennes, mon renvoi *manu militari* en France – cette partie l'intéresse particulièrement ; il ne peut s'empêcher de me poser des questions et je comprends qu'il connaît le Dr Sara Mizrahi, peut-être pas personnellement, mais qu'il a eu l'occasion d'échanger avec elle –, et puis ma rencontre avec Fernand Latapie dans son Ehpad – cet épisode également attise sa curiosité ; un résistant encore en vie ! – puis Toulouse, le musée de la Résistance et de la Déportation, et, pour finir, l'Espagne, les archives militaires d'Ávila…

— C'est ainsi que j'ai rencontré avant-hier la directrice du Centro Sefarad, Romana Shefari, qui m'a dit qu'elle allait vous solliciter…

— Et qui a bien fait ! Romana est une amie de longue date. Nous avons beaucoup travaillé sur les mêmes thématiques à une époque. Un peu moins maintenant. J'ai toujours la charge de certaines expertises, mais j'ai délégué de nombreuses missions aux collaborateurs que j'ai formés, et qui sont devenus eux-mêmes des enquêteurs confirmés, historiens ou journalistes. C'est peut-être ce dont je suis le plus fier. Mais revenons à votre affaire.

— Vous me disiez, tout à l'heure au téléphone, que vous aviez trouvé quelque chose au sujet d'Eli Trudel ?

J'ai hâte qu'il en vienne au fait.

— En effet. Dès que j'ai écouté le message de Romana et qu'elle a prononcé son nom, j'ai su que je l'avais déjà entendu ou lu quelque part. Mais impossible de me souvenir à quand ça remontait ou dans quel contexte. Ça m'a trotté dans la tête toute la soirée et toute la nuit. J'en ai perdu le sommeil. En même temps, à mon âge, on dort de moins en moins…

— Et donc, finalement ?

Je suis à deux doigts de le saisir par le col et de le secouer pour qu'il se décide à parler.

— Je dois avouer que j'ignorais à peu près tout d'Eli Trudel. Quel peintre il était. Avant-hier, après le coup de fil de Romana, j'ai commencé par faire des recherches sur Internet. J'ai découvert un artiste reconnu par ses pairs, par la critique, et qui a eu son succès à une époque, mais pas un des plus populaires du XXe siècle. Apparemment, l'ensemble de sa production a disparu en même temps que lui, à l'exception de quelques tableaux qui avaient été achetés avant guerre, soit par des particuliers, soit par l'État français. Même si on se doute que des dizaines d'œuvres manquent, et si on est quasiment certain qu'elles ont été volées, son cas n'a retenu l'attention de personne.

— Comment vous l'expliquez ?

— Pas suffisamment célèbre, tout simplement. Mais surtout, il n'y avait aucun ayant droit pour réclamer son héritage. C'est la raison pour laquelle j'avais moi-même oublié son nom, et les circonstances dans lesquelles je l'avais « croisé »... Jusqu'à ce matin !

Sebastian Torre-Martín s'interrompt pour porter une tasse de thé à ses lèvres.

— Je manque à tous mes devoirs. Vous voulez du thé, du café ?

Il se fout de moi !? J'ai envie de le tuer.

Je décline poliment sans lui faire remarquer qu'il m'a déjà proposé une boisson.

— Et alors, ce matin ?... je dis pour le relancer.

Sebastian Torre-Martín prend une mine de conspirateur avant de se pencher, non sans difficulté, pour ouvrir un tiroir. Il en sort une chemise cartonnée, et la pose devant lui. Mais, au lieu de l'ouvrir pour en partager le contenu avec moi, il maintient le suspense en la laissant fermée sous mes yeux avides, ses deux mains velues posées dessus. Je me retiens de me jeter sur le bureau et de la lui arracher des doigts.

— J'ai un système de rangement bien à moi, dit-il en se touchant la tempe.

— Ah ?

J'ai l'impression que plus je montre mon impatience, plus il me fait languir.

Tout à coup, un concert d'applaudissements se fait entendre. Ça vient de l'école de flamenco, au-dessus.

— Ils s'entraînent à *las palmas*, m'explique mon hôte.

— J'espère pour vous que ce n'est pas comme ça toute la journée, je dis.

— *Las palmas*, ça va. Le plus dur, ce sont les cours de *zapateado* !

— Qu'est-ce que c'est ?

— Vous appelez ça les claquettes, en français, je crois. Ce sont des sortes de danses au cours desquelles les artistes s'accompagnent en produisant des percussions avec leurs chaussures. J'ai chaque fois l'impression que le plafond va me tomber sur la tête.

— Vous ne pouvez pas vous plaindre ?

— Non, il y a une clause spéciale dans mon bail. Je me suis engagé à accepter la gêne occasionnée par les activités de mes voisins d'en haut. En échange, mon loyer est ridicule par rapport aux prix pratiqués dans le centre de Madrid. Je n'aurais jamais pu louer un tel appartement dans Malasaña autrement. Et puis, dans ce pays, on ne porte pas plainte contre le flamenco.

Sebastian Torre-Martín a prononcé ces dernières paroles sans une once de malice ni de second degré.

D'ailleurs, il ne se départ pas de son sérieux pour enfin ouvrir la chemise cartonnée. Il en extrait le facsimilé de ce qui ressemble à un vieux télégramme.

— Dans ma tête, dit-il, je classe les documents non pas par dates ou pays, mais par types de supports. Or, ma nuit blanche m'a porté conseil et je me suis souvenu que le nom de Trudel était associé à un télégramme.

Alors, je me suis levé très tôt et j'ai passé en revue tous les télégrammes que j'ai eu l'occasion d'étudier au cours de mes recherches. Je fais une photocopie de tout ce que je lis.

— C'est incroyable, je dis.

Je ne sais pas ce qui m'impressionne le plus : l'efficacité du moyen mnémotechnique utilisé par Sebastian Torre-Martín, ou le fait qu'il montre autant d'intérêt pour mon affaire.

— Comme vous pouvez le constater, ce ne sont pas les tiroirs qui manquent chez moi ! Mais après plusieurs heures de fouilles, j'ai exhumé ce document.

Le vieux journaliste consent enfin à me le tendre. Sous l'en-tête *Embajada Alemana* et le titre *Telegrama postal* figurent le nom et l'adresse de l'expéditeur : Eckhardt Graben, Botschaft des Dritten Reichs in Madrid.

— Graben était un agent de l'Abwehr, les services secrets allemands, précise Torre-Martín. Il œuvrait sous couvert d'un statut d'attaché commercial à l'ambassade d'Allemagne. On appelait ces postes les KO's, *Kriegsorganisationen* en allemand. Dans les pays neutres, outre son travail routinier de renseignement, l'Abwehr avait pour mission de repérer les Juifs en possession d'œuvres d'art, de se procurer leurs biens, avec pour finalité de les acheminer vers Berlin.

— Romana Shefari m'a en effet expliqué que marchands d'art, collectionneurs privés et autorités locales… tout le monde en croquait, et tous étaient de mèche avec l'Abwehr pour proposer à ces pauvres gens des prix très bas.

— C'est certain : quand vous êtes en situation de quémandeur, vous n'avez pas d'autre choix que de vendre à la cote imposée par l'acheteur.

Je m'approche du fac-similé et essaie de le déchiffrer, mais évidemment, il est rédigé en allemand.

— Le destinataire n'est autre que l'ambassadeur du IIIe Reich à Genève, m'explique Torre-Martín. Il est de notoriété publique qu'il servait de boîte aux lettres pour Himmler, qui, soit dit en passant, n'est pas nommé explicitement dans le télégramme.

— Je vois le nom de Trudel ici, dis-je en pointant le passage concerné.

— Graben affirme qu'il vient de faire l'acquisition d'une huile sur toile de Kirschner, d'une autre d'Emil Nolde – ce sont des expressionnistes allemands –, et de quatre aquarelles d'Eli Trudel.

— Et la date ?

— 11 janvier 1944.

Ça correspond ! Je me retiens de crier de joie.

— On a l'identité du vendeur ? je demande.

— Il n'est pas dit qu'il s'agissait d'un acte de vente régulier. Il est question de saisie.

— Saisie ? Qu'est-ce que cela signifie ?

— Que celui qui était en possession des aquarelles n'en était pas le dépositaire légal.

— Un voleur ?

— C'est fort probable, car il est précisé que la saisie a eu lieu en présence de responsables de la Guardia Civil. Ce qui implique que cette personne était en état d'arrestation.

— Mais alors… cela voudrait dire que quelqu'un a dépouillé les Trudel après leur passage en Espagne ?

— Impossible de l'affirmer.

— Dans ce cas, que sont devenues les autres toiles, toutes les autres ? D'après Fernand Latapie, le vieux monsieur qui était dans le même réseau de résistance que mon grand-père, les Trudel en transportaient plusieurs dizaines !

Sebastian Torre-Martín avoue son ignorance par un haussement d'épaules.

— Je n'ai jamais eu vent de quoi que ce soit concernant une possible collection Eli Trudel. Je ne sais pas non plus ce que sont devenues ces quatre aquarelles. En tout cas, elles n'ont pas été retrouvées. Il n'est même pas certain qu'elles soient arrivées à Berlin.

Je retombe en arrière sur ma chaise. Le voile se lève petit à petit, mais j'en suis toujours au même point. Ce nouvel élément est certes très intéressant, déterminant même… Pour autant, il ne réhabilite en rien mes grands-parents. Il ne les absout pas de la responsabilité que Yad Vashem leur fait porter.

Surtout, je me demande ce que je vais pouvoir faire de cette information. Jusqu'à aujourd'hui, chaque étape a mené à la suivante. Mais à présent ? Que dois-je faire ?

Comme s'il avait lu dans mes pensées, Sebastian Torre-Martín me fixe droit dans les yeux en déclarant :

— Qui dit arrestation, dit consignation. Il y a forcément trace de cette procédure dans les archives du ministère de l'Intérieur.

Avant même que j'aie le temps de réagir, il précise :

— Ils ne vous laisseront jamais les consulter.

— Je suis au courant. L'archiviste d'Ávila m'a fait part de ce qu'il pensait des gens du ministère de l'Intérieur.

— Je ne sais pas ce qu'il vous a dit, mais…

— Il a été assez direct. Il a carrément dit que c'étaient des cons.

— C'est une opinion assez largement partagée.

— Alors, qu'est-ce que je peux faire ?

J'ai dû me montrer plus véhément que je ne le voulais, car le vieux journaliste me dévisage, plus habitué à travailler au long cours avec la patience requise par son métier d'enquêteur qu'à l'empressement d'un amateur qui a des comptes à régler.

— Il y a une solution pour contourner le ministère de l'Intérieur, finit-il par dire.

CHAPITRE 34

Depuis la gare de Madrid-Atocha, un train part tous les quarts d'heure à destination d'Alcalá de Henares où se trouvent les Archives générales de l'administration, vers lesquelles Sebastian Torre-Martín m'a orienté.

La directrice, une quadragénaire dont je remarque que tout flotte autour d'elle, sa robe comme sa chevelure, a accepté de me recevoir sans rendez-vous eu égard à son amitié et son respect pour le travail de Sebastian Torre-Martín.

Cependant, dans un premier temps, je comprends que je ne suis pas le bienvenu ; je viens compliquer un agenda déjà chargé, m'explique-t-elle en s'agitant, ce qui fait une nouvelle fois ondoyer le tissu de sa robe ainsi que ses cheveux blonds.

Victoria Cáceres y Benjamín me prévient d'emblée : je ne dois apporter ni nourriture ni boisson. Aucun document autre que ceux que je consulterai. Pas même un cahier ! Les stylos-billes ou à plume sont également proscrits.

— Tu as droit à un crayon à papier et des feuilles volantes fournies par nous, c'est tout, précise-t-elle.

Mais dès que je lui fais le récit de mes aventures, elle montre un intérêt évident pour ma recherche.

Elle m'accompagne même au service de documentation. Grâce à elle, je franchis les étapes d'identification, de vérification et de sécurité en vitesse accélérée. Tous les employés se mettent au garde-à-vous en voyant débarquer la directrice dans la partie accueil du public du bâtiment. Un peu de son autorité rejaillit sur moi : si je fais l'objet d'une telle attention, c'est que je suis un ami intime de la directrice ! Aussi suis-je traité avec la même déférence.

Une fois arrivés dans une espèce de sas vitré, antichambre de la salle de documentation, elle me fait déposer mes affaires dans des casiers et me rappelle une dernière fois les consignes.

— Je ne peux même pas utiliser mon propre carnet de notes ? je demande.

— Non. C'est pour éviter les vols. Il est arrivé que des usagers malintentionnés glissent des documents de l'AGA entre les pages de leurs ouvrages. Nous n'avons ni le temps ni le personnel pour effectuer des fouilles approfondies à la sortie. Donc, nous avons opté pour les feuilles volantes. Zéro ouvrage et zéro sac à main ou cartable. C'est plus facile à gérer.

Une fois que je suis débarrassé de tout ce qu'il est interdit d'apporter, Victoria Cáceres y Benjamín me fait entrer dans la *Sala de Mostrador* à proprement parler. Là, elle se dirige vers un comptoir où une jeune femme m'accueille en souriant. La directrice de l'AGA me présente et demande à sa collaboratrice de s'assurer que je recevrai toute l'assistance nécessaire. L'employée me souhaite la bienvenue.

Enfin, Victoria Cáceres y Benjamín me guide vers une table équipée d'un ordinateur et m'explique la procédure à suivre : je dois rester assis à tout moment, sauf, bien évidemment, lorsque je me déplace vers la banque d'accueil pour communiquer les références de la *caja* – le carton – que je souhaite consulter.

La directrice désigne ensuite un autre sas vitré occupé par d'autres employés, chargés, eux, d'aller chercher le carton en question dont le contenu devra être étudié sur place, sous leurs yeux. J'acquiesce quand elle s'assure que j'ai bien compris.

— La recherche sur ordinateur dans cette première partie de la salle, résume-t-elle en faisant de grands gestes, puis les références au comptoir, et enfin la consultation des cartons dans l'autre partie de la salle, là-bas.

Je renouvelle mon hochement de tête.

Enfin, elle me montre comment utiliser le moteur de recherche interne à l'AGA. Je me mets immédiatement au travail.

J'entre les éléments de description du document que je cherche. Je commence par les mots-clefs *detención*, *arresto*, Trudel et *pintura*. Je ne sais pas comment on dit « saisie » ou « procès-verbal ». Les ordinateurs n'étant pas connectés au réseau Internet, et étant donné que je n'ai pas droit au téléphone portable dans la salle de documentation, je devrai faire sans traducteur automatique. J'espère qu'avec « Trudel », ça suffira.

Ensuite, je choisis *Ministerio de Interior* parmi les huit administrations dont l'AGA centralise les archives et je coche « Tous types de documents ». Je presse la touche « Entrée » en croisant mentalement les doigts.

L'ordinateur se met à mouliner, comme l'indique le petit sablier si familier. Enfin, une nouvelle fenêtre apparaît.

« *No se han encontrado resultados para su búsqueda.* » Aucun résultat.

— Merde, je dis tout bas.

Ce n'est pas possible ! Il y a forcément une erreur. Un ordinateur ne peut pas décider seul que c'est terminé, mettre fin de manière aussi subite à des semaines d'investigation !

J'essaie de cliquer sur « Tous les ministères », mais la fonction n'existe pas. Il faut lancer une nouvelle recherche manuellement chaque fois.

Sans perdre de temps, je me penche à nouveau sur le clavier et je réitère la recherche en choisissant le ministère de la Justice.

Sablier. Nouvelle fenêtre : « *No se han encontrado resultados para su búsqueda.* »

— Merde !

J'ai haussé la voix. Trois têtes se sont retournées. Derrière le comptoir, l'employée fronce les sourcils et fait « chut » en portant son doigt à la bouche. Je m'excuse en levant la main.

Nouvelle tentative, ministère des Armées. Sablier. Fenêtre : « *No se han encontrado resultados para su búsqueda.* »

— Merde, merde, et re-merde !

Je recommence en cochant le ministère des Affaires étrangères, en désespoir de cause. Sablier. Nouvelle fenêtre…

— Bingo !

J'ai carrément crié. Certains usagers autour de moi s'agacent. Cette fois, la préposée aux références se déplace pour me faire la leçon.

— Je suis désolé, je dis avant même qu'elle soit à mon niveau. Je ne recommencerai pas, promis.

L'autre interrompt sa charge mais uniquement parce que je suis l'invité de la directrice.

J'exulte. À l'écran, le message dit : *Caja 52, sección A257, MAE enero 1944.*

Je note la référence et me précipite vers le guichet. Je tends le bout de papier à l'employée en l'accompagnant de mon meilleur *por favor* possible, mais elle m'en veut encore d'avoir perturbé le silence de sa salle de travail.

Elle me fait signe de retourner à ma place et d'attendre qu'elle m'appelle.

C'est l'instant de vérité. Je tiens à peine en place. Quelque part, dans ce bâtiment, dans les étages au-dessus de moi ou sous mes pieds, dans un couloir sombre ou une salle de stockage éclairée par des néons, derrière ces murs, sur un rayonnage, un carton contient la preuve que je cherche, la vérité sur ce qu'il est advenu du couple Trudel.

L'attente est interminable. Je piste les allées et venues des jeunes gens qui s'affairent derrière les parois de verre, dans la partie « Consultation ». Combien de temps faut-il pour trouver un carton parmi les kilomètres d'archives ?

Pourquoi les Affaires étrangères ? J'aurai bientôt la réponse.

Elle m'est donnée vingt longues minutes plus tard sous la forme d'une *Nota informativa* portant le numéro 2246. Le document, que j'exhume du carton confié par l'un des archivistes de l'AGA, émane de la *Segunda Sección BIS* du bureau des *Relaciones interdepartamentales* du *ministerio de Asuntos Exteriores*. Ladite note de service est datée du 14 janvier 1944, et elle est adressée à la direction générale de la Guardia Civil. À la demande du ministère des Affaires étrangères du IIIe Reich et par l'entremise de M. l'ambassadeur d'Allemagne à Madrid, ordre est donné à la police de l'État par le ministre espagnol des Affaires étrangères de procéder à l'arrestation d'Odette et Gilbert Fauré, citoyens français résidant à l'hôtel Santo Domingo, calle Armona à Madrid. Le motif décrit est sans appel : vol, recel et tentative de revente de 26 peintures (6 huiles, 13 gouaches et 7 aquarelles) signées Eli Trudel appartenant au IIIe Reich. La saisie et la mise sous scellés des œuvres sont également sollicitées.

Je joins mes mains devant ma bouche, mais ce n'est ni pour prier le Seigneur ni pour Lui rendre grâce. C'est de l'incompréhension : Odette et Gilbert Fauré ? Qui c'est, ceux-là ? Les Trudel sous une fausse identité ? Si c'est le cas, comment le prouver ?

Comme si elle épiait ce moment, Victoria Cáceres y Benjamín apparaît. La directrice de l'AGA traverse la salle de documentation, constate mon absence à mon poste, se tourne vers la paroi vitrée de la salle de consultation et m'aperçoit. Elle m'adresse un signe de la main. En découvrant le contenu d'un carton étalé devant moi et mon air médusé, elle comprend que je suis tombé sur quelque chose mais que ce n'est pas ce à quoi je m'attendais.

— Tu as trouvé ce que tu cherchais ? demande-t-elle.

Je me redresse et lui tends la note de service 2246. Elle la lit avec attention, hoche la tête à plusieurs reprises. Enfin, elle dit :

— Tu devrais te rendre aux archives du ministère de l'Intérieur. D'après moi, c'est là que tu trouveras le procès-verbal de l'arrestation et de l'interrogatoire d'Odette et Gilbert Fauré. C'est le seul moyen d'en apprendre davantage.

— Vous croyez que le ministère de l'Intérieur a conservé les minutes d'un interrogatoire de police pendant toutes ces années ?

— Le contraire m'étonnerait.

— Pourquoi l'État espagnol aurait gardé la preuve

de son implication dans la spoliation d'un couple de Juifs ?

La directrice de l'AGA s'assied pour m'expliquer :

— Grâce à, ou à cause de, la loi d'amnistie de 1977, loi qui a consisté à effacer l'ardoise des combattants républicains pour leur participation à des actes de guerre, mais qui a par la même occasion englobé les crimes perpétrés par les membres de l'administration franquiste, le besoin d'effacer les traces des méfaits du régime ne s'est jamais fait sentir. Il n'y a donc pas eu d'épuration ni de grands bûchers à la mort de Franco.

— Je vois.

— En l'occurrence, il s'agit d'une requête de l'ambassade d'Allemagne concernant des ressortissants français, non juifs de surcroît, sous l'autorité directe du IIIe Reich. L'État espagnol a été requis pour procéder à une arrestation et une saisie sur son sol, en tant qu'État souverain, mais pour le compte d'un État tiers « ami », en toute légalité. On ne peut donc pas reprocher à l'État espagnol de s'être fourvoyé dans une spoliation pour son propre intérêt.

— Sebastian Torre-Martín m'a affirmé qu'on ne pouvait pas avoir accès aux archives du ministère de l'Intérieur.

Victoria Cáceres y Benjamín me fixe tout en réfléchissant, comme si elle me jaugeait. Est-ce que ce petit Français en vaut la peine ? Il semble que oui, parce qu'elle dit :

— Je m'en occupe.

CHAPITRE 35

Victoria Cáceres y Benjamín parvient à arracher pour moi un rendez-vous aujourd'hui même avec le commandant Ochoa, chef du service des archives du ministère de l'Intérieur.

Mieux, ce dernier a accepté de commencer à effectuer les recherches nécessaires en attendant que j'arrive.

Je quitte les Archives générales de l'administration avec les références de la *Caja 52, sección A257, MAE enero 1944*, et une photocopie de la *nota informativa 2246* certifiée conforme par la directrice de l'AGA en personne, « à toutes fins utiles », précise-t-elle en apposant sa signature, consciente que si je voulais monter un dossier auprès de Yad Vashem, j'aurais besoin d'éléments concrets de ce genre.

Les archives du ministère de l'Intérieur se trouvent rue Amador de los Reyes, en plein centre de la capitale, à deux pas du Paseo de la Castellana. Je m'y rends directement à pied depuis la gare d'Atocha.

À 13 heures, j'ai franchi tous les contrôles de sécurité et j'entre dans le bureau du chef des archives. Celui-ci a tenu à rencontrer en personne le protégé de la directrice de l'AGA, venu de France. Malgré son âge – il devrait être à la retraite depuis longtemps – l'homme a conservé une ligne svelte et se tient droit comme un i dans son uniforme.

Quand je m'assieds dans un des confortables fauteuils lui faisant face, je suis surpris d'entendre le commandant me proposer un café en français. Le niveau de francophonie est très élevé en Espagne, en tout cas dans une certaine tranche d'âge ; j'en déduis que l'apprentissage de la langue de Molière a fait partie d'une bonne éducation dans certains milieux à une certaine époque.

Pendant que j'accepte et remercie le commandant de son accueil, mon regard se porte sur son bureau : un carton très semblable à la *Caja 52* de l'AGA trône en son centre.

Le commandant contourne mon fauteuil d'un pas martial et entrouvre la porte pour s'adresser avec autorité à son secrétaire :

— Deux cafés, s'il te plaît, sergent.

Je me demande à quoi je dois tant d'égards.

— J'ai procédé à une rapide recherche dans notre fonds, et j'ai trouvé des documents qui vous intéresseront.

Je m'avance dans mon fauteuil.

— Mais avant de vous les communiquer, j'ai besoin de connaître les raisons et le cadre de vos recherches.

Je me replace en arrière.

Le commandant Ochoa bluffe. D'après Victoria Cáceres y Benjamín, la loi l'oblige à me donner accès à ses archives sans restriction. Le fait que je sois citoyen français n'y change rien. Le coup de téléphone de la directrice de l'AGA en amont de ma venue était en quelque sorte une démonstration de force, une manière de lui indiquer que je n'étais pas seul, qu'elle était là pour s'assurer qu'il se plierait à ses obligations.

Mais elle m'a également prévenu : s'il décide de n'en faire qu'à sa tête, s'il refuse d'obtempérer, je n'aurai pas de recours. Il est difficile de faire plier les gens du ministère de l'Intérieur.

— Ils agissent en toute impunité, m'a-t-elle assuré. Les sanctions contre eux sont très rares. Les chercheurs et les journalistes s'en plaignent souvent, sans pour autant obtenir gain de cause.

Ceci ne fait que confirmer ce que l'employé des archives militaires à Ávila m'a dit il y a quelques jours en des termes plus fleuris.

Je dois donc amadouer le commandant Ochoa, le convaincre de me rendre ce service. Le rassurer surtout, car il a compris qu'il était potentiellement question de spoliation, d'art volé à des Juifs. Je devine ce qu'il veut entendre : je ne cherche pas à incriminer le ministère de l'Intérieur espagnol ou les services de police espagnols de l'époque. Je ne représente pas un danger pour son administration. Le carton posé entre lui et moi, qui contient probablement ce que je cherche, est la preuve qu'il est prêt à m'aider en échange de certaines garanties.

Alors, je me lance :

— Commandant…

Il lève un sourcil interrogateur. Les négociations viennent de s'ouvrir.

— Je me moque des œuvres d'art ayant appartenu – ou pas, d'ailleurs – au couple Fauré. Peu m'importe de savoir ce qu'elles sont devenues, dans quelles conditions et par qui elles ont été saisies, entre quelles mains elles ont finalement échoué. Je ne suis pas un ayant droit cherchant à faire valoir son titre de propriété sur des tableaux disparus. Je ne suis pas non plus un journaliste cherchant à incriminer untel ou untel. Mon seul but est de réhabiliter mes grands-parents auprès du musée de la Shoah de Yad Vashem à Jérusalem, qui les a injustement mis sur la liste des personnes qui auraient dénoncé et spolié des Juifs. Pour cela, j'ai besoin de prouver que Jeanne et Eli Trudel étaient en Espagne en janvier 1944 et ne sont pas morts en déportation en décembre 1943 comme le croit Yad Vashem. C'est tout. Je vous assure qu'il n'y a rien d'autre.

Changement radical d'expression sur le visage du commandant. J'ai eu le nez creux : il n'est là que pour protéger les intérêts de son pays.

— Qu'est-ce qui vous fait croire que les Trudel étaient en Espagne en janvier 1944 ? demande-t-il en affichant un sourire entendu.

— Je sais qu'ils ont traversé la frontière par le val d'Aran grâce à un réseau de résistance au cours des premières semaines de l'année 1944. Plusieurs témoignages le confirment.

Le commandant Ochoa se penche en avant et pousse le carton vers moi.

— Ceci devrait vous éclairer.

Il a décidé de collaborer, mais j'ai la désagréable impression qu'il sait quelque chose qui ne va pas me plaire.

Je me rapproche pour ouvrir le carton. Il ne contient que quelques feuilles perforées détachées de leur classeur d'origine.

— Afin de vous faire gagner du temps, j'ai fait une sélection des documents mentionnant Eli Trudel. Il y a là la fiche d'internement d'Odette Fauré née Pellegrin à la prison pour femmes Cárcel de Ventas, ainsi que celle de son mari, Gilbert Fauré, incarcéré, lui, à Carabanchel. Ils y sont restés de janvier 1944 à avril 1946, date à laquelle ils ont bénéficié d'une remise de peine et ont été raccompagnés à la frontière. Mais ce sont surtout les procès-verbaux de leurs interrogatoires qu'il vous faut lire. Ils ont été menés par deux agents du ministère de l'Intérieur en présence d'un représentant du ministère des Affaires étrangères et d'un officier de l'Abwehr, le renseignement militaire allemand. Ils vous permettront de mieux appréhender le lien entre les Fauré et les Trudel.

Le commandant fait glisser une chemise cartonnée sur son bureau.

— J'en ai fait des photocopies, ajoute-t-il. Elles sont pour vous. Ces documents sont la preuve que l'État espagnol n'a rien à voir avec la disparition de ces vingt-six peintures.

Je lève les yeux de la fiche anthropométrique de Gilbert Fauré que j'avais commencé à étudier.

— Je vous ai déjà expliqué que je n'avais nulle intention de…

— Je sais, je sais, fait le commandant en joignant le geste à la parole. Mais je préfère que ce soit clair.

Je ne l'écoute déjà plus. Je me plonge dans la lecture des comptes rendus d'interrogatoires, me concentrant sur le déchiffrage du document dactylographié à l'encre bleue délavée, partiellement estompée par endroits.

Au fil des pages se dessinent enfin les contours d'une histoire plus alambiquée que je n'imaginais.

12 janvier 1944

Dès leur réveil, le lendemain, Gilbert et Odette Fauré se mirent à la recherche d'un marchand d'art susceptible d'être intéressé par leurs toiles. Ne connaissant personne sur place, ils décidèrent d'emprunter l'annuaire téléphonique de l'hôtel. Le propriétaire rouspéta mais accepta qu'ils l'emportent dans leur chambre. Ils comprirent qu'ils avaient intérêt à le redescendre sans tarder.

Sans savoir qui chercher en particulier, ils entreprirent de déchiffrer tous les noms et raisons sociales les uns après les autres, dans l'ordre alphabétique. Ils trouvèrent cinq références de *Comerciante de arte* et huit de *Galería de arte*.

Ils notèrent leurs noms et adresses, et commencèrent par le premier sur la liste des marchands d'art, en espérant qu'il parlât français. Ils se rendraient sur place ; téléphoner leur semblait impossible.

Bien sûr, ils n'emportèrent qu'une toile d'Eli Trudel comme gage et cachèrent les autres derrière l'armoire de leur chambre d'hôtel. Ils convinrent de ne révéler le nom de l'établissement auquel ils étaient descendus sous aucun prétexte.

Marcher sans le fardeau de leurs valises dans les vastes rues madrilènes leur procura un plaisir singulier et peu familier, comme un avant-goût de leur vie d'après.

— Je me demande ce que les gens pensent, au village, dit Odette d'une voix malicieuse. S'ils savaient !

— C'est sûr qu'ils doivent se poser des questions.

— On leur dira, quand on sera en Amérique ?

— À quoi bon ?

— Pour les faire enrager.

Gilbert haussa les épaules. Il en avait terminé avec Grambois, il souhaitait tourner la page. Mais surtout, donner des nouvelles nécessiterait d'aborder la question de l'argent, et donc des Trudel. C'était quelque chose qu'il préférait enterrer avec leur passé.

— On y est, c'est la prochaine à gauche, dit-il en montrant le plan à Odette.

Un tintement discret retentit lorsque Gilbert poussa la lourde porte de l'établissement de Victor del Bosque-Lanot, une salle d'exposition tout en longueur et d'un seul tenant, emplie d'œuvres picturales mal éclairées et de quelques bustes sur piédestaux de marbre. Au fond de la pièce, on devinait un compartiment boisé et vitré muni d'un énorme poêle dont le tuyau d'évacuation fuyait à travers le plafond, peut-être pour chauffer un appartement à l'étage. Dans la salle d'exposition elle-même, il faisait presque aussi froid que dehors.

De cette véranda intérieure apparut un homme fluet et de petite taille, dont le port et la mise étaient irréprochables. Il dégageait une assurance qui lui donna tout de suite l'ascendant sur Gilbert et Odette. Ceux-ci se sentirent mal à l'aise dans leurs vêtements froissés et poussiéreux.

Gilbert s'éclaircit la voix.

— Est-ce que vous parlez français ? demanda-t-il.

— Bien sûr.

— Ah, fit Gilbert, rassuré.

— Dans mon métier, c'est incontournable. Victor del Bosque-Lanot, enchanté, dit le marchand d'art en tendant la main à Odette.

— Euh…

Odette se rendit compte qu'ils n'étaient pas convenus d'une deuxième fausse identité. Ils n'allaient tout de même pas donner leur véritable nom ! Devaient-ils continuer à utiliser celui des Trudel ? Pour partir en Amérique du Sud, valait-il mieux être un Juif en fuite ou un Français avec un passeport en règle ?

Gilbert la sortit de l'embarras en répondant à sa place, mais leur trouble n'échappa pas au marchand d'art.

— Nous sommes M. et Mme Garand, inventa-t-il.

— Je n'ai aucun mérite.

— Pardon ?

— Je n'ai aucun mérite à parler français. Ma mère était du val d'Aran. Lanot, un nom commun dans cette vallée.

Gilbert déglutit. C'est par le val d'Aran qu'ils venaient de traverser les Pyrénées.

— En quoi puis-je vous aider ?

— Nous souhaitons vendre une peinture.

Gilbert déroula l'aquarelle qu'il tenait à la main.

— Elle est signée Eli Trudel.

Avant même d'accorder un regard à la toile, le marchand d'art jeta un coup d'œil méfiant en direction de la rue.

— Veuillez me suivre.

Il les invita à passer dans son bureau.

— Nous y serons au chaud.

Et à l'abri de regards indiscrets.

Gilbert et Odette furent agréablement surpris de constater que non seulement le marchand d'art connaissait l'œuvre d'Eli Trudel, mais qu'il se déclarait intéressé. Il évoqua « une somme importante », sans en préciser le montant, « sous réserve que le tableau ne soit pas un faux ».

— J'aurai besoin de quelques jours pour le faire authentifier par une de mes connaissances, un spécialiste de la peinture contemporaine française. J'espère que vous n'y voyez pas d'inconvénient.

Odette et Gilbert étaient dépassés. Tout allait trop vite.

— Nous ne pouvons pas le laisser en dépôt. Nous voulons bien revenir mais l'expertise devra avoir lieu en notre présence.

— J'espère que vous ne doutez pas de mon honnêteté !

— C'est-à-dire… Non, bien sûr, mais nous ne savons pas si…

— Ma maison est une des plus réputées sur la place de Madrid ! Toute mon activité repose sur la confiance. Que croyez-vous ? Que je vais disparaître avec votre tableau dès que vous aurez le dos tourné ? Regardez autour de vous, dit-il en balayant d'un geste la salle d'exposition, j'ai bien plus à perdre qu'un tableau en entachant ma réputation par une sombre affaire de vol.

Les Fauré se ravisèrent et finirent par accepter de lui confier le Trudel moyennant un reçu en bonne et due forme.

— Je ne promets rien, mais je suis confiant, dit *el señor* del Bosque-Lanot en les raccompagnant. Les aquarelles ne sont pas ce qui est le plus recherché, mais elles partent tout de même.

Alors qu'ils étaient sur le point de sortir, Gilbert consulta Odette en silence. Celle-ci acquiesça. Alors, Gilbert se lança :

— Dites à vos acheteurs potentiels que nous pouvons leur proposer d'autres toiles du même artiste. Des huiles, notamment.

— Vous avez d'autres Trudel ?

Les yeux du marchand d'art s'illuminèrent.

— Ça change tout.

Il les fit revenir dans son bureau. Là, il leur expliqua la marche à suivre : tout d'abord, ils devaient retourner à leur hôtel pour faire un inventaire précis des tableaux. Ils devaient les mesurer et décrire de façon sommaire ce qu'ils représentaient. Pendant ce temps, Victor del Bosque-Lanot informerait « ses contacts » et appellerait « des gens bien placés » parce qu'une telle transaction nécessitait de s'assurer certaines protections. Il leur donna rendez-vous une heure plus tard, à sa galerie, avec la liste exhaustive des tableaux.

Gilbert et Odette s'exécutèrent, se reprochant de ne pas avoir eu la présence d'esprit d'établir cette liste plus tôt. Ils firent l'aller-retour entre leur hôtel et la galerie d'art, et après avoir transmis à Victor del Bosque-Lanot toutes les informations requises, ils ressortirent dans la rue, abasourdis. Le matin même, ils se demandaient qui contacter, comment s'y prendre ! À présent, ils étaient sur le point de faire affaire et d'encaisser l'équivalent de plusieurs centaines de millions de francs en pesetas. Victor del Bosque-Lanot leur avait même fait une avance afin qu'ils puissent se reconstituer une garde-robe, manger décemment et payer leur chambre d'hôtel en attendant que la transaction ait lieu.

Ils firent quelques pas dans la rue pour s'éloigner de la galerie, puis s'arrêtèrent au milieu du trottoir et se regardèrent, toujours pas remis de leurs émotions.

— C'est trop beau, dirent-ils de concert.

Ils faillirent éclater de rire, mais quelque chose les retenait.

— Tu vas dire que je m'inquiète tout le temps…

Gilbert coupa Odette :

— Non, non. Moi non plus je n'arrive pas à y croire !

— Tu penses qu'on devrait aller en voir d'autres, histoire de les mettre en concurrence ?

— Est-ce qu'on a le temps ? Plus vite on se débarrassera des toiles, plus vite on fichera le camp d'Europe.

— Et après ça, à nous la belle vie !

Ils s'attrapèrent par les bras. Ils avaient envie de crier de joie. Était-ce possible ? Était-ce donc ainsi qu'arrivait le bonheur ? Aussi subitement ? Aussi facilement ?

— Il a dit oui tout de suite, dit Odette. Ce n'est pas net. Ces gens-là sont des escrocs. S'il nous propose dix millions pour un tableau, c'est qu'il en vaut vingt.

— On se fait certainement avoir avec ce Bosque-Lanot, mais comme tu le dis, ce sont tous des escrocs dans ce milieu : un autre cherchera aussi à nous berner. Crois-moi, moins on attirera l'attention, mieux ça vaudra.

— C'est vrai pour des Juifs en fuite ! Ça aurait été vrai pour les Trudel, mais nous on a des papiers. On est français et on n'a rien à se reprocher.

— On trimballe tout de même des toiles volées, je te rappelle.

— Tu penses bien que la police espagnole se contrefout des Trudel.

— Je maintiens qu'on a intérêt à se faire discrets. C'est mieux si on ne met pas trop de monde dans la confidence. Faisons affaire avec lui et n'en parlons plus.

Odette hésita. Puis elle hocha la tête. Gilbert avait raison, elle le savait. Elle se rappela le dicton préféré de sa grand-mère : « Un tiens vaut mieux que deux tu l'auras. »

Gilbert la saisit amoureusement par la taille.

— Allez, viens, on va fêter ça en se payant un bon gueuleton.

Elle rit enfin.

— Il n'est que midi ! Tu sais qu'ils ne passent pas à table avant deux heures, dans ce pays.

— Alors, en attendant, on va boire l'apéritif. Je t'offre une coupe de champagne sur la Plaza Mayor, dit-il en frappant le plan de Madrid du dos de la main.

Plus tard, à l'heure du déjeuner, ils cherchèrent un restaurant où manger une paëlla, dont ils avaient entendu parler sans avoir jamais eu l'occasion d'en déguster.

Finalement, ils se laissèrent tenter par un ragoût dans une *cantina* d'ouvriers. Après deux journées passées sur les routes, le simple plat roboratif prit des allures de festin.

L'après-midi, ils admirèrent l'architecture grandiose du Palacio Real et déambulèrent dans les allées du Retiro. Ils marchaient du pas léger de ceux qu'un destin radieux attend.

Au détour d'une travée bordée de buis, Gilbert s'inquiéta de l'air préoccupé de son épouse :

— Qu'est-ce que tu as ?

— Je crois que nous sommes suivis.

Gilbert se retourna. Il n'y avait qu'un homme à vingt mètres derrière eux, mais il ne leur prêtait pas attention. D'ailleurs, il s'était arrêté à la hauteur d'un banc et allait y prendre place pour lire son journal.

— Je ne vois personne.

— Il n'y a pas un type en pèlerine vert foncé ?

— Si, mais il vient de s'asseoir sur un banc.

— Je l'ai déjà vu, tout à l'heure, sur la Plaza Mayor.

Odette poussa Gilbert dans une allée perpendiculaire et vérifia par-dessus son épaule.

— Accélérons le pas.

L'homme ne les suivit pas. Gilbert rigola et se moqua d'elle.

En quittant le parc, ils longèrent le musée du Prado sans y pénétrer. Ils se contentèrent d'observer les visiteurs qui en sortaient.

Odette soupira.

— Quoi, encore ? dit Gilbert. Tu as revu le type ?

— Non, rien.

— Tu as l'air toute chose.

Gilbert se retourna.

— Il n'est plus là, je t'assure.

— Ce n'est pas ça.

— Alors, qu'est-ce qu'il t'arrive ? demanda Gilbert, mi-amusé mi-inquiet.

— Je me dis que toutes ces toiles d'Eli Trudel, elles n'iront jamais dans un musée. Alors que… enfin, je ne sais pas. Cela me fait quelque chose, quand j'y pense.

Gilbert hocha la tête. Il s'était fait la même réflexion en passant devant le musée national.

Depuis qu'ils avaient téléphoné à la Kommandantur, il essayait de se convaincre que, tôt ou tard, les Trudel se seraient fait prendre par les Allemands ou la gendarmerie. Alors, perdus pour perdus, autant que ces tableaux profitent à quelqu'un qui en avait vraiment besoin !

Odette répétait que c'était une occasion unique de refaire leur vie. Elle ajoutait que si ça n'avait pas été eux, ça aurait été quelqu'un d'autre. Elle prétendait même qu'il s'agissait d'un acte patriotique.

« C'est toujours ça que les Boches n'auront pas ! » lui avait-elle dit.

Elle ne semblait plus en être aussi persuadée, à présent.

Ils avaient commencé à tirer des plans sur la comète dès qu'ils avaient découvert qui était l'artiste à côté de chez eux.

Cela faisait si longtemps que Gilbert abhorrait la vie qu'il menait chichement avec son salaire d'employé de bureau sans possibilités de progression, sans perspectives d'avenir, sans ambitions, sans rêves depuis qu'il avait été dépossédé de tout par son frère, foncier et bâti…

Par un tour de passe-passe aussi habile qu'ignominieux, Robert avait réussi à faire coucher son nom sur l'intégralité de l'héritage, ou presque. Tout ce qu'il avait laissé à son cadet, c'était la maison familiale. Elle valait une misère, mais grâce à ses accointances avec le notaire de Manosque, il avait réussi à la faire surestimer quelques semaines avant le décès de leur mère, en même temps qu'il obtenait qu'une grande partie de leurs champs soient déclarés incultivables, ce qui les avait ramenés à la valeur de la masure. Tout Grambois avait ri sous cape.

On ne portait pas les fonctionnaires dans le cœur, dans le pays, surtout s'ils jouaient les messieurs. Aussi, ils n'avaient pas été nombreux à s'émouvoir des déboires du « petit Fauré ». On avait même trouvé cela normal, étant donné qu'Odette et lui n'avaient pas de descendance ; ils avaient certainement quelque chose à se reprocher pour que leur couche n'enfante rien.

Gilbert avait pu mesurer l'effet de la duperie de son frère aîné sur son épouse. Elle, si fière de son mari avec son poste à la préfecture, qui comptait sur la succession pour aller s'installer à la ville, à Aix-en-Provence ! Gilbert n'aurait plus eu à prendre l'autobus matin et soir pour se rendre à son travail ; ils auraient flâné, bras dessus, bras dessous, sur le cours Mirabeau, dans de beaux habits du dimanche… Ils auraient enfin vécu autrement qu'en paysans.

Après l'épisode de l'héritage détourné, elle n'avait plus été la même. Elle aussi avait été la risée du village. Elle aussi avait perdu ses espoirs de vie meilleure.

Odette connaissait son mari et l'entendait presque réfléchir. Elle était revenue plusieurs fois à l'attaque au cours des semaines précédentes :

— On le mérite, mon Gilbert. Et puis, n'oublie pas : ce sont des youpins, après tout. Pour une fois, des gens comme nous peuvent gagner.

Elle avait raison, ils le méritaient ! Une telle opportunité ne se présenterait pas deux fois. Il fallait sauter dessus, tout plaquer, c'est-à-dire pas grand-chose, et foutre le camp en Amérique du Sud, où la vie, avec tout cet argent, serait comme un rêve.

À la préfecture, ça se disait : là-bas, tout était possible. En Argentine ou au Brésil, on effaçait les ardoises, on remettait les compteurs à zéro, et on renaissait. On pouvait même changer de nom. Pas la peine de parler espagnol, il suffisait d'avoir ce qu'il fallait sur son compte en banque. Pour cela, les tableaux d'Eli Trudel feraient l'affaire.

Gilbert s'était renseigné : Madrid était un nid de marchands d'art à la botte de hauts dignitaires allemands qui prévoyaient déjà la défaite du IIIe Reich et préparaient leur reconversion. Le régime franquiste fermait les yeux sur des transactions qui auraient été impossibles en France.

Les Fauré n'avaient aucun contact sur place, mais quand on est vendeur et que la demande est supérieure à l'offre, on tire toujours son épingle du jeu. Ils avaient beau être ignorants en matière d'art, ils connaissaient tout de même cette règle universelle.

Là, en France, ils ne pourraient rien faire des tableaux d'Eli Trudel ; à peine les sortiraient-ils du placard qu'ils se feraient arrêter. Les Boches leur tomberaient dessus, ou les bolcheviques si c'étaient eux qui gagnaient la guerre comme on le craignait, ou de Gaulle et les Américains avec les Anglais, qui veillaient au grain.

Cela aussi se disait dans les couloirs de la préfecture : le vent tournait et l'ordre reviendrait après l'Occupation. Il ne fallait pas traîner.

En Argentine, on ne leur demanderait rien. On ne se préoccuperait pas de la provenance de leur fortune.

Quant à ce poids sur la conscience… c'était le prix à payer. Il fallait juste espérer qu'avec le temps il s'allégerait. Ou que leurs épaules s'habitueraient à le porter.

CHAPITRE 36

— T'es où, papa ?

— Je rentre, ma puce.

— Mais t'es où ?

— En Espagne.

— … ?

— À Madrid.

— Qu'est-ce que tu fous à Madrid ?

— Je t'expliquerai. Je suis sur le point de partir.

— Tu n'as répondu à aucun de mes messages, et maman dit que tu n'es pas rentré à la maison depuis plusieurs jours.

— Elle non plus n'est pas rentrée à la maison depuis plusieurs jours.

— À quoi vous jouez ?

— Écoute, ce sont nos histoires, ça.

— Peut-être, mais Émilie et moi, on s'inquiète en attendant.

— Tout va bien. Votre mère et moi avions besoin de prendre du recul pendant quelque temps. Tout va s'arranger… Ou pas.

— Super rassurant !

— Tu n'as pas à être rassurée puisque tu n'as pas à t'inquiéter.

— Mais qu'est-ce que tu es allé faire en Espagne ?

— Pas maintenant, Charlotte. Je te l'ai dit : laisse-moi rentrer, et je te raconterai tout… Demain.

— Demain ! Tu m'appelles ? Promis ?

— Promis. Mais ne t'en fais pas pour nous. C'est nous, les adultes.

— Je me le demande, parfois.

J'ai raccroché et j'ai tourné la clef dans le contact.

Devant le pare-brise s'étire le bitume de l'autoroute qui me ramène en France via Burgos. Mes pensées y défilent à 130 kilomètres-heure.

J'ai définitivement perdu l'aquarelle, mais maintenant, je sais qu'elle est à sa place. Et mes grands-parents seraient d'accord.

Certes, ils ne peuvent pas être considérés comme des Justes parmi les Nations puisque, techniquement, ils n'ont pas aidé des Juifs en fuite, mais il n'y a plus aucun doute sur leur bonne foi ; on ne peut plus les accuser d'avoir dénoncé et spolié Eli et Jeanne Trudel.

J'aurais pu tirer 100 000, peut-être 200 000 euros du tableau. Là non plus, je n'ai aucun regret. Il n'a pas de prix, il appartient au peuple d'Israël. Je suis en paix avec cela.

Je le suis moins quand je pense à Irène. Elle me manque. Et l'idée qu'elle ne revienne pas est effrayante, mais l'idée que nous reprenions notre routine l'est bien plus encore. Elle mérite mieux, nous méritons mieux. Je ne veux plus être ce mari-là. Pendant trois décennies, il n'a été question que de moi et ma carrière, moi et ouvrir un hôtel, moi et fonder une entreprise de transport…

Je suis prêt à rebattre les cartes. J'espère seulement qu'elle voudra encore jouer.

12 janvier 1944

Ministère de l'Intérieur

Direction générale de la Guardia Civil

Police criminelle / Bureau 4

12 janvier 1944

Procès-verbal

Interrogatoire préliminaire de FAURÉ Gilbert Eugène Louis, né le 6 avril 1906 à Manosque, Basses-Alpes, France. Nationalité française. Marié à FAURÉ Odette Lise Marie, née PELLEGRIN, sans enfants.

Officier de police judiciaire responsable : Inspecteur-chef Del Valle-Robles
Assisté de : Inspecteur-auxiliaire Pastor
Traduction assurée par : Mme Fernandez Gabriela, traductrice assermentée

En présence de :
M. De La Ribera Javier, division Europe de la

direction générale de la Politique extérieure du ministère des Affaires étrangères
M. Graben Eckhardt, attaché à l'ambassade d'Allemagne à Madrid

[...]

Officier de police judiciaire : Lors de la perquisition de votre chambre d'hôtel, rue Armona, avant-hier 10 janvier, mes hommes ont saisi 26 huiles et aquarelles signées Eli Trudel. Elles ont été authentifiées par notre expert auprès des tribunaux. Pouvez-vous nous en expliquer la provenance ?

Gilbert Fauré : Je les ai achetées à Eli Trudel en personne.

OPJ : Pour quelle somme ?

GF : Un million de francs. Je ne comprends toujours pas les raisons de notre arrestation. En quoi cela concerne-t-il les autorités espagnoles ?

OPJ : Pouvez-vous nous expliquer les circonstances dans lesquelles vous avez été mis en relation avec Eli Trudel ?

GF : M. et Mme Trudel étaient nos voisins.

OPJ : À Grambois, en France ?

GF : C'est cela.

OPJ : La vente a donc eu lieu sur le territoire français.

GF : Oui. C'est la raison pour laquelle je demande à parler à quelqu'un de mon ambassade.

OPJ : La France est un pays occupé par le IIIe Reich, au cas où cela vous aurait échappé. À ce titre, vous êtes ici représenté par M. Eckhardt, de l'ambassade d'Allemagne. C'est d'ailleurs sur réquisition des autorités allemandes que vous et votre épouse avez été arrêtés.

GF : Pourquoi ?

OPJ : Parce que les œuvres d'art dont il est question appartiennent au Reich. Vous les avez volées au Reich.

GF : Puisque je vous dis que je les ai achetées.

OPJ : Cela fait de vous un receleur, ce qui est passible des mêmes sanctions que le vol. Êtes-vous en possession d'un titre de propriété ?

GF : Bien sûr que non. Les Trudel étaient en fuite.

OPJ : Vous avouez donc avoir aidé des individus recherchés par les autorités de votre pays ?

GF : Non, je ne savais pas qu'ils étaient recherchés. Je veux dire qu'ils ne se sentaient plus en sécurité. Ils prévoyaient de quitter la France pour se réfugier en Amérique. Ils avaient besoin d'argent, je suppose. Ils nous ont proposé d'acheter leurs tableaux.

OPJ : Êtes-vous amateur d'art, monsieur Fauré ? Êtes-vous particulièrement connaisseur ?

GF : Non, pas vraiment.

OPJ : Malgré cela, vous avez décidé d'investir un million de francs dans ce qui aurait pu se révéler être des croûtes ?

GF : Nous connaissions la réputation de M. Trudel. Comme peintre, je veux dire.

OPJ : Donc, vous reconnaissez avoir voulu faire une opération spéculative ? Vous n'ignoriez pourtant pas que le commerce avec les Juifs est interdit selon les lois françaises.

GF : Nous voulions simplement rendre service...

OPJ : Vous n'ignorez pas que la somme d'un million de francs est dérisoire par rapport à la valeur de ces tableaux ?

GF : Mon épouse et moi leur avons donné tout ce que nous possédions. Nous ne sommes pas très argentés.

OPJ : À quelle date a eu lieu cette transaction ?

GF : En décembre dernier.

OPJ : Plus exactement ?

GF : Début décembre, autour du 10, je dirais.

OPJ : Soit deux jours avant la fuite et l'arrestation des Trudel.

GF : Peut-être. Je ne vois pas le rapport. Ils se savaient probablement dans la ligne de mire de la Kommandantur.

OPJ : Savez-vous que Jeanne et Eli Trudel ont été arrêtés à quelques dizaines de kilomètres seulement de leur domicile, et sur dénonciation ?

GF : Non, je l'ignorais.

OPJ : Lorsque la Gestapo est arrivée au domicile des Trudel, après les avoir appréhendés, seuls quelques tableaux de moindre valeur demeuraient, des sanguines essentiellement. Les œuvres majeures, celles qui étaient en votre possession au moment de votre arrestation, avaient été détachées de leur cadre.

GF : Je ne vois pas où vous voulez en venir.

OPJ : Vous ne trouvez pas la coïncidence troublante ? Les Trudel sont dénoncés par un coup de téléphone à la Kommandantur ; ils sont prévenus dans les minutes qui suivent ; ils vous proposent d'acheter les œuvres d'art ; comme par hasard, vous avez la somme d'un million de francs sur vous ; ils s'échappent et se font coincer trente kilomètres plus loin.

GF : Vous ne pensez tout de même pas que c'est moi qui les ai dénoncés ?

OPJ : Comment expliquez-vous que nous n'ayons pas trouvé sur eux le million de francs en question au moment de leur arrestation ?

GF : Ils l'ont peut-être planqué ?

OPJ : Alors qu'ils étaient en fuite ? C'est très improbable.

GF : Qu'est-ce que vous voulez que j'en sache ?

OPJ : Autre question. Il y a un téléphone public à Grambois, n'est-ce pas ?

GF : Sur la place de la mairie, oui, mais...

OPJ : Vous vous êtes déjà servi de ce téléphone, monsieur Fauré ?

GF : Oui, une fois ou deux peut-être.

OPJ : À quelle occasion ?

GF : Je ne sais plus.

OPJ : Réfléchissez, monsieur Fauré. Nous allons poser la même question à votre dame.

GF : Pourquoi j'aurais fait ça ? C'est ridicule, c'étaient nos voisins.

OPJ : Pourquoi avoir fui en Espagne, monsieur Fauré ?

[...]

OPJ : Nous savons que vous avez fait croire à Jeanne et Eli Trudel qu'ils avaient été dénoncés avant de les dénoncer vous-mêmes. Pour de vrai, cette fois. Vous les avez prévenus de l'arrivée imminente à leur domicile de la Gestapo. Nous vous soupçonnons même de les avoir aidés à faire leurs bagages. Ils vous faisaient confiance, vous étiez leurs voisins, vous n'aviez jamais eu de différends. Dès qu'ils ont quitté leur maison, vous vous êtes emparés de toutes les œuvres présentes dans l'atelier d'Eli Trudel, puis vous avez passé un appel anonyme à la Kommandantur d'Aix-en-Provence depuis le téléphone public de Grambois, signalant un couple de Juifs en fuite. Vous avez même indiqué l'itinéraire des fugitifs, étant donné que c'est vous qui leur aviez conseillé les routes à emprunter.

GF : C'est faux. Je vous assure que ce n'est pas du tout comme cela que les choses se sont passées.

OPJ : J'ai l'impression que vous ne comprenez pas la situation, monsieur Fauré : je ne vous pose pas la question, je vous affirme ce que nous savons.

GF : Vous n'avez qu'à demander à ma femme, elle vous confirmera mes dires.

OPJ : Nous n'avons pas encore interrogé Mme Fauré. Nous préférons la tenir en dehors de ces tracas pour l'instant.

GF : Je ne comprends pas ce que vous attendez de moi.

OPJ : La vérité.

GF : Je ne peux tout de même pas avouer des faits que je n'ai pas commis.

OPJ : Laissez-moi vous éclairer sur votre sort, monsieur Fauré. Soit vous avouez avoir tenté de revendre illégalement des œuvres d'art appartenant au Reich sur le sol espagnol...

GF : À propos, si je tenais ce salopard de galeriste ! C'est lui qui nous a dénoncés ?

OPJ : Ne m'interrompez pas.

GF : Je m'en doutais. Odette avait raison, on était suivis.

OPJ : Vous signez une restitution desdites œuvres au représentant de l'ambassade d'Allemagne ici présent, M. Eckhardt, et vous serez jugés pour recel, vous et votre épouse, en Espagne, pays neutre qui n'exercera pas son droit d'extradition vers la France. Vous encourrez pour ce crime une peine d'emprisonnement de 2 à 5 ans. Votre épouse, jugée comme complice, risque 1 à 2 ans d'emprisonnement. Soit vous vous obstinez à nier les faits, auquel cas mon pays se désintéresse de votre sort, et nous répondons favorablement à la demande des autorités allemandes de restitution des œuvres saisies par nos services de police, et nous leur confions les malfaiteurs appréhendés. Dans une telle éventualité, vous serez tous deux renvoyés à la frontière française où vous serez pris en charge par la Gestapo. Croyez-moi, ses agents sauront vous faire avouer. Je tiens à vous préciser qu'en France vous ne serez pas jugés pour recel uniquement, mais pour vol et recel. Inutile de vous rappeler que les méthodes de la Gestapo sont expéditives et que leur jugement sera moins clément que le nôtre. Pensez à votre femme également.

GF : Qu'est-ce qui me garantit que vous ne me remettrez pas aux autorités allemandes de toute façon ?

OPJ : Si telle était notre intention, vous seriez déjà entre leurs mains. Voyez-vous, l'Espagne privilégie la neutralité et préfère, quand elle peut l'éviter, ne pas avoir à remettre les ressortissants français aux autorités allemandes qui restent une force d'occupation. Mais elle n'ira pas non plus jusqu'à contrarier un pays avec qui elle entretient de bonnes relations diplomatiques. Donc, dans l'affaire qui nous concerne, mon gouvernement serait ravi de pouvoir satisfaire toutes les parties en aidant à la recherche d'un compromis.

Interruption de l'interrogatoire à la demande du prévenu.

[...] Une heure plus tard.

Reprise de l'interrogatoire en présence des mêmes intéressés.

GF : D'accord, j'accepte.

OPJ : Vous prenez la bonne décision, monsieur Fauré. Pour vous comme pour votre épouse. Veuillez tout me raconter depuis le début, je vous prie.

GF : Comme vous avez dit, ça faisait un moment qu'on avait compris qu'Eli, M. Trudel, était juif et qu'il se planquait à Grambois. On savait aussi que ses tableaux valaient très cher. On a gagné leur amitié. Puis, quand les contrôles sont devenus plus durs et plus systématiques, on leur a fait croire qu'ils avaient été dénoncés, qu'on l'avait appris par un collègue à la préfecture. On les a aidés à préparer leur départ, on leur a donné un itinéraire et on s'est débrouillés pour connaître leurs contacts dans la Résistance. Au début, ils voulaient emporter leurs tableaux, mais on les en a dissuadés. On leur a proposé de les garder chez nous en leur promettant qu'ils les récupéreraient à leur retour, quand tout ça serait terminé. Dès qu'ils sont partis à bicyclette, on a téléphoné à la Kommandantur d'Aix-en-Provence sans laisser notre nom. Chez eux, avant l'arrivée de la Gestapo, on a fouillé dans leurs affaires et trouvé des bons d'achat à leur nom, des carnets de ravitaillement. Ça devait nous servir pour nous faire passer pour eux quand on entrerait en contact avec le réseau de résistants qu'ils connaissaient dans la région de Montélimar. En fait, on ne nous a jamais rien demandé. On a été cachés quelques jours dans une chapelle du côté de Dieulefit, puis chez des gens dans la montagne.

Intervention de M. Graben Eckhardt, attaché à l'ambassade d'Allemagne à Madrid : Leur nom ?

GF : Je vous jure que je n'en sais rien. Ils ne nous l'ont jamais dit, justement au cas où nous serions arrêtés.

M. Eckhardt : Où se trouve ce village ?

GF : Probablement dans les Cévennes, mais on ne nous a pas non plus révélé où nous nous trouvions.

OPJ : J'aimerais comprendre une chose : pourquoi avoir fui en Espagne ?

GF : Pour passer en Amérique du Sud et refaire notre vie. C'était notre rêve, avec Odette.

OPJ : Pourquoi ne pas refaire votre vie en France ?

GF : Tôt ou tard, on nous aurait demandé d'où venait cet argent. Au village, en tout cas, c'est sûr, ils auraient fait le rapprochement avec la disparition des Trudel si on avait subitement fait fortune. La guerre ne durera pas. Un jour, les Allemands partiront et les Français régleront leurs comptes entre eux.

OPJ : Poursuivez votre récit.

GF : Plus tard, on nous a emmenés à l'arrière d'un camion jusqu'à Toulouse où nous sommes restés plusieurs jours.

M. Eckhardt : Où ?

GF : Un hôtel, près de la gare. Je ne me souviens plus de son nom. Je crois que je ne l'ai jamais su.

OPJ : Et après Toulouse ?

GF : On a voyagé en train jusqu'à Saint-Gaudens, où on a été pris en charge par des passeurs qui nous ont fait traverser les Pyrénées. On a marché de nuit jusqu'à Canejan. On a fini par arriver en autocar à Huesca. De là, on a pris le train pour Madrid. Nous savions qu'un grand nombre de collectionneurs d'art s'y trouvaient et que nous pourrions vendre les toiles d'Eli Trudel sans difficulté. Nous avons pris contact avec l'un d'eux. Il avait l'air honnête. Vous connaissez la suite.

ÉPILOGUE

Dr Ortal Blum, Directeur
Yad Vashem
Institut international pour la mémoire de la Shoah
Har Hazikaron / P.O.B. 3477
Jérusalem 9103401, Israël

À M. Paul Salmona, Directeur & Conservateur
Musée d'Art et d'Histoire du judaïsme
Hôtel de Saint-Aignan
71, rue du Temple
75003 Paris, France

Objet : mise en dépôt d'une aquarelle d'Eli Trudel.

Cher confrère,

Suite à notre conversation téléphonique, et comme convenu, je vous confirme par la présente l'expédition le 17 novembre prochain (2019) via la société EP-Art (OEA n° IS-00222778) du tableau correspondant à la description suivante :
Nature : aquarelle
Dimensions : 36 cm × 60 cm
Auteur : Eli Trudel
Année : circa 1943

Titre : *Drôme provençale*
Propriété : Musée d'Art de la Shoah, Yad Vashem, Jérusalem, Israël
Mise en dépôt pour une durée indéterminée. Tous droits réservés.

Veuillez agréer, cher confrère, l'expression de mes salutations distinguées.

Jérusalem, le 27 octobre 2019

Dr Ortal Blum, Directeur

Irène nous rejoint enfin. Il était temps, car nous en sommes à la deuxième tournée et l'ambiance autour de notre table est de plus en plus festive. Encore un verre et elle aurait eu du mal à nous rattraper ; surtout qu'Émilie et Charlotte sont décidées à se lâcher, ce soir.

— Ah, te voilà ! dit la première.

Elle fait de la place à sa mère sur la banquette en même temps que je commande un sancerre. Irène m'adresse un sourire discret, à la fois attendri et triste. Je n'ai pas oublié ses habitudes.

— Alors, ça y est, t'as fini tes devoirs ? se moque la deuxième.

Irène sourit, habituée à être la cible des railleries de nos filles depuis qu'elle s'est inscrite en fac d'anglais et qu'elle passe ses week-ends à réviser, à lire des romans et à regarder des séries en version originale.

Elle vit désormais à l'heure britannique. Même ce soir, alors que nous célébrons notre visite au musée d'Art et d'Histoire du judaïsme où nous avons pu admirer *notre* tableau, Irène a tenu à s'isoler quelques heures dans sa chambre pour potasser l'examen de littérature élisabéthaine qu'elle est censée passer dans deux semaines.

— C'est super, ce bar, juste en bas de l'hôtel, dit-elle pour changer de sujet de conversation.

Nous approuvons, tellement heureux d'être là, tous les quatre.

— Tu es bien installée ? je demande.

— Oui. La chambre donne sur l'arrière-cour, c'est très calme.

Quand Irène est arrivée, Émilie était en train de nous parler de son amoureux, qu'elle compte nous présenter bientôt, quand ils auront le temps – ils travaillent tous les deux dans le même restaurant, mais n'ont pas les mêmes horaires.

— Il est spécialisé dans les œufs, dit-elle.

Charlotte éclate de rire.

— Les œufs ? Sérieux ?

— C'est très sérieux et très compliqué, les œufs. C'est un poste-clef dans une brigade.

En retour, Émilie essaie d'interroger sa sœur cadette sur ses propres histoires d'amour, mais celle-ci ne fait que de rares confidences, et surtout pas devant ses parents. Les deux sœurs se chamaillent, jusqu'au moment où Irène, comme si elle ne les écoutait pas et avait suivi le cours de ses pensées, lâche :

— C'était très émouvant, cet après-midi.

Un silence accueille sa remarque. Pas un silence gêné. Au contraire, un silence approbateur.

Le tableau du peintre juif est le seul, parmi les vingt-sept dérobés aux Trudel, à avoir été recouvré. Une partie de ceux qui ont été saisis par la Guardia Civil a dû servir à acheter le silence et la collaboration de fonctionnaires de police franquistes ; le reste a dû finir dans les collections privées de dignitaires nazis demeurés anonymes.

Après avoir détroussé les Trudel, les Fauré les ont envoyés à une mort certaine en les dénonçant. Puis, faisant preuve d'un culot incroyable, ils se sont fait passer pour eux auprès de plusieurs réseaux de résistance qui n'y ont vu que du feu. Qui aurait pu imaginer ?

Je ne connaîtrai jamais les circonstances dans lesquelles mes grands-parents sont entrés en possession de l'aquarelle. L'ont-ils achetée aux faux époux Trudel pour financer une partie de leur voyage ? Ces derniers la leur ont-ils offerte ? Si tel a été le cas, pourquoi des voleurs se seraient-ils séparés d'une telle œuvre ?

Après deux années passées dans les geôles espagnoles, les Fauré ont pu rentrer en France où ils n'ont plus jamais fait parler d'eux. Ils n'ont pas été inquiétés. Ils sont tombés dans les limbes de la justice et de la réconciliation nationale voulue par de Gaulle. Tous français, tous unis. Les véritables résistants ont été glorifiés, avec d'autres, moins authentiques ; les véritables collabos ont été embastillés puis graciés ; les autres, dénonciateurs occasionnels, gagne-petit, minables profiteurs, ont été excusés. On a regardé ailleurs.

Les Fauré sont probablement décédés à l'heure qu'il est. Je ne pense pas qu'il soit utile de les chercher pour leur soumettre toutes les questions que nous nous posons. Ils approchaient la quarantaine en 1944, et il est précisé dans le procès-verbal de leur interrogatoire qu'ils étaient sans enfants. Il y a peu de chances pour qu'ils en aient eu par la suite ; et si cela a été le cas, ils ne se sont certainement pas vantés de leurs exploits pendant l'Occupation auprès de leur progéniture.

Mes grands-parents ont aidé des salopards, à leur insu. Ma requête pour faire reconnaître leur statut de

Justes parmi les Nations demeure nulle et non avenue, mais Yad Vashem les a officiellement et définitivement exonérés de tout soupçon.

— Et à part ça, tu vas bien ? me demande Irène. Ta formation, ça se passe comme tu veux ?

Je hoche la tête. Je repense à mon voyage en Israël, sorte de traumatisme et de révélation en même temps. Depuis, je respire.

Mon regard croise celui de ma femme, ou mon ex-femme, je ne sais plus trop, et je repars en Espagne, où tout ce que nous sommes ce soir est devenu possible : un homme et une femme séparés mais réconciliés avec eux-mêmes, lui apprenti ambulancier depuis quelques mois, elle étudiante en première année de licence d'anglais – des études de langues qu'elle avait abandonnées et dont j'ignorais, pendant toutes ces années, qu'elle rêvait de les reprendre. Et notre famille, éclatée mais unie et joyeuse. Les filles se sont vite adaptées à notre nouvelle géométrie.

— C'est bien, ce que tu as accompli. Je suis fière de toi.

Irène veut parler du compte rendu détaillé et documenté que j'ai envoyé au Dr Mizrahi, à la suite de la découverte que j'ai faite en Espagne. D'ailleurs, c'est elle qui m'a poussé à lui écrire. Je n'en avais pas la force ; je voulais laisser tomber. Je l'ai fait davantage pour nos filles que pour moi. Mais peut-être qu'elle voulait dire autre chose, car elle ajoute :

— Que d'obstacles tu as surmontés !

Je baisse les yeux en présence des filles.

Émilie et Charlotte savent ce que nous devons au tableau du peintre juif. Elles ne l'évoqueront pas ouvertement, mais elles n'ont jamais vu leurs parents aussi sereins. J'ai le sentiment que c'est ce dont elles avaient besoin pour achever de se construire, pas d'un tableau.

— Ça m'a fait drôle de lire notre nom sur le carton, dit Charlotte.

C'est la raison de notre week-end à Paris. Aujourd'hui a eu lieu l'accrochage de la *Drôme provençale* d'Eli Trudel, 1943, une aquarelle laissée en dépôt par Yad Vashem au profit de son homologue parisien.

Nous avons été accueillis comme des amis d'Israël, ironie que je n'ai pas manqué de relever après la façon dont j'ai été expulsé du pays il y a quelques mois.

Les responsables du musée nous avaient réservé une surprise, une disposition dont ils ne nous ont fait part que cet après-midi. Lorsque nous avons enfin pu contempler le tableau du peintre juif accroché dans ce musée du 3e arrondissement, nous avons découvert l'inscription gravée en lettres sobres qui y sera désormais accolée : « Don de la famille Jullian-Milhas, France ».

Les filles ont été bouleversées de lire ces quelques mots. Je l'étais aussi. Mais j'ai d'autres préoccupations en tête pour l'instant.

— Émilie, Charlotte, ça vous dérange de nous laisser cinq minutes, votre mère et moi ?

— Houlà, ça sent le divorce, dit Charlotte, toujours aussi facétieuse, avec à-propos.

Les deux sœurs ne se font pas prier pour sortir du bar, enfin libres, elles aussi, d'évoquer la vie sentimentale de Charlotte. Je souris en les regardant s'éloigner, bras dessus, bras dessous, sur le trottoir.

— Qu'est-ce que tu voulais me dire ?

Irène sait pertinemment ce que je veux lui dire. J'avale une gorgée de côte-rôtie.

— Il faudrait qu'on se décide pour la maison. J'ai

bientôt fini ma formation, et je pense avoir trouvé du boulot sur Saint-Étienne.

— Je croyais que c'était entendu. Tu n'es plus d'accord pour la vendre ?

— Si. Je la mets dans une agence, alors ?

— Très bien. Je ne pourrai pas m'en occuper, mais je te fais confiance.

Nouvelle lampée de vin, pour le courage.

— Et après ?

Ma voix a dû venir d'outre-tombe. C'est au tour d'Irène de prendre son temps avant de répondre. Elle fixe son verre de sancerre.

— Après, je pourrais très bien vivre à Saint-Étienne, ça me rapprocherait de la fac.

— Non, je voulais dire…

Je me tais, le souffle coupé. Qu'est-ce qu'elle a dit ? Je lève les yeux vers elle. Irène sourit.

— Qu'est-ce que… ? Je ne comprends pas.

— Tu as très bien compris. On vend la maison, parce qu'elle est trop grande, et surtout parce que ni toi ni moi ne voulons rester à Firminy. Tu as trouvé du travail à Saint-Étienne, moi ça me mettrait à une heure de la fac en TER.

— Oui, mais… ?

— On n'est pas obligés de payer deux loyers. On pourrait… je ne sais pas… se donner une deuxième chance.

J'éclate en sanglots. C'est aussi subit qu'irrépressible. Nos voisins de table se sont retournés ; ils me jettent des regards inquiets.

— Pas d'emballement, hein ? On a encore du chemin à parcourir, mais si tu le veux, on pourrait essayer.

Je la regarde droit dans les yeux. Je pleure de joie.

— Oui, je le veux.

— Tel que je te connais, dans moins de deux ans, tu auras monté ton affaire d'ambulances. Donc, inutile de vivre dans une maison. Tu n'auras jamais le temps de t'occuper du jardin.

Cette fois, j'éclate de rire.

NOTE DE L'AUTEUR

Les événements relatés ici sont fictifs.
Seul le tableau du peintre juif est réel.
L'auteur en est l'artiste Willy Eisenschitz (Vienne 1889 – Paris 1974) dont le présent ouvrage ne reflète en rien la biographie.

J'ai une pensée particulière pour ma tante Cécile Gruber (née Pelet) et mon oncle Jacques Gruber, qui, en me confiant le fameux « tableau du peintre juif », ont fait germer à leur insu l'idée de ce roman.
Malheureusement, ils n'auront pas pu voir le fruit de ce qu'ils ont semé.

REMERCIEMENTS

Ce récit doit beaucoup à :

L'artiste peintre et sculptrice Délie Duparc (Estelle Delvolve), fille de l'artiste peintre Evelyn Marc et petite-fille des artistes peintres Claire Bertrand et Willy Eisenschitz ; ce dernier a été *hébergé* par mes grands-parents pendant la Deuxième Guerre mondiale dans leur demeure cévenole.

Sarit Bortolussi, Corine Elkaïm et Stéphanie Bizet, enseignantes au lycée ORT de Colomiers (31, France). Sans elles, de nombreuses portes ne se seraient pas ouvertes.

Marc et Aharon Tobias, ainsi qu'Ido Ben Levi. Leurs cours accélérés d'« Israël pour les nuls » m'ont permis d'optimiser le séjour que j'ai fait dans leur pays.

L'écrivaine Dorit Rabinyan qui a « embrassé mon histoire sans me faire les poches » (elle comprendra à quoi je fais allusion). Ses contacts à Tel-Aviv et Jérusalem m'ont été indispensables.

Le général-major Nisso Shacham et la général-brigadier Varda Shacham, respectivement ex-directeur régional de la police de Tel-Aviv et cheffe de la police judiciaire de Jérusalem. Leur accueil et les renseignements techniques qu'ils m'ont donnés se sont révélés précieux.

Slomit Shteinberg, du comité « Art juif volé » de Yad Vashem, Jérusalem, Israël.

Elérika Leroy, chargée de mission auprès du conseil départemental de la Haute-Garonne pour la valorisation des hauts lieux de la Résistance, pour son travail sur les réseaux d'évasion en Haute-Garonne et son aide.

Jérôme Blachon et Fanny Bouscail, du musée départemental de la Résistance et de la Déportation à Toulouse, qui ont donné à mon personnage libre accès à leur établissement et mis à son service leur temps et leurs compétences.

María de Miguel et Yessica San Román du Centro Sefarad-Israel de Madrid (Espagne), contacts privilégiés sur place.

Mercedes Martín, directrice de l'Archivo General de la Administración à Alcalá de Henares (Espagne), pour sa disponibilité.

Victor Moraleda-Torres, archiviste aux Archivos Militares de Ávila (Espagne), dont l'accueil et l'aide ont été aussi amicaux que productifs.

Merci à Marie-Anne Lacoma, Flora Moricet et Pierre Fourniaud des éditions La Manufacture de livres, ainsi qu'à toute l'équipe de Trames, pour leur accompagnement amical et leur professionnalisme.

Merci à Christelle Camus, Serge Bouclainville, Thierry Planche, Sophie Caron, Armelle Lassoureille, Hervé Jubert et Jacques Gonçalves pour leur aide.

Merci tout particulièrement à mon amoureuse, Maïté Bernard, pour son soutien moral et son enthousiasme indéfectibles. Son regard sur mon travail est toujours aussi pertinent et précieux.

Et comme toujours, un clin d'œil complice à mes super Quilloux.

#lisez engagé !
www.lisez.com
Pour plus d'information :
Imprimé sur du papier issu de forêts gérées durablement.

10/18 – 92 avenue de France, 75013 PARIS

Imprimé en France par
CPI Brodard & Taupin

N° d'impression : 3055846
Suite du premier tirage : janvier 2024
X08228/04